中国文学与文化研究丛书

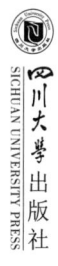

中国文学与文化研究丛书

中国当代生态小说研究

张凤娟 著

四川大学出版社

图书在版编目（CIP）数据

中国当代生态小说研究 / 张凤娟著. -- 成都：四川大学出版社，2025.6. -- （中国文学与文化研究丛书）. -- ISBN 978-7-5690-7430-7

Ⅰ．I207.42

中国国家版本馆CIP数据核字第20249ZC739号

书　　名：中国当代生态小说研究
　　　　　Zhongguo Dangdai Shengtai Xiaoshuo Yanjiu
著　　者：张凤娟
丛 书 名：中国文学与文化研究丛书

丛书策划：张宏辉　欧风偃
选题策划：曹雪敏
责任编辑：曹雪敏
责任校对：张宇琛
装帧设计：李　野
责任印制：李金兰

出版发行：四川大学出版社有限责任公司
　　　　　地址：成都市一环路南一段24号（610065）
　　　　　电话：（028）85408311（发行部）、85400276（总编室）
　　　　　电子邮箱：scupress@vip.163.com
　　　　　网址：https://press.scu.edu.cn
印前制作：四川胜翔数码印务设计有限公司
印刷装订：成都市新都华兴印务有限公司

成品尺寸：170 mm×240 mm
印　　张：13.5
插　　页：2
字　　数：232千字

版　　次：2025年6月 第1版
印　　次：2025年6月 第1次印刷
定　　价：68.00元

本社图书如有印装质量问题，请联系发行部调换

版权所有 ◆ 侵权必究

扫码获取数字资源

四川大学出版社
微信公众号

贵州省高校人文社会科学研究项目（2024RW300）

黔南民族师范学院支持引进高层次人才研究专项项目

贵州省民族乡村社会治理共同体 2011 协同创新中心

黔南民族师范学院集体经济与共同富裕研究省创新团队
——贵州省哲学社会科学创新团队（2022—2025）
（CXTD2023015）

贵州省高校乡村振兴研究中心（23GZGXRWJD28）

目 录

绪 论 1

0.1 选题因由 3
0.2 生态小说的相关概念 5
0.3 先行研究概观 10
0.4 研究目的、意义和方法 16

第1章 中国当代生态小说概貌 21

1.1 中国当代生态小说的发展历程 23
1.2 中国当代生态小说的分类及特点 40
1.3 中国当代生态小说创作思想源泉 43

第2章 动物小说的生态解读——以叶广芩为例 59

2.1 叶广芩小说的生态呈现 62
2.2 叶广芩小说的生态审美观照 70
2.3 叶广芩小说的文化批判 76

第3章 儿童文学作品中的生态世界——以沈石溪为例 83

3.1 沈石溪儿童文学作品蕴含的生态哲思 86

i

3.2 沈石溪儿童文学作品的生态审美意蕴 …………………… 93
3.3 沈石溪儿童文学作品中的生态文化审视 ………………… 97

第 4 章 民俗地域小说的生态诉求——以郭雪波为例 ……… 101

4.1 郭雪波小说的民俗地域生态书写 ………………………… 103
4.2 郭雪波小说的民俗生态审美 ……………………………… 110
4.3 郭雪波小说中的民俗地域生态文化 ……………………… 117

第 5 章 科幻小说的生态阐释——以刘慈欣为例 …………… 125

5.1 刘慈欣科幻小说的生态书写 ……………………………… 127
5.2 刘慈欣科幻小说美学的生态表达 ………………………… 139
5.3 刘慈欣科幻小说生态书写的文化价值 …………………… 145

第 6 章 生态女性主义书写——以迟子建为例 ……………… 151

6.1 迟子建生态女性主义书写的主题内涵 …………………… 154
6.2 迟子建生态女性主义书写的审美意蕴 …………………… 161
6.3 迟子建生态女性主义书写的文化意蕴 …………………… 169

第 7 章 中国当代生态小说的创作问题与发展展望 ………… 177

7.1 中国当代生态小说的创作问题 …………………………… 180
7.2 中国当代生态小说的发展展望 …………………………… 187

结　语 …………………………………………………………… 193

参考文献 …………………………………………………………… 197

绪论

绪 论

中国当代生态小说在20世纪80年代初期就已兴起，它的产生与发展，一方面与中国面临严峻复杂的生态环境保护形势密切相连，另一方面也与当时全球生态思想的发展息息相关。中国当代生态小说以它独特的话语优势在中国当代生态文学的发展过程中起到了推动作用，也使中国当代小说的创作视野更加丰富。其不仅是中国当代生态文学不可或缺的一环，也在中国当代小说中占据一席之地，成为一种极具内聚力和生命力的小说类型。对中国当代生态小说展开整体性的探索，于中国当代生态文学研究具有开疆拓土的深远意义，对当今生态文化的建设发展也极具参考价值。

0.1 选题因由

当人类踏进20世纪，"生态危机已经蔓延到整个文明世界，并成为一种普遍现象，正在关系每个人的日常生活"[①]。对环境问题倍加关注的学者们，也看到生态问题不仅仅涉及自然领域，还涵盖文化、思想、信仰、道德、政治等多个方面；生态危机所蕴藏的不仅仅是环境问题，还涉及人类文化发展面临的风险和挑战。考虑到文学与人类、自然、社会之间盘根错节的关系，我们需要回答如何解决这个问题，并承担相应的责任，于是生态文学应运而生。它在这个特定的历史背景下兴起，它的任务之一就是探究和发现造成生态危机的深刻的文化原因，反省、批评违背自然规律的人类观念传统，并通过具有丰富生态理念的作品，促进生态理念的传播与发扬。

---

① 鲁枢元：《文学的跨界研究：文学与生态学》，学林出版社2011年版，第8页。

自 20 世纪 60 年代起，西方一些优秀的生态文学作家及其生态文学作品在全球文学界纷纷涌现，他们的作品基本上涉及了整个人文和社科研究范畴的生态思想，在世界各地受到普遍重视。这些作家和作品传入中国内地是在改革开放初期，使人们的生态意识萌动。沙青于 1986 年发表了第一篇关于北京缺水问题的报道——《北京失去了平衡》，被视为中国生态文学的起首。此后，反映中国生态问题的生态报告文学作品接踵而至，以至于生态报告文学在中国生态文学的发轫期产生了压倒性的强势影响。岳非丘的《只有一条长江》、哲夫的《黄河生态报告》、徐刚的《伐木者，醒来！》等，都发出了洞心骇耳的生态预警，叩问人们因贪婪和欲望而被熏染到几近麻痹的灵魂，呼唤人类的生态意识。中国文学作品中一些"知青小说"和"寻根小说"在反思历史的同时也凸显了生态意识，其中的作家多是返城的知青，别样的人生轨迹使得他们拿起笔书写自然，倾吐怀念。"知青小说"书写自然，盛赞自然，表达热爱，代表作品有孔捷生的《南方的岸》、张曼菱的《有一个美丽的地方》、张承志的《北方的河》、梁晓声的《这是一片神奇的土地》、竹林的《生活的路》、史铁生的《我的遥远的清平湾》等。"寻根小说"则对表现人与自然关系的密不可分有所侧重，代表作品有老鬼的《血色黄昏》、丁小琦的《红崖羊》、宋学武的《干草》，以及李杭育的"葛川江系列"、贾平凹的"商州系列"、阿城的"三王系列"等。此时，像张长的《希望的绿叶》那样笔触直指生态主题的小说指不胜屈，如杨志军的《大湖断裂》《环湖崩溃》、李杭育的《最后一个渔佬儿》、哲夫的《黑雪》等。也有一些表达对动物平等相待、与动物和谐相处思想的作品，如王凤麟的《野狼出没的山谷》、李传锋的《母鸡来亨儿》、乌热尔图的《七叉椅角的公鹿》等，此类作品对以后的生态小说产生了很大的影响与冲击。

自 20 世纪 90 年代以来，越来越多的作家开始重视生态问题，尤其是生态小说家，他们更加注重对生态现状的深入思考与研究，更加注重从更深、更广的视角展露生态危机，对生态危机原因的探寻也更加重视，因此跻身生态文学生力军之列。其中，迟子建的《朋友们来看雪吧》、张炜的《九月寓言》、贾平凹的《废都》、郭雪波的《大漠狼孩》、方敏的《大绝唱》、张抗抗的《沙暴》、胡发云的《老海失踪》、哲夫的"黑色系列"、陈应松的"湖北神农架系列"、雪漠的"大漠系列"、沈石溪的"动物系列"等，这些作品不但生态意识彰显、立意遥瞻，而且表现形式丰富，尽显作家对生态问题不一样的体验与思索。

迈入21世纪，中国生态文学迎来了真正百卉含英的时代，生态小说在这一时期的成果更是超群出众。贾平凹的《怀念狼》、阿来的《空山》、郭雪波的《大漠狼孩》、叶广芩的《老虎大福》、迟子建的《额尔古纳河右岸》、张炜的《刺猬歌》、姜戎的《狼图腾》、赵本夫的《无土时代》、京夫的《鹿鸣》、杜光辉的《可可西里狼》、杨志军的《藏獒》、刘慈欣的《三体》、沈石溪的《斑羚飞渡》等，百花齐放，争妍斗艳。作家们既在中国生态文化的沃土上扎根，又吸收西方生态文化资源的养分，集合反思批判、生命伦理、生态理想等多个层面的叙述维度，进行富有创意的文学想象，为人类的生命发展与诗意的栖居吟唱田园诗，共同推动了中国生态文学的峰年。

现下，生态问题成为人类面临的最重要、最紧迫的挑战之一，促使人们对它展开了更深刻的追问。在这个背景下，生态小说获得了进一步发展的契机，成为一种明确的写作形态，并用其持续创作与发展的盛果证明了自身存在的价值与意义。不过，由于受一些原因的干扰，"现有的一些生态小说在创作和研究上还陷于概念化、简单化和美学价值弱化的泥沼"[①]。我们知道，生态文学理论主要来自国外，所以把外来理论植根本土，并使之发荣滋长，进一步推动中国当代生态小说研究就显得十分关键。直面中国当代生态小说的缺陷，做出创新性、超前性的理论建构，同样重要。因此，对中国当代生态小说的研究是重要且必要的。通过深入研究和总结中国当代生态小说的历史发展脉络，挖掘它所蕴含的国外先进生态观念和中国传统生态智慧，从中国当代生态小说的主题话语、思想内涵、美学特征、文化价值等方面入手，将有助于深化人们对中国当代生态小说的理解，进一步确定其在中国当代小说发展视界中的位置、意义与作用，同时还可以逐步拓宽中国生态文学与中国当代小说的研究范围。

0.2 生态小说的相关概念

0.2.1 生态意识

生态意识是现在文学创作的一个新方面，但学术界对它的定义有不同的看

[①] 王光东、丁琪：《新世纪以来中国生态小说的价值》，载《中国社会科学》2020年第1期，第13页。

法。对生态意识定义最早是在西方。20世纪30年代，美国奥尔多·利奥波德在《大地伦理学》中指称，"除了自我利益的权利之外，如果没有生态意识，义务只是毫无意义的字眼。因此，我们所面临的挑战是提高社会意识的水平，从人类扩大到大地（自然界）"[1]。奥尔多·利奥波德对生态意识的范围进行了最初的标划，还拓展社会意识至自然领域。到20世纪80年代，苏联基鲁索夫明确定义了生态意识[2]，他限制生态意识的范围，特别强调其反映文明与环境之间的冲突，并将其定义为观点、理论和情感的综合体。而中国学者为应对日益严重的生态危机，关注生态意识的定义及范围并对其展开相关讨论是在20世纪90年代之后。较有代表性的著作是钱俊生、余谋昌的《生态哲学》，他们把生态意识的定义分为广义和狭义[3]，认为生态意识在广义上代表了人类对自然生态的认知和态度，同时也反映了人与自然、社会之间相互依存、相互影响和相互作用的关系。而在狭义上，生态意识则指对工业文明时期所引发的自然资源枯竭、环境污染和生态失衡等实际问题的反思和认识。这个定义把生态意识的范围由自然领域延展至人与自然、人与社会的相互关联上。

基于以上内容，我们认为生态意识是人类社会发展到一定程度的一种独特的意识形态，是对人与自然以及人与社会关系的理解和反思，是一种强调人与自然和谐关系的意识。就文学中的生态意识而言，它映射了人类对于人与自然、人与社会关系的理解，显现了现代文明发展带来的生态危机，包含了对传统人类中心主义的挑战、对人与自然和谐共生的追求。

0.2.2 生态文学

生态小说是生态文学的一个重要范畴，因此，对生态小说的界定就需要从生态文学谈起。

---

[1] 杨通进：《大地伦理学及其哲学基础》，载《玉溪师范学院学报》2003年第3期，第26页。
[2] "生态意识是根据社会和自然的具体可能性……反映社会和自然相互关系问题的诸观点、理论、情感的综合"，Э. В. 基鲁索夫：《生态意识是社会和自然最优相互作用的条件》，余谋昌译，载《哲学译丛》1986年第4期，第29页。
[3] "从广义上来说，生态意识是人类在自然生态中的表现形式，是对人与自然关系以及社会之间相互依存、相互影响、相互作用等关系的反映；从狭义上来说，是自然生态环境发展到一定阶段，即人类对工业文明时期所造成的自然资源、环境污染和生态失衡等实践问题所产生的反映。"钱俊生、余谋昌主编：《生态哲学》，中共中央党校出版社2004年版，第16页。

放眼全球，人类在 20 世纪进入史上空前的高速发展阶段。科学日新月异，技术跻身为现代人类的共同"图腾"，它所表现出来的积极的前景，吸引了所有渴求科技发展的人们。工业革命以来，人类一直视自然界为改造、利用的对象，"人类把自己看作万物的主人，把世界上的一切都看作是为了人类而创造的，无论是生物还是非生物，乃至大地"①。但这种发展方式逐渐获得了巨大成功的同时，也带来了资源短缺、环境污染、生态破坏等诸多问题，已经开始出现滑入失控轨道的趋势。"工业革命的高生产力，常常会对人类的生态系统造成很大的损害，其效果和优越性一般都是短暂的，所以我们可以得出结论，当人类面临严重的生态问题时，工业革命的价值会被广泛地质疑。"② 现在，伴随着地球上的生态危机，人类对自己的生活环境产生了巨大的忧虑，当代的生态文学就在这个背景下发展起来。

1866 年，德国哲学家恩斯特·海克尔推究生物体和周边环境的相互关系，首度提出"生态学"这一概念。到了 20 世纪初，随着西方工业革命带来的环境问题的加重，生态学逐渐延伸到社会科学等领域。1962 年，美国学者蕾切尔·卡逊的长篇文学性科普作品《寂静的春天》被认为是现代环境运动的肇始③，拉开了生态文学在全球发展的帷幕。美国的密迈尔在 1974 发表《生存的悲剧：文学的生态学研究》，成为首个提出"生态文学"主张的学者，他提倡探讨"人与其他生物的联系，细致并且真诚地考察和挖掘文学对人类和自然的影响"。④ 由于国家、地区及时代的不同，对"生态文学"内涵的理解不尽相同。如英国和日本多用"公害文学"，美国多用"自然书写"，中国学者则习惯称之为"环境文学""自然文学"和"生态文学"。

1984 年，中国作家高桦提出"环境文学"的概念⑤。但以"环境文学"命

---

① Rachel Carson. Of Man and the Stream of Time, New York: Frederick Ungar Publish, 1983, p.120, 转引自耿潇：《劳伦斯的小说与生态伦理问题》，载《重庆工商大学学报》（社会科学版）2005 年第 5 期。
② 赵林：《告别洪荒——人类文明的演进》，东方出版中心 1998 年版，第 34 页。
③ ［美］蕾切尔·卡逊：《寂静的春天》，吕瑞兰、李长生译，吉林人民出版社 1997 年版，第 12 页。
④ ［美］密迈尔：《生存的悲剧：文学的生态学研究》，赵家伟、陈钦涛等译，译林出版社 2007 年版，第 32 页。
⑤ 高桦在《中国环境报》"绿地"副刊上首次提出"环境文学"。她认为"环境文学"是"维护生态平衡、加强环境保护意识"，参见高桦：《绿缘往事——写在国际环境保护日到来之际》，载《中国文化报》2012 年 5 月 31 日。

名研究生态问题未免片面化，不利于从整体和系统的角度探讨人与自然的关系。张韧指出"环境文学"的主旨不局限于环境保护，更多的是呈现现代人与环境悲剧之间的关系，表达负面的情绪。[①] 王克俭认为"环境文学"在本质上和"生态文学"截然不同，以"环境文学"命名，容易将主题拘泥于人与自然之间的关系，忽略了人的精神需求，而以"生态文学"命名，可以从审美角度同时关照自然文学与精神生态。[②]

"自然文学"类似于美国学者提出的"自然书写"。王诺认为，"自然文学"使描写对象容易陷入只描写自然的误区，其思想与体裁的涵盖面也较为宽泛，甚至包含了非生态和反生态的文学作品，因此，无法突出生态文学的特点与主要使命[③]。

文艺理论家童庆炳提出"绿色文学"的概念[④]。但是，把"生命意识""人与自然的生机""人与自然的和谐"等方面的论述概括为生态文学的主题也未免过于宽泛，忽略了特定历史语境对生态文学的产生也起着至关重要的作用。

我们认为，用"生态文学"命名更能突出"生态主义"的创作理念，更能体现"生态+文学"的特点与主要使命。虽然目前学术界对"生态文学"的内涵秉持的观点有所不同，然而在将生态整体主义视为思想基础，关注和描述人与自然之间的关系，以及追溯生态危机产生的社会和文化根源等方面的认识具有相似性。厦门大学王诺教授对"生态文学"进行的界定[⑤]具有较强的典型性和权威性。王诺在"生态文学"这一概念上，充分考虑到了其整体性与系统性的特点，涵盖了对生态责任、生态批判的思索：借助文学表达人们的生态理想，通过文学对生态危机进行警示，既是对自然与人之间的关系的一种文学探索，也是对整个生态环境的文学关注，并试图揭示生态危机的社会根源，表达

---

① 张韧：《环境文学与思维的变革》，载《天津文学》1999 年第 4 期。
② 王克俭：《生态文艺学：为了人类"诗意地栖居"》，载《浙江师大学报》（社会科学版）2001 年第 1 期。
③ 王诺：《欧美生态文学》，北京大学出版社 2003 年版，第 6 页。
④ 童庆炳认为"绿色文学"是"一种崇尚生命意识的文学，崇尚人与自然生命力活跃的文学，崇尚人与自然和解与和谐的文学"。见童庆炳：《漫议绿色文学》，载《森林与人类》1999 年第 3 期，第 37 页。
⑤ 王诺认为："生态文学是以生态整体主义为思想基础的，以生态系统整体利益为最高价值的研究和表现自然与人之关系和探寻生态危机之社会根源的文学。生态责任、文明批判、生态理想和生态预警是其突出特点。"王诺：《欧美生态文学》，北京大学出版社 2003 年版，第 11 页。

人与自然和谐共处的理想和愿景。[①] 也有一些学者在此基础上对"生态文学"的定义进行了拓展，充分考虑到了生态文学蕴含的自然生态危机和精神生态危机双重因子，既体现了人们在处理生态危机问题时对各类关系的审美关照，展示了人类面临的自然、生态的危机及隐藏在它后面的深刻的生态环境问题，同时也是对生活在自然、宇宙等整个生命体系中的人的伦理关注，从而揭露出生态问题的社会、人文原因，并对人与自然的关系进行了思考。生态文学的内涵日渐明晰之后，更多的学者认同并采纳了"生态文学"这一术语，进一步把生态文学从体裁的角度划分为"生态散文""生态报告文学""生态小说""生态诗歌""生态戏剧"。

0.2.3 生态小说

生态小说是生态文学的一个重要分支，借助小说这一文学体裁表现人与自然关系的不可分割，启发人思考环境问题，同时表达人的生态意识，并提供对自然环境的更深入的理解。环境危机的加剧，赋予了生态小说更多、更重、更宽广的责任与使命。雷鸣在前人研究基础上对生态小说作了界定[②]，认为生态小说以人与自然关系为核心，揭示自然生态危机和人文危机，强调以自然生态系统整体为价值观照，以及人与自然、人与他人、人与自我的和谐相处，追求自由与美的诗意栖居。此后，赵树勤和龙其林提出了"泛生态小说"的概念[③]，认为在小说的主题与生态整体利益相一致的前提下，反映了关于人类和社会、人类和自然关系的探察，并寻求了生态问题的原因及解决之道的小说作品，可以统称为"泛生态小说"。这一观点充分考虑了小说主题具有多元性的特点，拓宽了生态小说的研究视界。生态小说折射的不仅是对自然生态的关注，更是对人精神生态问题的反映。自然生态和精神生态相因相生，生态小说

[①] 王诺：《欧美生态文学》，北京大学出版社2003年版，第7—10页。

[②] "生态小说是特指在现代性作为一种现代社会的基本图式和运行机理，在世界范围内产生着影响，并造成严重的自然生态危机和人的精神危机的背景下，以人与自然关系的叙述作为文本的叙事核心，并由此来揭示人类所面临自然生态危机及其背后蕴涵的深层的人类文化危机，同时以生态系统整体为价值基础，对自然、人的整个生命系统中进行道德关怀和审美观照，吁求人与自然、他人、自我相互融洽和谐，从而达到自由与美的诗意栖居的小说。"雷鸣：《危机寻根：现代性反思的潜性主调——中国当代生态小说研究》，山东师范大学2009年博士学位论文，第19页。

[③] 赵树勤、龙其林：《当代中国生态小说的发展趋势》，载《淮阴师范学院学报》（哲学社会科学版）2008年第3期，第382页。

的使命是通过小说的形式展示自然生态危机,揭露成因,并对精神生态开展批判反思。基于此,我们认为生态小说是在现代生态危机背景下催生的文学体裁。它是一种以人与自然的关系为探讨对象,以人类中心主义、非人类中心主义、生态整体主义等生态思想为语境,加注作家的现实感悟、文学主张和审美价值观,揭示生态危机的产生和发展,探寻其社会、文化和历史根源,并表达生态理想、生态批判和生态责任的小说类型。

0.3 先行研究概观

0.3.1 中国当代生态小说的研究现状

20世纪80年代,生态文学和生态文学研究的浪潮在中国兴起,然而当时生态意识未能普及,生态危机未能发人深省,导致生态小说被边缘化,因此,对生态文学的探讨还处于零散的自发状态。张韧于1987年发表了一篇名为《环境意识与环境文学》的文章,认为建设中国的生态文学已刻不容缓。1989年,李新宇在《论近几年文学中的人类危机感与自审意识》一文中指出《树王》《大林莽》等作品"使人们在面对大自然时屈服,克制私欲,维护自然"[①],浅析了80年代中后期小说创作中的人类危机感与自审意识。从20世纪90年代发展至今,中国经济一路高歌猛进,生态危机却跬步不离,同时大批国外生态理论著作被译介,且在中国境内引起强烈反响。在这期间,作为一种能较好反映社会现实的文学体裁,生态小说积极回应环境危机,试图开辟一条人与自然和谐发展之路,成为在生态诗歌、生态报告文学、生态戏剧、生态散文等生态文学范畴内发展最平稳、普及最广泛、艺术成就最显著、成果最突出的生态文学创作体裁,这些都推动了以生态小说为主要对象的理论研究和文学批评的发展。

在对生态小说的整体性研究方面,笔者在中国知网的中国学术期刊网络出版总库和中国博硕士学位论文全文数据库中进行了检索。以"生态文学"作为关键字进行查询,显示共有2488篇文献,其中学术期刊论文有1530篇,学位

[①] 李新宇:《论近几年文学中的人类危机感与自审意识》,载《当代文坛》1989年第1期,第7页。

论文有497篇。以"生态小说"作为关键词搜索,显示共有289篇文献,其中学术期刊论文有178篇,学位论文有71篇。而以"当代生态小说"作为关键词进行检索,显示仅有52篇文献,其中学术期刊论文有39篇,学位论文有8篇。这些数据表明纵向上生态小说的研究成果比生态文学的研究成果薄弱很多,范围缩小到当代生态小说的研究成果更显单薄。以"古典小说"作为关键词进行检索,显示共有4234篇文献,其中学术期刊论文有2846篇,学位论文有560篇。以"现实小说"作为关键词进行检索,显示共有2582篇文献,其中学术期刊论文有1832篇,学位论文有183篇。这些数据表明,横向上生态小说的研究成果比起其他类型的小说可谓寥若晨星。一些学者致力于中国生态文学的研究,形成专著,把对生态小说的研究作为部分内容呈现,例如汪树东《生态意识与中国当代文学》对生态意识与小说之间的关系进行了宏观的剖析,微观透视了张炜、迟子建、叶广芩、郭雪波小说中的生态意识。张晓琴的《中国当代生态文学研究》选取了阿来、杜光辉、郭雪波、陈应松等作家的典型作品,对中国生态文学的价值、意义进行探讨。专注于当代生态小说整体性研究的著作不多,代表著作如2014年黄轶的《中国当代小说的生态批判》,该书提出了"生态启蒙"的概念,以"批判性"思维切入当代生态文学的创作和学习,是理论探索、文本解读和实证分析的有机统一,注重对"中国问题"的解读。2016年,纪秀明的《传播与本土书写:比较视域下的中国当代小说生态叙事研究》在中西文学的对比语境视角下,审视中国当代长篇小说的文学价值、诗学意义和民族性,并据此对其"本土化"的发展方向进行了展望。还有研究者侧重把生态小说作为一种小说类型,主要从主题话语、艺术审美、价值关照、叙事策略等角度对生态小说进行整体研究。如雷鸣的《当代生态小说的审美迷津》《当下生态小说创作的病象剖示》《抵抗与反思:现代性症候的生态小说》,刘亚利的《当代生态小说,应秉持什么特质?》《生态小说对生态现代化进程的探索》《生态现代化的求索——新世纪生态小说的深度关怀》,赵树勤、龙其林《中国当代生态小说创作的迷误及其思考》《当代中国生态小说的发展趋势》《寻归自然与精神生态——关于中国当代生态小说中的精神救赎问题》《寻归自然与精神生态——关于中国当代生态小说中的精神救赎问题》,张贺楠的《新世纪中国当代生态小说研究现状》《论当代生态小说死亡叙事的诗性迷思》《时间研究——新世纪生态小说研究的新视点》,隋丽的《绿色的忧思：生态小说的审美维度与价值范畴》，王光东、丁琪的《新世纪以来中国生态小说的价值》，金春平的《新世纪小说"生态"书写视阈的开创及其意义》，纪秀明的《当代生态小说的底层叙事》《世纪之交生态小说的理论悖反与叙事构建》，黄轶、刘阳的《论新时期中国生态小说发展的三种趋势》等学术论文，都是注重依托卷帙浩繁的小说文本，展示小说的生态性叙事体表，挖掘生态小说的文化立场、价值取向，总结生态小说的文学特色。此外，有一些高校博硕士学位论文对生态小说进行阐释研究。比如山东师范大学雷鸣的博士论文《危机寻根：现代性反思的潜性主调——中国当代生态小说研究》，将生态危机与现代性的"祛魅"、人的主体性、工业化、科技等多个层面相联系，把当代生态小说放置于质疑、反思现代性的语境之中全面剖析、深入探究，角度新颖，语言富有感染力。山东大学刘亚利的博士论文《人与自然关系的思考——当代生态小说创作研究》从人和自然的观点出发，在肯定自然的价值与权利的前提下研究当代生态小说的多维视角，对中国当代生态学的自然崇拜、宗教图腾崇拜、道家精神等特征进行了全面的阐述。吉林大学张贺楠的博士论文《中国当代生态小说时间研究》以其独特的方式探索了当代生态小说所包含的复杂时空概念在揭示生态环境的社会原因方面所起的重大影响。扬州大学于慧萍博士论文《中国当代小说中的生态美学思想研究——以新世纪生态小说为例》分析生态美学在其中表现出的形态特征、价值意义以及不足之处，试图探讨生态小说中生态美学思想的共性。上海师范大学周旭峰的博士论文《论新世纪以来的生态小说》，对新世纪以来的生态小说创作背景、特征进行了系统的整理，分类归纳的同时解读文本，并对其主要成就加以评价，指出其不足之处，对新世纪以来的生态小说作了整体上的观照和评点。陕西师范大学黄海浪的硕士论文《生态批评视域下的新世纪生态小说研究》立足新世纪较具代表性的生态小说文本，用生态批评的方法探讨，尝试理清新世纪生态小说的基本面貌，包括其价值、特点以及不足。这些学位论文从整体上研究了生态小说的发展、现状、价值与发展趋势，从不同角度表达了自己的见解，为生态小说的发展理论作了铺垫，在当代生态小说的研究中是有一定分量的研究成果。

相较于生态小说的整体研究，对生态小说作家个人及作品创作的研究非常活跃，起步早、成果多，极大程度上挖掘了当代小说的生态意识的深度，拓宽了生态小说的范畴。如2014年李盛涛的《网络小说的生态文学图景》，该书从生态学的角度研究网络文学，阐释了生态学上的生态性和文学意义上的生态性之间的逻辑关联，探寻了网络小说文学生态性的形成与表现形式，拓宽了当代生态小说的研究维度。2020 年郭秀琴的《新时期内蒙古少数民族作家小说生态书写研究》，在生态批评视域下，以新时期以来内蒙古少数民族作家的汉语小说和汉译小说文本为对象，探讨自然、文化、精神等层面的生态危机表征，突显作家努力溯源以实现危机救赎，研究这一作家群体独具一格的创作气质品格与价值意义。

对生态小说作家个人及作品创作的研究成果最多的是对不同特色的具体作家、作品的研究。学者们挑选著名作家或者经典作品进行专业性的专题研究，以解析作家的生态思想，并深入挖掘作品所蕴含的生态意识，寻找富有价值的学术增长点，这些研究占据了生态小说研究的半壁江山。以对阿来的研究为例，中国知网的中国学术期刊网络出版总库和中国博硕士学位论文全文数据库，以"阿来小说研究"为关键词进行检索，显示共有 295 篇文献，这些文献中侧重生态书写研究的有 32 篇。例如李浩昌的《走向现代的艰难"转换"——论阿来的生态书写》，从思想源头、思想内涵、创作历程和美学特征等方面对阿来的生态创作做出了较为完整的概括，并对阿来的生态写作在当今文学史上的作用进行了较为深刻的探讨，进一步探讨了从"前生态"到"生态"转换过程中出现的各种问题，指出其生命体验形成的生态哲思对人类探求人与自然和谐共生之路的作用。张温卉的《阿来小说中的灾害书写》深度解读阿来的《空山》《环山的雪光》《生命》等作品中的灾害书写现象，通过对其宗教情怀、诗化语言特点的总结，以及对人类社会生活复杂性的反思，寻找超出灾害情境的能力，探索人生的价值。许晨等的《论阿来小说"山珍三部"中的生态意识》对阿来《三只虫草》《河上柏影》《蘑菇圈》的生态叙事进行了剖析，挖掘阿来作品中丰富的生态文化内涵，探寻人与自然相处应当遵循的法则，是作者对生态和现代文明之间关系的深刻思考。付宁的《阿来小说中的隐喻表达及其自然生态观探析》着重探讨了阿来在语言领域中的隐喻表现，探讨了人类与大自然之间生态共存的自然生态观。刘兴霖的《文化生态视阈下的阿来小说创作研究》着重从更为广阔的"文化生态"视角，对阿来的生态文学进行了全方位的探讨，并对阿来的文学与西藏的生态文学进行了深入的探索。邓志文的《阿来小说创作的生态批评之维》、徐志豪的《论阿来小说〈蘑菇圈〉

中的藏族文化与生态意识》、尚敏帮的《阿来小说与现代性反思》、马春丽的《论阿来小说中的动物叙事》、宋炳辉的《唤醒记忆、疗治创伤与生态重建——以阿来长篇小说〈云中记〉的叙事分析为中心》、吴星华的《人性原生态的多重显现——读阿来的长篇小说〈天火〉》、李康云的《人性生态与政治文明缺陷的瓦解与批判——兼评阿来长篇小说〈尘埃落定〉、〈随风飘散〉、〈天火〉》等，都借助阿来的重要作品，表达阿来作品中众生平等、节制欲望的朴素生态思想，思考藏文化在时代浪潮下的归属，促进了人们对生态问题的重视和对传统文化的尊重。

在对生态小说作家个人及作品创作的研究上，学者们还采取了不同的视角。第一，以民族生态文学为切入点。王云介的《乌热尔图的生态文学与生态关怀》对鄂温克族乌热尔图的生态观念进行了分析，并对乌热尔图的自然生态观念给予了高度评价。[①] 李玫的《郭雪波小说中的生态意识》解读蒙古族作家郭雪波描写荒漠的小说，揭露每况愈下的草原生态现状，求索其小说中"为自然和人类日益荒芜的内心探询出敬畏与回归自然等救赎之道"[②]。朱芮的《论叶广芩小说中的家园意识》，通过对叶广芩满族文学作品的文本阐释，从自然家园和精神家园两个角度对叶广芩的家园精神进行了深刻的剖析。阿布拉江·买买提的《维吾尔当代生态小说的思想性浅探》，通过维吾尔族人的生态文学作品，展示了自然生态意识和生态道德观为中心的生态文明价值、生态责任观。李景隆的《论藏族的自然生态审美意识》以其独特的生态美学观念，展示了藏族人在恶劣的自然环境中所养成的独特的生态美学观念，凸显藏族群众以其独特的生态智慧和生态观保持与自然的和谐共生，极具开拓性。第二，学者们主要从区域生态小说的角度进行研究。从地域性和边地属性出发，开始对"文化"的追寻之路。正如汪树东的《看护大地：生态意识与郭雪波小说》，以"看护大地"这一视角来解读郭雪波的生态观念和作品之间的关系，"他的作品打破了人性的核心，深入到了科尔沁沙漠地区的环境问题。通过对野兽原始的探索，他可以对人类进行再思考，而对其生态个性的形成则进一步彰显了其重

[①] 王云介：《乌热尔图的生态文学与生态关怀》，载《黑龙江民族丛刊》2005年第3期，第109页。

[②] 李玫：《郭雪波小说中的生态意识》，载《内蒙古民族大学学报》（社会科学版）2005年第1期，第49页。

要性"①。李源军的《西部小说与生态意识》以生态意识为研究视角,以西部小说的角度探讨了西方的生态观念。冯涛的《论红柯西部小说的生命意识》是对西方地域空间的一种异质性的文学特色进行深度发掘。吕娟霞的《雪漠小说中的生态意识探析》解读雪漠小说中再现的西部农村原生态面貌,以及蕴含的生态意识,表达对自然生态、人文生态的保护。第三,从生态小说的动物叙事的视角进行研究。把动物置于叙事的中心,旨在反映生态危机对动物生存的威胁,以及对与动物世界休戚相关的人类世界的生存现状的关注。表达人类寻找当下生命意义和价值愿望的动物小说大量刊行,比如贾平凹的《怀念狼》,郭雪波的《大漠狼孩》《银狐》,姜戎的《狼图腾》,雪漠的《猪肚井的狼祸》,杨志军的《藏獒》,张炜的《刺猬歌》,京夫的《鹿鸣》,方敏的《熊猫史诗》,胡冬林的《野猪王》,杜光辉的《可可西里狼》,叶广芩的《老虎大福》,陈应松的《豹子最后的舞蹈》等。同时对动物小说的研究也呈井喷之势,研究者将焦点集中在动物形象、动物故事以及作品中所表现出来的生态观念等方面,侧重各有不同。如冯瑾等的《生态美学视域中的沈石溪动物小说研究——以〈狼王梦〉为例》对小说具体文本进行了细致剖析;徐成的《多维视角下的生态哀叹——解读杜光辉代表作〈哦,我的可可西里〉》从自然、社会、精神多个视角透析文本,强调人与自然之间的协调是维护社会稳定的核心问题;贺绍俊的《藏美的文明化以及草原精神——读杨志军的〈藏獒〉》试图把动物性文学提升到人类文明和文化的层面进行研判。

0.3.2 中国当代生态小说研究的不足

中国当代生态小说的研究,经过 40 余年的发展,取得了显著的成果,其文学视野也越来越宽,研究方法层出叠见,研究领域得到极大扩展,但与生态文学、小说领域的研究相比还是显得薄弱。

一是生态文学批评与学术界对其定义与涵义的理解尚存在一些限制。龙其林、刘阳、雷鸣、周旭峰、黄海浪等青年学者都尝试定义生态小说,但至今都未得到普遍认同度较高的定义,一直存在分歧。二是对生态小说创作的宏观把握还不够。研究者们往往将视点集中在对某些作家、某些作品的研究

---

① 汪树东:《看护大地:生态意识与郭雪波小说》,载《北方论丛》2006 年第 3 期,第 34 页。

和对某个视角进行研究上,这样的论文数目累累,无论是题材的选取、理论的运用,还是作家个案创作的选取,都存在严重的盲从、随机的现象,导致重复研究屡见不鲜,使其文学阐释陷入尴尬的境地。三是分析生态文本仅局限于对自然损害的表层研究,而从文化和心理层面、反省人类中心主义缺陷方面进行深度的探讨则很少见。重在梳理作品的内容,挖掘作品的题材,忽略了作品所反映的艺术性特征的状况也存在。四是对于生态创作,研究者们大多加以肯定、大力倡导,对于作品创作的瑕疵、盲点,以及生态小说面临的创作困局等缺乏相对深入和系统的研究。五是从生态小说研究视野来看,研究者对作品的范畴判断和分析还有偏颇,一些内蕴生态书写的作品被排斥在生态小说的范畴之外,如网络文学、科幻文学、儿童文学创作中的优秀小说作品。还有多数研究者仅仅把目光聚集在知名度较高的一些作家上,如阿来、贾平凹、陈应松、张炜、姜戎等,或他们的知名作品上,如《狼图腾》《怀念狼》《蘑菇圈》等,对新晋的知名度较低的作家作品关注度不够。以上几点,不仅体现了当代生态小说研究的缺点,也反映出了当代生态小说创作研究的现状,其仍然有很大可开辟空间,需要更多的研究者抟心揖志,开掘中国小说批评的新领域。

0.4 研究目的、意义和方法

0.4.1 研究目的

本书对中国当代生态小说进行整体性研究。先前诸多学者对中国当代生态小说的研究取得了一定的成绩,但是学术界更为关注的是作家个人及其作品创作,而整体性的探讨尚未得到充分关注,无法呈现中国当代生态小说的全貌。中国生态小说自20世纪80年代以来不断发展,作品的题材和视野也不断更新和拓展,逐渐形成一种特殊小说类型,并且在文学领域中具有重要的地位和价值。透过对其作品进行深度的解读,全面地审视和探究中国当代生态小说,深入挖掘其在精神内涵、审美追求等方面的共性和特征是十分有意义的。本书以收集、阅读、分析和评价诸多文献、资料为基础,从生态中心论和生态整体观视角出发,根据题材的不同,选取叶广芩的动物小说、沈石溪的儿童文学作品、郭雪波的民俗地域小说、刘慈欣的科幻小说中具备生态小说特质的作品,以及生态女性主义视域下迟子建的小说作品，深入解读，分析与探讨中国生态小说的主题话语、精神内涵、审美追求、人文思考等问题，以期能够更加深刻、完整地理解和掌握中国当代生态小说特点，尽可能地拓宽中国当代生态小说的研究视野，彰显中国当代生态小说的特质和意义。

就本书的写作，需要特别指出以下三点：第一，本书把所研究的生态小说的时间范围限定为中国 20 世纪 80 年代以来的作品。生态文学产生于"现代性困境凸显和现代生态学成熟的特定社会历史和知识语境下"[1]，中国工业化进程的突飞猛进，带来技术革新和经济快速发展，工业文明的光芒照射到经济、政治、文化、思想等各个方面，全方位的生态问题也随之席卷而来。由"现代性"所引起的生态危机将人类置于无法摆脱的境地，人们需要依靠生态科学，以作品为原型，以意象描写为手段，以人文精神与生态伦理为依据，恢复人对自然、人对生命的感悟体验能力，通过文学寻找人与自然和谐共生之路，正是如此，中国的生态文学才会真正崛起，因而真正意义上的生态小说的兴起与之同步。第二，研究对象为中国当代生态小说，区域范围是中国大陆地区，不包含中国台湾、香港、澳门地区，以及海外华人的作品。原因在于生态文学的萌芽是伴随着生态危机而产生的，这些地区生态危机出现相对大陆地区要早，其生态小说具有自己的发展轨迹，它的主体内蕴和艺术审美呈现了独有的风格，因此可以把它当作独立的主题来讨论，故不将其纳入本书的研究范畴。第三，本书研究的中国当代生态小说范畴是泛生态小说。"泛生态小说"的概念是由赵树勤和龙其林提出的[2]。把泛生态小说作为研究对象的原因在于，首先，当代生态小说作家的生态意识从无意识到自我意识，从环境保护到生态平衡，再到摆脱人类中心主义，建构生态整体主义，历经了一个过程，循序渐进、不断发展，在其发展的初级进程中，也有

---

[1] 雷鸣：《生态文学研究：急需辩白概念与图谱》，载《福建师范大学学报》（哲学社会科学版）2012 年第 2 期，第 103 页。

[2] 赵树勤和龙其林认为："一部作品中生态因素存在的多少抑或生态主题是否单一并不太重要，只要小说能够（即便不纯粹）站在生态整体利益基础上，通过对人与自然关系的描写反映人与社会、人与人、人与自我的关系，表现人类所面临的自然生态危机和社会精神危机，以生态整体主义的眼光、运用生态学科知识对现实生活中的生态问题做出科学或文化剖析以探寻生态危机之社会根源、寻求解决之道，我们就可以从广义的范畴上将其视为泛生态小说。"见赵树勤、龙其林：《当代中国生态小说的发展趋势》，载《淮阴师范学院学报》（哲学社会科学版）2008 年第 3 期，第 382 页。

许多不以生态书写为创作目的或主题多义但生态意识凸显的佳作,具有重要的研究价值。其次,生态危机的汪洋恣肆不仅引发了生态小说的创作高潮,也使生态意识播撒在文学创作的各个角落,许多领域的文学创作不断延伸开拓文学价值,也触及生态小说的范畴,如儿童文学、科幻文学、网络文学中的一些小说作品,通过研究这部分内容,可以扩大研究视野,将更多的作品纳入生态小说的范畴,从而对现代生态小说的出现和发展有更全面的整体认识。

0.4.2 研究意义

中国改革开放以来经济迅猛发展,然而生态危机也是如火燎原,生态文明建设已在中国的战略层面上展开。生态小说是当今重要的生态文学类型,它具有无可取代的地位,研究中国当代生态小说,其中的经验可以成为今后发展的参考。

从宏观的角度看,运用生态批评的理论和方法来审视和分析生态小说,有助于挖掘其中蕴含的生态思想,深入探究其思想文化渊源,并展示其生态美学和艺术表达方式,及时地探索和验证当代生态小说创作的新现象,同时也为当代生态伦理的建构提供新的视角和思考。此外,可以为当代小说的发展研究提供更广泛的思路和思想空间,助力创作更加深入和广泛。同时,将本土作家的创作与全球化的文学话题结合起来,可以在全球范围内展开生态小说的国际对话,利用共同的生态价值和伦理知识,共同解决全球生态危机的问题。通过个案分析和研究,可以提供具体的例证和证据,为生态文明理论的建构和解释提供更加充实和有力的支持,有助于为中国生态文学的发展提供更加全面和系统的框架,为探讨全球生态问题提供更多的启示和思考。

从微观层面来看,目前生态小说研究的重点往往偏向于探讨小说中的生态主题,而忽略了小说作为一种文学艺术形式的特征和审美价值。然而,无论是哪种文学流派或文学形式,文学都是一种审美存在。我们试图打破对生态文学的固有研究思路,从"生态"与"小说"两方面进行探索,探索生态思想、精神内涵和探索艺术特色、审美追求、文化反思双管齐下。我们期望在已有研究结果的支持下,对某些还没有涉及的问题进行挖掘与研究。例如,用生态视角去解读科幻文学、女性文学等类型的文学作品,从而为这些文学类型开辟更广阔的研究空间，提供更多元化的思路，拓宽它们的研究方向和发展道路。这样的研究可以进一步丰富生态批评理论的内涵，同时也为生态文学关于环境正义和伦理正义的探讨提供一个更宽广的平台。再如，生态小说在一定程度上拓宽了当代小说的视野，使作家们不再局限于人类，而是为人类和自然界万物之间建立了一种全新的审美关系。这种变革影响了小说创作的内容和形式，生态主义思想也在一定程度上影响了当代小说的创作方式。因此，对生态小说作品中的创作重点转变、生态主义思想对小说创作的影响、小说形式和内容的变化，以及作家对创作方式的尝试等问题的研究都极具价值。

生态环境的日益恶化，正是生态小说发展与创新的机会。中国当代生态小说的许多问题都是需要我们来研究的，阐释空间极大。其意义不仅在于对中国当代生态小说进行综合性、系统性地审视，对生态小说独特的艺术魅力和发展意义与价值的深度挖掘，同时也在于为中国当代小说的发展提供范例，大有教益。

0.4.3 研究方法

（1）生态批评理论应用

把使用生态批评释读、剖析典型文本作为主要研究方法。生态批评是一种具有复杂性、开放性，不同于传统文学批评的批评系统。王诺在《生态批评与生态思想》中阐释了生态批评的概念[①]，生态批评主要以生态学思想和生态主义为导向，系统地审视文学作品，探察文学作品在展示生态危机、揭示批驳现代性文明的偏离不当之处，并在此基础上寻求人与自然和谐共生的可能性的创作。王喜绒从批判立场的变更、"自然审美"的更新和定位，以及对现实介入形成的"实践性"的品格三个角度，指出生态批评与传统文学批评有着明显的

---

① 王诺指出："生态批评是在生态主义，特别是生态整体主义思想指导下探讨文学与自然之关系的文学批评。它要揭示文学作品所反映出来的生态危机之思想文化根源，同时也要探索文学的生态审美及其艺术表现。"参见王诺：《生态批评与生态思想》，人民出版社2013年版，第8页。

区别。① 生态批评颠覆了以人为中心的基本理念，把自然审美放到中心位置，强调对现实问题的介入性，试图唤起和增强人们的生态意识，具有鲜明的实践性品格。因此，生态批评提供了一种新的文学解读方式，重新定位了人与自然的关系，对于推动生态文化建设和可持续发展具有重要意义。

本书采取把生态批评理论与典型文本解读相结合的方法，在具体理论操作上主要运用劳伦斯·布伊尔在《环境批评的未来》中的生态中心主义和奥尔多·利奥波德的生态整体观，选取具有典型性的当代生态小说文本深入解读探察，呈现作品发出的生态预警、蕴含的生态伦理思想、肩负的生态职责、构建的生态愿景及作家的生态践行，对当代生态小说的创作进行多方面审视。

（2）文献研究法

浏览国内外各种数据库，寻找与本文研究相关的文献资料，对中国当代生态小说的研究现状进行梳理，掌握其最新的理论成果，并进行总结和归纳。

（3）文本细读法

本书的研究论述选取叶广芩、沈石溪、郭雪波、刘慈欣、迟子建五位作家的典型作品，进行详细阅读，在此基础上，更深入地挖掘这些作品所包含的生态思想，从而为本书的观点提供有力的论据和证明。

在人文学科研究中，提出一种新的思路，将不同的研究方法和角度相互渗透，以生态伦理、环境道德和生态美学为基础和准则，灵活运用于各种问题的研究，并参考相关文献资料，以坚实的理论基础和合理的方法论为指导，对研究对象加以深度解读和阐述诠释。

---

① 王喜绒指出生态批评不同于传统文学批评：首先，生态批评从根本上颠覆了传统文学批评中"文学是人学"的基本理念，批评的立场从"以人为中心"转换为"以自然为中心"，依据这一立场使得"一种迥异于传统文学批评的崭新视角和逻辑起点"得以形成，文本中的人与自然的问题也会得到全新的解读。其次，生态批评把缺席已久的自然审美摆放到了中心位置，以生态伦理思想重新定位人与自然的关系，改变了自然审美"充其量也只是作为人物活动背景被论及"的尴尬地位，逆转了传统文学批评漠视自然审美的批评姿态。还有就是生态批评对现实的介入性，生态批评不再局限于"语言"和"文本"，而是始终关注现实问题，试图通过文学批评来唤起和增强人们的生态意识，这让生态批评具有了鲜明的"实践性"品格。参见王喜绒：《生态批评视域下的中国现当代文学》，中国社会科学出版社2009年版，第5—7页。

第1章 中国当代生态小说概貌

生态小说是重要的文学体裁样式，能够反映生态危机，批判人类对生态的破坏，是对人与自然关系的探索，旨在提高人们的生态意识。由于生态环境问题带有鲜明的时代特点，不同时期生态小说的创作语境也是有明显区别的。立足世界视野，受国家、地区现代化进程关系等诸多因素的影响，中国的生态文学创作和研究的起步相对晚一些。即便是在中国国内，生态写作的发展也不尽相同：20世纪80年代的台湾已出现大量"环保文学"作品，而当时中国大陆的生态写作还处于萌芽阶段；到了80年代中后期，随着经济高速发展伴随的环境问题的加剧，大陆生态小说大量兴起，90年代进入了繁荣阶段，在文学性和艺术性方面有了显著的提高。

21世纪以来，中国社会经济迅速发展，同时生态问题凸显，生态恶化影响了社会发展和人们的健康生活，人与自然的关系变得愈来愈紧张。于是，中国政府提出了"人与自然和谐共生"等一系列理论体系，加紧了生态文明建设的进程，取得了一定的生态治理成效。同时，新物质主义的研究热潮也推动了物质生态批评等前沿理论的发展，人类对与自然生态关系的认识也在不断发生变化，生态小说叙事的主题转向了生态责任和生态启示，凸显了中国当代文学回归现实主义所做出的努力，表达着人们渴望回归自然的强烈愿望，文学创作的本体意识也在不断增强。

1.1 中国当代生态小说的发展历程

中国当代生态小说创作起源于20世纪80年代初，经历了80年代的初步发展，随着经济建设与环境发展矛盾的不可调和，加之当代生态伦理学的发展，到了 90 年代呈现出了繁荣阶段。21 世纪以来，环境污染的加剧迫使人们的生态意识进一步加强，在"生态""环保"的语境下，生态小说出现了实质性的进展。

1.1.1　1980—1990 年的生态小说

20 世纪 80 年代初，中国的地区现代化进程的不平衡导致的环境问题引发了人们对生态的思考。当时中国台湾地区的社会现代化程度较高，发展中的环境矛盾也较为凸显，出现了比较盛行的"环保文学"，涌现出杨宪宏、钟肇政、心岱、王幼华、宋泽莱等一批较为著名的作家。当时中国大陆城市化进程初露端倪，尽管出现了张长等一批主要立足于人的立场来审视人与生态环境的关系问题的早期生态作家，但对现代化变革中的中国并未产生较大的影响。到了 80 年代中后期，经济的发展推动了现代化进程的加速，继而引发了一系列环境问题，环境保护受到了中国当代文学界的瞩目，出现了谌容、李悦、郭雪波、冯苓植等一批关心生态问题的小说家，他们"以独特的视角和姿态叙说着人与环境发展之间的关系，以回归自然的姿态萌生于'寻根文学'之中"。同时，不少西方学者对以人为本所引发的生态问题进行了勇敢地揭露和抨击，这些批评通常是围绕着保护动物和弱势生物而展开的，并在生态文学的作品中得到了广泛的体现，这对于中国动物小说的兴起产生了深刻的影响。

根据创作的时间顺序，我们将 1980—1990 年有代表性的生态小说作家及其代表作品整理如下：

时间	作家	作品	出处
20 世纪 80 年代（1980—1990 年）	张抗抗	《淡淡的晨雾》	中国青年出版社 1980 年版
	韩少功	《西望茅草地》	《人民文学》1980 年第 10 期
	乌热尔图	《老人和鹿》	《上海文学》1981 年第 8 期
	张承志	《黑骏马》	《十月》1982 年第 6 期
	梁晓声	《这是一片神奇的土地》	《北方文学》1982 年第 8 期
	张曼菱	《有一个美丽的地方》	《当代》1982 年第 3 期
	乌热尔图	《七岔犄角的公鹿》	《民族文学》1982 年第 5 期
	乌热尔图	《琥珀色的篝火》	《民族文学》1983 年第 10 期
	史铁生	《我的遥远的清平湾》	《青年文学》1983 年第 1 期

续表

时间	作家	作品	出处
20世纪80年代（1980—1990年）	孔捷生	《南方的岸》	北京出版社1983年版
	梁晓声	《今夜有暴风雪》	《青春》文学丛刊1983年第1期
	李杭育	《最后一个渔佬儿》	《当代》1983年第2期
	郑万隆	《老马——异乡异闻之二》	《人民文学》1984年第11期
	宋学武	《干草》	《青年文学》1984年第2期
	张承志	《北方的河》	《十月》1984年第1期
	孔捷生	《大林莽》	《十月》1984年第6期
	陈放	《白与绿》	《小说选刊》1984年第7期
	陆天明	《啊，野麻花》	北京十月文艺出版社1984年版
	陈世旭	《天鹅湖畔》	《十月》1984年第1期
	张承志	《胡涂乱抹》	《上海文学》1985第11期
	郑万隆	《空山》	《上海文学》1985年第5期
	阿城	《树王》	《中国作家》1985年第1期
	郭雪波	《沙狐》	《北方文学》1985年第4期
	袁和平	《南方的森林》	百花文艺出版社1985年版
	李传锋	《母鸡来亨儿》	《民族文学》1986年第2期
	阿来	《猎鹿人的故事》	《民族文学》1986年第10期
	杨志军	《大湖断裂》	《现代人》1986年版
	蔡测海	《母船》	作家出版社1986年版
	杨志军	《环湖崩溃》	《当代》1987年第1期
	李悦	《漠王》	内蒙古人民出版社1987年版
	张长	《最后一棵菩提》	《张长小说选》四川民族出版社1987年版
	江浩	《空祭》	作家出版社1987年版
	鬼子	《八月，干渴的荒野》	《民族文学》1987年第7期
	鬼子	《血崖》	《广西文学》1988年第7期
	杨志军	《海昨天退去》	《黄河》1988年版
	李传锋	《最后一只白虎》	长江文艺出版社1989年版
	阿来	《芙美，通向城市的道路》	《民族文学》1989年第7期

按照不同的文学形式，可把1980—1990年的生态小说分为两大类型：一

些作家在"知青小说"与"寻根小说"中潜藏生态意识和生态情感;另一些作家直接切入,触及了环境问题,并创造了早期的绿色题材作品。"知青小说"与"寻根小说"的作家,大都是20世纪60年代"上山下乡"时被送往边远地区、"文革"后又从家乡返回城镇的都市知识分子,他们独特的生存环境,造就了他们对自然的深厚感情,促使他们以满怀思念、依恋、礼赞的方式描绘自然,绘成了一种在"知青小说"与"寻根小说"之间的绚烂画卷。

"知青小说"重视大自然的神奇魅力的映现。比较著名的作家有梁晓声、孔捷生、张曼菱、张承志、张抗抗、史铁生、韩少功、宋学武、陆天明等。其中,张承志的创作最具代表性,在他的生态小说书写中表现出的叙事能力不仅限于人类,还涉及自然界作为物质存在的独特叙事和施事能力。自然界在没有人类干预的情况下,具有自身固有的运作方式,同时,自然界也通过自己的语言向外界传递和表达各种信息,张承志将笔下的自然物象均作了人格化的处理。如《青草》:"和风中青草低着头,抚弄着那匹海骝马毛皮闪亮的脚踝。"[1]"青草"和"海骝马"的互动彰显了物质的自然叙事方式,无须人类的介入,凭借自身的规律有序运作。在张承志的小说世界里,所有非人类的物质都具有能动性,他以天灾为题材,叙述了大自然对人们的安慰,表现了大自然不是人的附属。他对人类中心主义持完全否定的态度,认为自然同人一样拥有尊严,拥有平等的权利。小说《北方的河》《残月》等,均揭露了人类中心主义观念下人类不自觉地伤害自然的行为,展示了现代性与工业化的发展模式下人类对自然无节制的病态剥夺,并对此进行深刻反思与价值批判,在潜意识中与人类中心主义进行着博弈。

"寻根小说"刻画了人与自然的密切关联,以阿城、朱晓平、张炜、贾平凹、李锐、李杭育、郑万隆等人的系列小说为代表。阿城的小说长于从中国传统哲学中吐故纳新,他的"三王系列"小说采用静默观察的方式,从"天人合一"的角度书写人不能超越自然界的承受力,而应该与自然浑然融为一体,和谐发展。在"三王系列"小说中,"塑造的人物心境淡泊、超然物外,描述的环境清雅绝尘、寂寞幽远,用道家'虚静'之心来看待宇宙万物的规律,让读者自然而然地领略深奥的人生哲学"。贾平凹"商州系列"

---

[1] 张承志:《青草》,载张承志:《老桥·奔驰的美神》,上海文艺出版社2015年版,第127页。

将文明与无知的矛盾置顶，对现代性冲击下的传统落伍思想进行了批判，体现了新的价值标准与以新一代人物为中心的地域共同体的时代特征。李杭育的"葛川江系列"有着鲜明的时代色彩和浓厚的历史内容，让读者感受到了环境污染带给人类生存空间的严重破坏，强调人与自然保持和谐统一之重要性，主张以自然之美来净化吴越文化，在传统与现代的冲突对立中思考人与自然有机结合发展的方式。这些系列小说均间接触及了环保生态问题，体现了这一时期的作家日益增强的生态意识，对现代化发展过程中的自然生态表现的失衡和衰退流露出忧虑。

1975年，美国伦理学家彼得·辛格在《动物解放》中提出"人与动物平等"的观点，宣告世界动物保护运动在全球兴起。20世纪80年代的中国生态小说也受此影响，探讨动物与人的关系成为动物小说的叙事主流，作家们纷纷"打破对动物生命的表层书写，并主动关注动物的生存现状，将动物赋予人格化和人性化，以此来探讨人与动物和谐相处的问题，呼吁人对动物实施道德关怀"。比如乌热尔图的《七叉犄角的公鹿》、王凤麟的《野狼出没的山谷》、李传锋的《母鸡来亨儿》等小说均是这一类的优秀作品，对人类和动物之间的矛盾冲突进行刻画，凸显了现代环境危机的实质，对动物生存所面临的苦难和背后的原因进行深入的探讨。

值得一提的是，这一阶段的生态小说创作，少数民族作家占有了很大的比例，他们以少数民族地区作为背景进行生态叙事，如张承志、郭雪波、杜光辉、李传锋、阿来、赵剑平、乌热尔图等，叙事背景多取自少数民族聚居区，多表现大草原、高原、无人区、原始森林等，书写与少数民族生态现实和生态观念相关的生态理念，他们对生态恶化问题有着特殊的视角和理路，对社会发展带来的环境和自然损害进行了深刻的批判与反思，如郭雪波的《沙狐》写了草原荒漠化和农垦化带来的草原即将消失的生态破坏场景；又如乌热尔图在其《老人与鹿》等"森林系列"作品中历数森林被无度砍伐的乱象，表达对森林生态遭受破坏乃至即将消失的痛心疾首。

1.1.2 1990—2000年的生态小说

1990—2000年这10年是反思自身经济发展模式弊端的10年，也是生态小说领域开始取得实绩的10年，是中国生态小说的突进期。这一阶段，"市场经济和商品化以前所未有的规模卷来",中国社会的精神生态更趋物质化和实利化,思想启蒙的声音在文学中日渐衰弱和边缘,小说大多走向了解构与逍遥之途,走向了世俗化的自然经验陈述和个人化的叙述"①。同时,环境危机、由心理危机等引发的环境问题对人类的生存造成了严重的危害,作家们开始关注精神与政治生态,"这一时期的生态小说并不否定人类的整体利益,而是呼吁人类节制自身的欲望,注重人在自身发展的同时充分考虑自然环境的利益"。从事创作的主体主要由20世纪80年代的作家群和20世纪90年代的新作家群构成。80年代的作家群在80年代已经具备了生态意识,随着90年代生态环境的恶化和生态小说的日益兴盛,他们纷纷投入生态创作中,比较有代表性的作家有范小青、中杰英、刘庆邦、陈建功、红柯、李国文、蒋子龙、叶楠、李贯通、赵大年、京夫、谌容、彭建明、尤凤伟、刘心武、张扬、铁凝、蒋子丹、姜滇、周大新、池莉、阿成、关仁山、苗长水、邓一光、何玉茹、迟子建、张炜、贾平凹、赵本夫、郭雪波、哲夫、张抗抗、梁晓声等,其中还有少数民族作家张承志、乌热尔图、李传锋、满都麦、甫澜涛、赵剑平等。90年代的作家有陈应松、雪漠、杜光辉、方敏、沈石溪、马福林、彭鸽子、张景祥、牧娃、夏季风、荆歌、酉长有德、娟子等。他们均有着较好的生态小说创作文本,主要代表人物及代表作品如下:

时间	作家	作品	出处
20世纪90年代（1990—2000年）	姜滇	《摄生草》	《当代》1990年第3期
	哲夫	《黑雪》	北岳文艺出版社1990年版
	关仁山	《苦雪》	《人民文学》1991年第2期
	郭雪波	《沙葬》	《中国作家》1991年第5期
	阿来	《已经消失的森林》	《红岩》1991年第1期
	哲夫	《毒吻》	北岳文艺出版社1991年版
	张长	《太阳树》	作家出版社1992年版
	张泽忠	《山乡笔记》	漓江出版社1992年版
	郭雪波	《沙狼》	农村读物出版社1992年版

---

① 雷达:《20世纪近三十年长篇小说审美经验反思——中国新文学大系第五辑长篇卷序言》,载《小说评论》2009年第1期。

续表

时间	作家	作品	出处
20世纪90年代（1990—2000年）	杨威立	《博斯腾湖的鲜润》	《人民文学》1992年第11期
	张抗抗	《沙暴》	《小说界》1993年第2期
	谌容	《死河》	海峡文艺出版社1993年版
	张炜	《九月寓言》	上海文艺出版社1993年版
	杨威立	《马儿，你慢些走》	《当代》1993年第4期
	陈建功	《放生》	《中篇小说选刊》1993年第2期
	李贯通	《乐园》	《中国作家》1993年第6期
	乌热尔图	《从林幽幽》	《收获》1993年第6期
	乌热尔图	《玛鲁啊！玛鲁》	《中国作家》1993年第1期
	杨志军	《圣雄》	敦煌文艺出版社1994年版
	哲夫	《天猎》	中国文联出版公司1994年版
	哲夫	《地猎》	中国文联出版公司1994年版
	寄丹	《裸岸》	花城出版社1994年版
	杨威立	《牛背》	《人民文学》1994年第3期
	迟子建	《逝川》	《收获》1994年第5期
	叶楠	《背弃山野》	《时代文学》1994年第2期
	阿来	《红狐》	《西藏文学》1994年第1期
	朱启渝	《梦断源头》	四川文艺出版社1995年版
	方敏	《孔雀湖》	中国青年出版社1995年版
	张炜	《柏慧》	《收获》1995年第2期
	张炜	《怀念黑潭中的黑鱼》	《上海文学》1995年第7期
	范小青	《药方》	《青年文学》1995年第8期
	萨娜	《哈勒峡谷》	《草原》1995年第3期
	满都麦	《马嘶·狗吠·人泣》	《民族文学》1995年第6期
	何玉茹	《桃园》	《青年文学》1995年第8期
	阿成	《小酒馆》	《人民文学》1996年第8期
	洛捷	《独霸猴》	《边疆文学》1996年第4期
	金涛	《冰原迷踪》	中国少年儿童出版社1996年版
	中杰英	《猎杀天鹅》	《十月》1997年第2期

续表

时间	作家	作品	出处
20世纪90年代（1990—2000年）	哲夫	《猎人》	长江文艺出版社1997版
	邓一光	《狼行成双》	《钟山》1997年第5期
	邓一光	《红雾》	长江文艺出版社1997版
	李国文	《垃圾的故事》	《上海文学》1997年第1期
	铁凝	《秀色》	《人民文学》1997年第1期
	张炜	《唯一的红军》	《莽原》1997年第3期
	红柯	《美丽奴羊》	《人民文学》1997年第4期
	红柯	《树桩》	《延河》1997年第9期
	周大新	《伏牛》	百花文艺出版社1997年版
	陈应松	《与蛇同醉》	《青年文学》1997年第1期
	满都麦	《四耳狼与猎人》	《民族文学》1997年第9期
	关仁山	《裸岸》	百花州文艺出版社1997年版
	亦秋	《涨潮时分》	浙江文艺出版社1997年版
	刘醒龙	《爱到永远》	江苏文艺出版社1998年版
	克非	《无言的圣莽山》	上海文艺出版社1998年版
	李文德 赵新贵	《商家坪》	天马图书有限公司1998年版
	刘庆邦	《梅妞放羊》	《时代文学》1998年第5期
	刘庆邦	《喜鹊的悲剧》	《上海文学》1998年第3期
	朗确	《最后的鹿园》	云南民族出版社1998年版
	周大新	《步出密林》	北京出版社1998年版
	迟子建	《朋友们来看雪吧》	《北京文学》1998年第11期
	漠月	《白狐》	《朔方》1998年第8期
	胡发云	《老海失踪》	《中国作家》1999年第1期
	张炜	《鱼的故事》	《中国作家》1999年第1期
	彭鸽子	《红嘴鸥的寻觅》	中国青年出版社1999年版
	方敏	《大绝唱》	《中国作家》1999年第2期
	李宁武	《落雁》	《山东文学》1999年第5期
	星河	《潮啸如枪》	《科幻世界》1999年第2期
	石舒清	《清水里的刀子》	《朔方》1999年第1期

80年代的生态文学作家由于长期从事生态小说书写，生态观念和文化价值取向比较稳固，因而其作品中生态性的主线比较清晰、形象比较清楚，在艺术表达上也有自己的风格和特点。如迟子建自80年代登上文坛就一直专注于"原始风景"叙事。迟子建自小生活在漠河市北极村，自然的包裹使她对自然有着独特的感悟，她的小说将儿童、女性与动物连接在一起，相互映衬，融入了自身的童年经验，并以女性看待世界的细腻温情拥抱大自然，使动物的形象在外形上贴合女性的审美，动物的性格与命运在与人的对照映衬中得以彰显。这一时期，迟子建小说刻画的人与动物的和谐共处是基于生存的需要所决定的，人与动物之间的和谐关系并不具备超功利性，人对动物的尊重就是人对自然秩序的尊重，反映了作家的"万物共生"的生态思想。其他一些作者，比如郭雪波，则以内蒙古科尔沁沙地为基点，站在生态整体主义和"天人合一"的理论视角，揭示草原退化成荒漠、生态遭到破坏的历史与现状，通过生态意象审美化地表达自身的生态思想，以此拯救人类的精神生态危机。另有像贾平凹这一类作家，他们虽然不是始终一贯地进行生态小说书写，在生态思想表现上不具备系统性，在艺术表现上也缺乏连续性，但也常有经典生态小说作品问世，如贾平凹的《猎手》描写了人与自然界的生态平衡问题，集中展现了生态平衡被打破之后带给人类的危机感，足见贾平凹对人自身的精神生态问题的发掘和描摹。

相比80年代的作家，90年代以后的新秀作家受生态主义思潮的影响较深，各种思潮呈现多元共存的状态，他们在小说创作中表现出明显的生态意向，在价值倾向和审美的选择上都发生了明显的转型，其生态写作的手法也从宏大叙事转向了日常叙事，作家们多用系列作品暴露人与自然的关系，比如杜光辉创作的"可可西里系列"，沈石溪主要面向儿童创作的"动物系列"作品，他们对新的生态观念有着自觉的追求，用普及新的生态观念的对话或议论的方式书写对人与自然关系的理解。其中，这个时代的生态小说作品中的"动物叙事"创作大量增加，甚至一度出现趋同化、雷同化、庸俗化的倾向，但仍不乏一些经典创作，他们从生态整体主义立场出发，承认动物固有的"内在价值"，如方敏的《熊猫史诗》、陈应松的"神农架系列"等，宣导万物平等、相生相成、和谐共生的生态理念，这在"人文精神失落"的90年代大背景下为生态小说的创作注入了一股新鲜血液，从生态理性的视角审视了消费语境下人们的生活状态。

1.1.3 2000 年及以后的生态小说

进入 21 世纪以来，受环境危机的现实影响，作家们开始不断反思以人为主体的传统叙事模式的弊端，时代呼唤新的叙事形式以适应日益变化的现实世界。世界形势的发展也使中国面临着更加复杂的社会形势，在人口日益增长的地域条件下，生态文学以一种对时势的敏感洞察，伴随着新的历史时期，在创造和学习方面出现了新的形式。然而，这一时期所产生的生态文学的数量远不及其他类型的文学，生态小说的创作数量相较而言就更少，且中篇、短篇生态小说居多。主要作家有贾平凹、郭雪波、姜戎、叶广芩、杜光辉、雪漠、陈应松等，主要作品如下：

时间	作家	作品	出处
21 世纪以来（2000 年至今）	贾平凹	《怀念狼》	作家出版社 2000 年版
	林红宾	《猎狐》	《雨花》2000 年第 6 期
	刘慈欣	《地火》	《科幻世界》2000 年第 2 期
	夏季风	《该死的鲸鱼》	《人民文学》2000 年第 7 期
	陈应松	《神鹫过境》	《人民文学》2000 年第 3 期
	汪淏	《动物乐园》	《黄河》2000 年第 6 期
	王新军	《大草滩》	《小说界》2000 年第 2 期
	王新军	《牧羊老人》	《小说界》2000 年第 4 期
	叶楠	《最后一名猎手和最后一头公熊》	《人民文学》2000 年第 5 期
	叶广芩	《老虎大福》	《人民文学》2001 年第 9 期
	叶广芩	《熊猫"碎货"》	《长江文艺》2000 年第 8 期
	王晋康	《替天行道》	《科幻世界》2001 年 10 期
	杜光辉	《哦，我的可可西里》	《小说界》2001 年第 1 期
	孙正连	《蛇地》《洪荒》《泥淖》《洪峰》	时代文艺出版社 2001 年版
	季栋梁	《老人与森林》	《朔方》2001 年第 9 期
	陈应松	《豹子最后的舞蹈》	《钟山》2001 年第 3 期
	雪漠	《大漠祭》	上海文艺出版社 2002 年版
	陈应松	《松鸦为什么鸣叫》	《钟山》2002 年第 2 期

续表

时间	作家	作品	出处
21世纪以来（2000年至今）	夏天敏	《徘徊望云湖》	《十月》2002年第3期
	杜光辉	《金蚀可可西里》	《天涯》2002年第4期
	马福林	《一只俄罗斯狗在中国的遭遇》	《中国作家》2002年第8期
	迟子建	《雾月牛栏》	华文出版社2002年版
	阿来	《遥远的温泉》	《北京文学》2002年第8期
	刘庆邦	《大雁》	《安徽文学》2002年第6期
	陈应松	《独摇草》	《钟山》2003年第2期
	王晋康	《黑钻石》	《科幻大王》2003年第4期
	叶广芩	《猴子村长》	《北京文学》2003年第5期
	叶广芩	《长虫二颤》	《当代》2003年第4期
	漠月	《父亲与驼》	《朔方》2003年第8期
	雪漠	《猎原》	北京十月文艺出版社2003年版
	迟子建	《微风入林》	《上海文学》2003年第10期
	孙正连	《山狗》	《作家》2003年第11期
	欧阳黔森	《水晶山谷》	《十月》2003年第2期
	刘慈欣	《地球大炮》	《科幻世界》2003年第9期
	李传锋	《红豺》	《民族文学》2003年第1期
	雪漠	《狼祸》	《中国作家》2004年第2期
	姜卫华	《人·狗·狼》	《滇池》2004年第1期
	萨娜	《额尔古纳河的夏季》	《作家》2004年第7期
	姜戎	《狼图腾》	长江文艺出版社2004年版
	韩松	《红色海洋》	上海科学普及出版社2004年版
	范稳	《水乳大地》	人民文学出版社2004年版
	叶广芩	《猎人与母猴》	《杉乡文学》2005年第2期
	漠月	《青草如玉》	《山花》2005年第2期
	杨志军	《藏獒》	人民文学出版社2005年版
	阿来	《空山》	人民文学出版社2005年版
	王华	《桥溪庄》	《当代》2005年第1期
	董立勃	《野鹿》	《山花》2005年第5期

续表

时间	作家	作品	出处
21世纪以来（2000年至今）	存文学	《猎手的距离》	《大家》2005年第4期
	娟子	《与狼》	广西人民出版社2005年版
	龙懋勤	《狗命》	中国文联出版社2005年版
	蔡楠	《行走在岸上的鱼》	《绿叶》2005年第1期
	吴运强	《走进美人谷》	中国文联出版社2005年版
	迟子建	《额尔古纳河右岸》	北京十月文艺出版社2005年版
	陈应松	《牧歌》	《红豆》2005年第3期
	阿娜尔古丽	《守林世家》	《生态文化》2005年第6—12期连载
	邓刚	《蛤蜊搬家》	《上海文学》2006年第11期
	郭雪波	《狼孩》《银狐》	漓江出版社2006年版
	刘慈欣	《三体》	《科幻世界》2006年5月起连载
	张学东	《跪乳时期的羊》	《文学港》2006年第4期
	夏天敏	《好大一棵桂花树》	《当代小说》2006年第2期
	赵剑平	《困豹》	人民文学出版社2006年版
	李晋瑞	《原地》	长江文艺出版社2006年版
	冯玉雷	《敦煌·六千大地或者更远》	作家出版社2006年版
	周大新	《湖光山色》	作家出版社2006年版
	张抗抗	《北极光》	人民文学出版社2006年版
	汪泉	《沙尘暴中深呼吸》	宁夏人民出版社2006年版
	杨志军	《藏獒2》	人民文学出版社2007年版
	阿来	《空山2》	人民文学出版社2007年版
	迟子建	《世界上所有的夜晚》	春风文艺出版社2007年版
	杜光辉	《浪滩的男人女人》	《时代文学》2007年第5期
	张炜	《刺猬歌》	人民文学出版社2007年版
	乔盛	《黄沙窝》	上海文艺出版社2007年版
	鲁敏	《颠倒的时光》	《中国作家》2007年第4期
	京夫	《鹿鸣》	上海人民出版社2007年版
	何佳	《碧水梦》	重庆出版社2007年版

续表

时间	作家	作品	出处
21世纪以来（2000年至今）	张景祥	《狗村》	甘肃人民美术出版社2007年版
	萨娜	《达勒玛的神树》	《当代》2007年第2期
	李克威	《中国虎》	人民文学出版社2007年版
	关仁山	《白纸门》	春风文艺出版社2007年版
	赵本夫	《无土时代》	人民文学出版社2008年版
	方英文	《后花园》	上海人民出版社2008年版
	杜光辉	《可可西里的格桑梅朵》	《鸭绿江》2008年第2期
	钟正林	《气味》	《中国作家》2008年第10期
	杨志军	《藏獒3》	人民文学出版社2008年版
	贾平凹	《高兴》	人民文学出版社2008年版
	唐达天	《沙尘暴》	中国友谊出版公司2009年版
	杜光辉	《可可西里狼》	作家出版社2010年版
	叶弥	《香炉山》	《收获》2010年第2期
	刘亮程	《凿空》	作家出版社2010年版
	阎连科	《年月日》	河南文艺出版社2010年版
	郭文斌	《农历》	上海文艺出版社2010年版
	王跃文	《漫水》	湖南文艺出版社2012年版
	存文学	《牧羊天》	新世纪出版社2013年版
	吕新	《白杨木的春天》	河南文艺出版社2014年版
	张炜	《寻找鱼王》	人民文学出版社2015年版
	徐则臣	《如果大雪封门》	北京十月文艺出版社2016年版
	齐效斌	《郑国的幽灵》	作家出版社2016年版
	迟子建	《草原》	江苏凤凰文艺出版社2017年版
	李治中	《癌症·新知》	清华大学出版社2017年版
	王立铭	《上帝的手术刀》	浙江人民出版社2017年版
	韩松	《驱魔》	上海文艺出版社2017年版
	格日勒其木格·黑鹤	《藏獒格桑》	中国少年儿童出版社2017年版

续表

时间	作家	作品	出处
21世纪以来（2000年至今）	存文学	《望天树》	中国青年出版社2017年版
	阿来	《机村史诗》	浙江文艺出版社2018年版
	刘醒龙	《黄冈秘卷》	湖南文艺出版社2018年版
	贾平凹	《山本》	《收获长篇专号 2018 春卷》2018年
	迟子建	《候鸟的勇敢》	人民文学出版社2018年版
	陈应松	《云彩擦过悬崖》	《长江文艺·好小说》2018年第8期
	陈武	《三里屯的下午》	《雨花》2019年第11期
	迟子建	《炖马靴》	广西师范大学出版社2019年版
	徐鲁	《追寻》	长江少年儿童出版社2019年版
	陈应松	《森林沉默》	译林出版社2020年版
	储福金	《洗尘》	《钟山》2020年第2期
	朱文颖	《分夜钟》	《雨花》2020年第4期
	林森	《岛》	北京十月文艺出版社2020年版
	赵本夫	《荒漠里有一条鱼》	《小说月报·原创版》2020年第4—5期
	迟子建	《烟火漫卷》	人民文学出版社2020年版
	李佩甫	《河洛图》	河南文艺出版社2020年版
	李青松	《相信自然》	黄山书社2021年版
	刘庆邦	《素材》	《北京文学》2021年第2期
	胡学文	《有生》	江苏凤凰文艺出版社2021年版
	谷运龙	《鸣声幽远》	《民族文学》2021年第2期
	文珍	《有时雨水落在广场》	《北京文学》2021年第1期
	申平	《马语者》	花城出版社2021年版
	计文君	《筑园》	《北京文学》2021年第9期
	迟子建	《白釉黑花罐与碑桥》	《钟山》2022年第3期
	张翎	《疫狐记》	《北京文学》2022年第5期
	石一枫	《寻三哥而来》	《鄂尔多斯》2022年第9—10期合刊

续表

时间	作家	作品	出处
21世纪以来（2000年至今）	杨志军	《雪山大地》	《中国作家》2022年第11期
	光盘	《烟雪漫漓江》	广西师范大学出版社2023年版

相比20世纪八九十年代，21世纪以来，作家的生态意识凸显是这一时期生态小说最显著的特征，表现在对生态危机和生态矛盾加剧的反思得以推进，在生态文学研究对象上和研究话语上也呈现"物转向"趋势，如"食物转向""农作物转向""能源转向""气候转向"等。作家们通过小说"对当代全球资本主义所造成的环境破坏展开批判"①，开始了对全人类和全生态系统的价值的终极追问。具体而言，21世纪的生态小说创作有了以下转变。

（1）多元化叙事维度

进入21世纪，中国经济的飞速发展导致生态资源承载力面临巨大的挑战，生态问题集中显现，引发作家们对环境资源问题的深层思考，在生态整体论价值观的主导下，从不同叙事维度诠释人与自然的关系。

其一是对生态问题的反思批判叙事。这一类小说创作主旨是揭露生态危机现实问题及其背后的社会文化根源，如张炜的《刺猬歌》、贾平凹的《怀念狼》、阿来的《三只虫草》、杜光辉的《哦，我的可可西里》、叶广芩的《老虎大福》等，对现代化进程中的人对自然资源的无序和疯狂掠夺进行了深刻批判，对消费社会带来的现代功利主义进行了反思，通过刻画形形色色的欲望型人格和工具主义带来的生态破坏后果，来彰显对工具理性的反思，以此警示现代人反思自身的行为。

其二是生态理想叙事。这类生态小说旨在通过对生态危机的反思，寻求人与自然和谐共生的生态智慧，有草原生态小说，如姜戎的《狼图腾》、千夫长的《红马》、玛格斯尔扎布的《寂静的草原》、里快的《狗祭》等；还有西部生态小说，如贾平凹的《怀念狼》、京夫的《鹿鸣》、阿来的《空山》等。作家们通过对丰茂草原的怀念及西部生态的恶化描写表达自身的生态忧患意识，借助

---

① Christopher Breu. Why Materialisms Matter, *Symplokē*, vol. 24, no. 1–2, 2016：9–26.

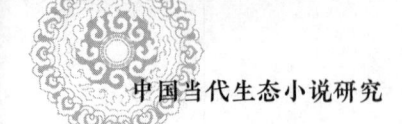

对破碎的生态环境及严酷的自然环境的书写来探求生态恶化的根源,用小说的形式传递生态忧思,表达作者直面现实的忧患意识,探寻人与自然和谐共生发展的生态治理路径。

其三是生命伦理叙事。这一类小说以尊重生命为叙述主旨,表达对人与自然共同进化过程中的伦理思索,如郭雪波的《狼孩》《银狐》,胡冬林的《野猪王》,京夫的《鹿鸣》等,这些小说创作聚焦动物的生存权利,以不同动物族群的生死存亡展开叙事,以此揭示人与动物之间存在的共存共荣关联,通过对动物生存危机的描述来反观人类所生存的世界,在对人性欲望造成的精神危机进行批判的同时,寻找更加完善的生命伦理和更具价值的生命意义,扩大了小说叙事的空间,提升了小说叙事的道德目标与伦理境界。

(2) 价值诉求的转变

20世纪八九十年代的生态文学创作中,作家的思想方式一般都是停留于对与错、是与非、肯定或否定、赞扬或批判等一种单纯的二元对立,对复杂的生态问题常常缺少综合、审慎的思考。21世纪以来,消费主义观念盛行于世,自然系统创巨痛深,生态危机无日不在加剧,作家们在究诘现代文明的同时,就人与自然的诸多关系展开了深刻反思,加上前期创作经验的积累,他们渐悟自身的不足,对作品的价值诉求完成了从感性的层面到自觉的理性高度的渐变。

首先是借助小说充分展现大自然的优美,肯定自然界中其他生命的主体性及其内在的价值。受"新物质主义"的影响,新世纪生态小说的叙事对象是多元化的,且这些叙事对象已不是人类中心主义视野下的为我之物,而是转化为自然系统中独立存在的物体,无论是群体还是个体,其本质属性均不以人的意志为转移,它们拥有属于自身属、种的个性或特征,也拥有自身的情感体验和精神追求,它们和人有着各种联系,同时又保持着自身的独立性。作家们不再将动植物等作为低于人价值的附属存在物,而用平等的眼光将他们视为同人类一样的生命实体,并赋予一定的精神象征。因每个物种在生态关系中都有自己独特的位置,所以在当代作家视野中,生态危机的出现是物种固有的生态位置遭到破坏而产生的后果,通过对无人介入的自然描绘进行生态危机的反思,表达对外部的生物世界与当代人的内心精神世界的观照。如《狼图腾》《猎原》两部小说均刻画了工具理性的膨胀导致自然物种灭绝的现实世界,对由此产生的现代性生态危机后果进行了理性的反思。

其次，一部分生态小说表达了对现代文明欲望化价值的批判，如张炜的《远河远山》《能不忆蜀葵》，赵本夫的《无土时代》等。他们认为城市化和科技崇拜是造成现代文明欲望和生态危机产生的根源，城市中充满着粗暴、野蛮和人性的扭曲，无限的欲望导致了大自然的溃败，摧毁了大自然的沃饶与自如，城市人和大自然的相对隔绝造就了他们对自然的冷漠。同时，当代人的科技崇拜更是滋长了人的欲望，人们为了贪图享乐而对自然索取太多。因此，这些作家通过对逃离城市、摆脱科技欲望的书写，来表达对人在自然生态中的定位，是对传统人的价值观念的反思。

（3）审美艺术取向有了显著的提升

21世纪，不断恶化的环境问题使维护生态平衡成为一个共识性问题，深度影响到了小说的文本创作，作家们的生态忧患意识进一步增强，在审美艺术取向上有了明显的提升。

21世纪的生态小说在审美取向上倾向于通过探寻生态问题，呼唤人与自然和谐共生的生态文明，展示作家们的自然取向、生态理想和人精神生态的解构。

当代生态小说作品中的生态美表现在人对自然的关注，从人与自然两个方面来看，生态小说中的自然审美取向包含了自然环境、动物与人在内的审美取向。具体而言，首先是田园牧歌的审美法则，即以田园牧歌式的生态环境描述来展现对大自然的审美观照，通过大地叙事、温情故土的人性书写来表达生态美。如张炜的《刺猬歌》就展示了一幅自然田园风貌图景，用作者自身熟悉的大地风景来表达对自然环境的执着情怀，使得神奇瑰丽的野地充满了叙事张力，寄托了他希望人类融入自然的情怀。迟子建的小说《额尔古纳河右岸》选择鄂温克族人生活的温情故土展开叙事，通过自然与人互为对象物的存在书写，讴歌了美好自然孕育主人公萨满妮浩身上的美善人性。其次是动物叙事的审美主题。21世纪生态小说的动物叙事主题已改变长期以来动物被遮蔽、扭曲的状况，在叙事上表现动物本真存在、回归自然本位，专注于对动物作为生命主体的内在价值和生存权利的挖掘，主张对动物的保护应超越人类的利益观，不再以人类为叙事的主体进行泛道德化的创作。在《狼图腾》《狼孩》《猴子村长》等动物小说中，肯定了动物的道德品性，动物和人一样对生命意识具有感应能力，和人一样拥有智慧、勇敢、忠义、知恩图报、高贵、尊严等真善美品格。最后是老人和儿童的审美视角。儿童的思维方式、认知习惯和价值观都与成人不同，他们对生命有着原初的体验，他们的认知虽然有限，但却有其特有的感受和思维方式，这恰恰与原初状态的自然是相契合的，与现代文明中的世俗罪恶形成鲜明的对比。老人的审美视角则充满智慧，蕴含着人与自然相处的真理，是一种生存哲学，如《狼祸》里的孟八爷、《狐啸》里的老铁头。他们用简单质朴的语言表达着生态和谐的人生哲理。

在生态理想的建构方面，新世纪小说家善于用生态小说倾诉自己的生态理想，很多作家呼吁自然的复魅，摒弃人类中心主义思想，通过对自然中含魅形象的塑造与含魅行为的描写来呼唤当代人重新寻回自然的魅力，构建新型的人与自然的关系。[①] 如叶广芩的《老虎大福》塑造了具有灵异魅性色彩的老虎形象，这个形象可以和自然进行感应，以此来表达作者对魅性自然的崇拜。郭雪波的《银狐》则通过与非理性的、原始的萨满教产生共鸣而彰显生态危机的严重性。此外，对肉体与精神的返乡的刻画是新世纪生态小说生态理想的另一种呈现方式，[②] 作家们通过"返乡"来批判现代工业社会对人与自然的伤害，而"返乡"则是化解矛盾冲突的一种方式，这里的"返乡"是在精神上和肉体上重返自然家园，返乡也就意味着重返淳朴的本性。如张炜的《刺猬歌》刻画了主人公廖麦被土匪恶霸唐逼迫离乡后对"晴耕雨读"返乡理想生活的向往，以此呼唤人们树立重返自然家园的意识。

综上，从 20 世纪 80 年代至今，时代背景和历史背景不断变化，生态小说领域的作家也在创作方法和内容上不断进行探索，昭示了当代作家生态意识的变化与突进，作家们不断以生态整体主义的视角，以包容的姿态，在生态批判的同时引导人们树立生态环保意识，突出人们面对不断恶化的生态环境时的自我反省与自我救赎。

1.2　中国当代生态小说的分类及特点

根据小说题材的不同，可以将生态小说分为动物题材、民俗地域题材、准

[①] 曹长英：《"融入野地"的生态理想——张炜小说中的生态意识》，载《文艺争鸣》2012 年第 6 期，第 145 页。

[②] 曹长英：《"融入野地"的生态理想——张炜小说中的生态意识》，载《文艺争鸣》2012 年第 6 期，第 147 页。

自然生态题材三大类。

动物题材的生态小说是一种采用动物的视角进行叙述的生态小说创作，或通过描绘动物的本能和个性，展现其与人类的斗争，例如《狼图腾》《猴子村长》和《怀念狼》，或讲述人与动物之间的和谐共处，例如《越过云层的晴朗》《山鬼木客》和《第七条猎狗》。"这类小说打破了传统小说的叙事模式，将动物作为主角来呈现，突出了动物的主体性地位，并刻画了众多拟人化的动物形象，赋予动物人类的价值观、思维模式、表现形式以及细腻的情感世界和奔放生命力，强调了动物拥有和人一样的灵魂和生命的本质属性。"[①] 通过对动物的本能和个性进行渲染，借助对人和动物之间关系的思考审视人与自然、人与社会之间的生态互动联系。这类小说运用作者所赋予的语言与思考能力，描写了人与动物的联系，并对人类的行为进行了反思，展示了对生命平等观的正确审视，突出了作家人类中心主义与非人类中心主义价值观的交互牵连。

民俗地域题材的生态小说以具有浓郁地域特色和民俗色彩的题材为创作基础，通过城乡二元对立的视角，展示并比较民族生态传统观和现代发展观，揭示环境与人之间的矛盾冲突。这类小说"具有明显的地区风格和民族特色，以小说的形式展现地区或民族的生态环境内涵"[②]。例如，陈应松的"神农架系列"小说，以动物为叙事主体，但更注重山川景色和风土人情的刻画，同时也探讨生态伦理问题；郭雪波的小说主要写内蒙古草原人与动物的生存状态与命运，展现了内蒙古草原的生态状况，属于民俗地域题材的生态小说类型。这类小说通过刻画地域民俗和生态环境，反映人类与自然的关系，反思现代化发展对环境的破坏和人类价值观的扭曲，呼吁人们重新审视自然和生态环境的价值，强调人类与自然的和谐共生。

准自然生态题材是具有丰富生态意识的准生态小说，且大多是长篇小说，或可称之为自然类生态小说，"它以一种特殊的方式表达了人对大自然或崇敬、或征服过程中的错综关系和复杂感情，从而反映整体生态观念。这种类型的作品常常是以自然和静止的景色来表现，呈露作者的生态理想和生态情感，一般

[①] 雷鸣：《危机寻根：现代性反思的潜性主调——中国当代生态小说研究》，山东师范大学2009年博士学位论文，第58页。

[②] 黄海浪：《生态批评视域下的新世纪生态小说研究》，陕西师范大学2014年硕士学位论文，第9页。

表达对'天人合一'生态理想的追求"①。选定某个地域,尤其关注远离城市的乡村,以其自然特点作为描述对象,对自然、乡村加以描绘,进而探索其人文生态与自然生态,如《紫山岚峡谷》和《碧水梦》等。这类小说赋予自然、乡村这一载体强大的文学生命力,作者以人与自然的和谐共生的生态理念作为其立足点,揭示、反省人类所引发的生态问题,作者在"生态自觉"的引导下,讲述自己所熟悉的自然环境中的真实的历史,并加以创作,凸显"生态灾难的提醒,敬畏生命的信仰,生态整体观"②的生态伦理思想。

参考王诺的观点,生态小说可分为两类:生态责任小说和生态启示小说。生态责任小说着重探讨人类在物质和精神层面上与自然的关系,并深入探究造成生态危机的各种原因,强调人类对自然的责任和义务。生态启示小说则通过虚构的故事和未来的预测来批判和警示人类的行为。这类小说将对历史和现实因素的反思与对未来的担忧结合起来,具有明显的科技和幻想因素,同时强调社会批判,偏重描绘人类的严峻前景。③"当科学和技术通过解决诸多问题来帮助人类时,它同时会带来同样多的问题,它的积极和消极影响在程度上几乎是相等的"④,一些生态小说家认识到这个问题,对科学和技术的高速发展表示深切的关注,担忧它最终表现为一种不受控制的异化力量,他们还非常关注科学技术的滥用,并对未来提出了灾难性的不容乐观的预言。他们发挥极致的想象,以科幻小说和生态学融合的风格,结合对现实的反思和对未来的关注担忧,描绘离我们不太远的未来世界中呈现出的令人震惊的世界末日场景。"运用'恶托邦'生态预警的创作方式,对人类及地球未来的命运表示担忧,发出了警示"⑤,例如刘慈欣的《地球大炮》《地火》,邓一光的《红雾》,韩松的《红色海洋》,金涛的《冰原迷踪》,王晋康的《黑钻石》等。

参考赵树勤、龙其林的观点⑥,生态小说可分为纯生态小说和泛生态小说

---

① 张茜:《新时期泛生态小说论》,海南师范大学 2012 年硕士学位论文,第 10 页。
② 陈丽丽:《当代中国生态文学中的生态伦理思想解读》,湖南师范大学 2010 年硕士学位论文,第 75 页。
③ 王诺:《欧美生态文学》,北京大学出版社 2003 年版,第 11 页。
④ 叶平:《生态伦理学》,东北林业大学出版社 1994 年版,第 250 页。
⑤ 雷鸣:《危机寻根:现代性反思的潜性主调——中国当代生态小说研究》,山东师范大学 2009 年博士学位论文,第 95 页。
⑥ 赵树勤、龙其林:《当代中国生态小说的发展趋势》,载《淮阴师范学院学报》(哲学社会科学版) 2008 年第 3 期,第 382 页。

两类。纯生态小说是"以生态危机为表现对象、思考人与自然关系的生态小说,通过对人与自然关系的审视,表达了对人类干扰自然进程、疯狂掠夺自然的膨胀欲望的批判和回归自然、与自然和谐相处的生态理想;而从人与自然关系角度出发塑造的各种艺术形象,更是勇敢地揭示了现代社会生态失衡的人性、社会、文化因素,尤其是对生态危机的严峻思考、直面现实的忧患意识更使作品具备了强烈的社会责任感和轰动效应"[①]。此类小说作家的生态思想是自觉体现的,比如张抗抗的《沙暴》、雪漠的《狼祸》、杜光辉的《哦,我的可可西里》、陈应松的《豹子最后的舞蹈》等。而"很多作家的作品之所以也存在主题的多义性也同样缘于这种生态思想的不自觉,这样一种在作品中既表达了明显的生态思想、又不局限于单一生态主题的小说可以称之为泛生态小说"[②]。此类小说作家的生态思想的体现是不自觉的,但作家文本中传递出的生态思想、生态知识"与生态伦理学、环境伦理学、非人类中心主义等观念不谋而合"[③],例如姜戎的《狼图腾》、贾平凹的《怀念狼》等。随着生态小说内涵的扩展,作家创作方法的丰富,生态小说的范畴也不断延伸,将女性主义和环保主义结合起来,重新审视人与自然的关系,强调女性在自然保护中的角色和作用,以实现人与自然之间和谐发展的生态女性主义书写的作品,也在泛生态小说之列,例如迟子建的《额尔古纳河右岸》《白银那》《起舞》《群山之巅》等。

1.3 中国当代生态小说创作思想源泉

1.3.1 西方生态主义思想

当西方进入工业化时期后,工业生产达到了历史上的巅峰,但这也带来了资源匮乏和环境恶化的问题。为了应对这些挑战,西方国家开始深入研究生态和环境问题,并在一定程度上形成了较为浓厚的学术氛围。学者们从不同角度

[①] 赵树勤、龙其林:《当代中国生态小说的发展趋势》,载《淮阴师范学院学报》(哲学社会科学版)2008年第3期,第382页。

[②] 赵树勤、龙其林:《当代中国生态小说的发展趋势》,载《淮阴师范学院学报》(哲学社会科学版)2008年第3期,第382页。

[③] 周玉琳:《中国生态文学欢呼"狼来了"——〈狼图腾〉的生态思想》,载《黑河学刊》2004年第6期。

探讨了各种生态危机，从而产生了有益的生态理论和思想。想要发展具有中国特色的生态文明理论，既要从传统的文化根源出发，也要从西方的经验出发，吸取有益于解决环境问题的经验和思想。

(1) 现代人类中心主义

人类中心主义的核心观点是人类主宰和统治自然。在这个观念被各个阶层的人们指责批判的背景下，现代人类中心主义产生了。现代人类中心主义学者相信，人类是自然界的主宰，自然则是人类的被支配者，他们认为人类是高于自然的，自然则是低于人的。同时，他们认为人类与自然之间的关系是为了维护人类生命和实现不断进步。他们否认生态危机与人类中心主义有关，认为生态危机就是一场文化危机。美国学者布莱恩·诺顿（Bryan Norton）和威廉·墨迪（W. H. Murdy）是最著名的两位现代人类中心主义学者。

强式人类中心主义和弱式人类中心主义理论由布莱恩·诺顿提出。强式人类中心主义持人性本位理论，认为所有的价值观都是基于个体意志的满足[①]。人类认定必须要做的事情，即便是对环境造成损害，也要执行。布莱恩·诺顿认为这样的做法，即仅仅是为了满足人们的欲望而允许人们对自然的掠夺，是有违道德的事情，应该受到批判。弱式人类中心主义持弱化的人性本位理论，认为所有的价值观都是基于理性意志的满足[②]。人类在处理环境问题时应该采用理性思考的方式，以便在满足人类需求的同时减少对自然界的破坏。尽管弱式人类中心主义依然认为合理地维护自然环境也是以达到更好的人的目标和理想为目的，其依然否认大自然本身的内在价值，但布莱恩·诺顿对生命和自然界的道德关注具有的进步性应该得到肯定和支持。

美国植物学家威廉·墨迪也持现代人类中心主义观点，他在很大程度上促进了这一理论。威廉·墨迪认为，人从自己的需要出发，考虑自己的利益是可以理解的，这是每个生物活下来的本能，而人也是如此，唯一的区别就是人的智慧远超于任何生物，所以将大自然和其他生物当成人类生存发展的基石以获取更好的生存条件成为一种必然。但是，人们在运用自己的力量进行某些行动的时候，对生态环境造成了严重的损害，而且长期来看，这也对人类产生了巨

[①] 余谋昌：《环境哲学：生态文明的理论基础》，中国环境科学出版社 2010 年版，第 141 页。
[②] 余谋昌：《环境哲学：生态文明的理论基础》，中国环境科学出版社 2010 年版，第 141 页。

大的威胁。威廉·墨迪认为,现代人类中心主义应当以理性的眼光来对待这些问题,认识到自然与其他生物存在的意义和内在的价值,以此获得保护包含人性和人的物种属性在内的生存生态的引擎。

与传统的人类中心主义相比,现代人类中心主义理论最大的改进是,后者认识到了除了人之外的其他生命的意义。这就意味着人们终于认识到,除了人之外,对所有的生物和大自然,人类负有不可推卸的责任,基于这样的原因,人类所做的一切都不能突破自然万物承受力的极限。现代人类中心主义已不认定人与自然是对立的主客体,而是认为两者之间存在着一种普遍的关联。

(2) 生物中心主义

简而言之,生物中心主义论认为,人应当把伦理目标的范畴扩大到一切生命。换句话说,人与其他生命都要遵守某种法则,既要维护整体生态的均衡,又要维护自己的生命;其他生命也与人一样,在伦理上也有相同的权益,受到同等的关怀和礼遇。保罗·泰勒(Paul Taylor)的"生物平等主义伦理学"、阿尔贝特·史怀泽(Albert Schweitzer)的"尊重生命的伦理学"、彼得·辛格(Peter Singer)的"动物解放与权力理论"等与生物中心主义相关的理论影响较大。

保罗·泰勒提出了生物平等主义的伦理学理论。保罗·泰勒认为人与其他有机体是同等重要的,而大自然则是所有有机体相互依赖、共同进化的完整体系,在此体系内,所有个体都要靠自身的力量来维持生命。其"地球公民"的核心理念即人类不仅要考虑自身利益,还要关注其他生命体的福祉和利益,并以"不作恶,不干涉,忠诚,补偿正义"为原则,旨在促进对生命的尊重和保护,认同生物平等。

阿尔贝特·史怀泽认为所有生命都有价值和尊严,我们应该将尊重生命作为行为的基础准则,他提出"尊重生命的伦理学"理论。提倡对一切生物都进行伦理上的关注,认为一切生命都是平等的,应该得到人类的尊敬,人们应当从心里"敬畏一切生命"。人们应当敢于打破以往给自己设置的圈子,重新塑造生命价值观念,把对他人的关爱扩展到其他物种,尽可能避免对任何生命造成伤害或破坏,认识到人类与自然界的相互关联,并承担起保护生命的责任和义务,从而保护地球上的生态环境。通过这样的思考,人们在面对其他生命面临的危机以及因人类行为所带来的环保危机时,才会有所担当,这也是一种根

本性的文化变革的途径。

彼得·辛格1975年出版了《动物解放》一书，是"动物解放与权力理论"具有代表性的伦理学家。他对剥夺动物的正常生活和繁衍能力、损害大自然和其他非人类生物的"物种歧视"的行为，加以否定。为了整体生态平衡的维系，他提倡不要干涉其他生命正常的生存，不要欺瞒非人类生物，并且要对不可抗拒的伤害进行赔偿。在彼得·辛格提出动物解放理论之前，人们虽摆脱了对有色人种、女性、残疾人等进行歧视的不良习俗，大部分人都认同对弱势的人的尊敬，但是人们还是忽略了其他非人类生物的最根本的权利。同时，彼得·辛格主张区别人类与动物权力之间的不同与认识到其他非人类生物的不同权利一样重要，人与动物之间的平等并不一定就是人和动物的一切都要有相同的表现，应将"平等"置于伦理道德的角度来讨论。

（3）生态中心主义

现代人类中心主义道德关注的对象只针对人类，生态中心主义则在生物中心主义理论指向的人类和非人类生物的基础上，把道德关注的对象延伸到一切自然存在的非生物。生态中心主义理论方面，较为典型的如下：奥尔多·利奥波德（Aldo Leopold）的"大地伦理学"、霍尔姆斯·罗尔斯顿（Holmes Rolston III）的"自然价值论"、阿伦·奈斯（Arne Naess）的"深层生态学"理论。

"大地伦理学"的奠基者奥尔多·利奥波德认为，人在思考人与人、人与社会关系的问题时，应当扩展延伸到人与大地之间的联系。换句话说，诸如水和陆地这样的非生命体也应该属于人类所关心的范围。大地伦理主张尊重所有其他有生命和无生命的东西，因为人类也仅是自然界中的普通成员之一，因此，他反对把自然万物有没有经济利益、经济价值作为人类行为的条件和标准。

"自然价值论"由美国生态学家霍尔姆斯·罗尔斯顿提出。强调了自然界中存在着独立于人类的、有价值的事物，这些事物应该得到尊重和认同。他指出，自然万物皆有价值，且地球体系和生态体系是自然万物生存的根基，仅属于自然一员的人类获取生存、利益的方式无法引导自然生态体系。这一非人位的价值观念与以前关于人本位的观点截然不同，构成了一套全新的科学理论系统。霍尔姆斯·罗尔斯顿认为，其他生物表面上并不像人类那样具有较高的思考能力，但是他们却遵守自身的生存法则，即保持、生长和再生，且无须人类的涉入或价值评判，这突显了大自然是一个"创造一切的自然体系"的内在价值，获得了"自然哲学的上品"的美誉。

阿伦·奈斯是一位挪威哲学家和环境保护主义者，他在 1973 年发表《浅层生态运动与深层和长期生态运动：综述》(The Shallow and the Deep, Long-Range Ecology Movements：A Summary)，首次提出了"深层生态学"的理论。浅层生态学认为，自然界是人类的资源库，人类需要在保护环境的同时维护自己的经济利益。在对此提出疑问之后，阿伦·奈斯认为生态问题的根源只能用深层生态学探寻。尽管浅层生态学和深层生态学都承认人类与自然界的某些关联，但浅层生态学侧重于环境问题的技术性解决方法，以人为本，在这种观点下，自然界的价值通常是通过人类利用和消费的角度来衡量的。深层生态学强调人与自然界之间的关系应该是一种更加和谐、更加综合的关系，而非只是工具性的、利用自然资源的关系。阿伦·奈斯认为生态系统是一种整体性的存在，它包括了生物、非生物和社会成分，它们相互依存、相互影响。所有生命都有自己的价值和目的，人类应该视自然环境和其他生命形式为同等重要，而不是把人类视为自然的中心。人类应该尊重自然规律，并把它们融入我们的生活中去。因此深层生态学强调的不是物质上的要求，而是精神上的需求，例如平衡、和谐和美。深层生态学反对现代社会对经济增长的追求，认为这种增长会破坏自然环境和我们的社会和谐。

阿伦·奈斯深层生态学理论的提出在某种程度上改变了人们的价值观念，却也受到了某些学者的批评。正是在这些批评和纠正中，深层生态学理论得以持续发展。从阿伦·奈斯首次提出以来，深层生态学已历经 50 多年，其发展的速率和波及的规模令人震惊，全球许多深层生态学家功不可没。比如获得"深层生态学的桂冠诗人"美誉的加里·斯奈德（Gary Snyder），在很大程度上助推了深层生态学传播的比尔·德韦尔（Bill Devall）和乔治·塞欣斯（George Sessions），以及凭借《超越个人的生态学》丰富并推动了深层生态学理论发展的福克斯（Warwick Fox）。然而，在人类的发展过程中，深层生态学理论对世界贫困化、不公平的关注不够等问题暴露出来，深层生态学理论还有待进一步完善和优化。

（4）生态女性主义理论

生态女性主义融合了女性主义和环保主义，迅速崛起并成为一种重要的思想潮流,尤其是 20 世纪 90 年代以来,它从女性的视角出发,探讨和批判社会问题,对生态文明的构建,对两性关系、人与自然之间的关系都产生了正面影响。作为女性主义的一个分支,生态女性主义必然是从女性的角度出发,以女性主义的理论基础为前提,深究父权制社会对自然的支配和破坏的根源。生态女性主义认为将女性主义和环保主义结合起来,重新审视了人与自然的关系,强调女性在自然保护中的角色和作用,以实现人与自然之间的和谐发展。生态女性主义理论强调了复杂多样的文化因素和社会制度对女性和自然受到忽视和歧视的影响,并认为女性长期以来处于父权制的从属地位,这也使生态女性主义具有了多元性和差异性。

生态中心主义秉持生态中心主义原则,以其为一切事物的价值评判标准,以生态整体观为出发点,达到人类中心主义的消解,确立自然自身价值,在人类道德视野下关照自然生态,实现当前生态危机的缓解。[①]

1.3.2 中国生态思想

(1) 儒家的生态思想

在生态哲学中,儒家提倡实现"天人合一",强调人类与自然之间密不可分的联系。在中国传统文化中,人们视自然为人类存在和生存的基石,天与人之间的紧密关系是不可分割的。基于这种信仰,"尊天地"成为人们与自然和谐相处的核心理念。儒家从朴素哲学的角度看待人类与自然的关系,认为人类应该与自然相互作用,并通过良好互动实现和谐共生。通过充分利用自然规律,最终实现天地人三者的和谐统一。孔子是"天人合一"观念的开创者,他在《周易·说卦传》中对"三才合一"进行了阐述,《论语》则是以"修己"和"仁政"来实现"天人合一"的具体体现。在儒学的观点中,天道与人、人与人、人与道的关系是相通、相和与统一的[②]。孔孟先后对"天人合德"思想进行了阐释,主张人与天的本质是一样的,尽心尽意方能知天,"天"则更能反映人的道德情感与价值源泉,人与天以道德和理性联系在一起。荀子在对孔

[①] 姬志闯:《生态中心主义的理论表征与困境》,载《河南大学学报》(社会科学版) 2003 年第 3 期,第 89 页。

[②] 苗润田:《本然、实然与应然——儒家"天人合一"论的内在理路》,载《孔子研究》2010 年第 1 期,第 44 页。

子的"天命论"进行了继承和批评的同时,又对"天人合一"作了进一步的论述,并提出了"天人相分""以天为用"的观点,对人与自然的联系进行了详细而完整的剖析和归纳,表明了人与天的辩证统一。汉代儒家思想的代表董仲舒,在他的"天人感应"理论中,将天人的联系提升到了一个政治哲学的高度,他认为人类的道心来自天,天人也是一样的,所以,"故圣人法天以立道,亦溥爱而亡私"(《举贤良对策》)。董仲舒在先贤学说的基础上,将人性的品格延伸至人类社会,并且更重视人与人、社会、自然之间的关系,使人与社会、自然达到真正的协调。周敦颐以太极、阴阳、五脏为理,阐述了"天"之"人"之义,通过仁与义,使"人"得以回归"天"。基于二程论的"天人本一",张载很清楚地指出:"儒者则因明致诚,因诚致明,故天人合一。"[①] 他把世间一切事物从根本上与人的"真"的道德结合在一起,从而把"人"与"自然"的"德性"结合在一起,体现了人与自然之间的互动关系。儒家思想家在各个时期都对"天人合一"进行了总结和增益。"天人合一"是一种天人和谐的学说,它认为人与自然都是宇宙的根本,人与世界的一切都是一体的,它认为人与人在道德、生命和精神上"合和为一"。其中所蕴含的"人与自然"主客合一、相互依存的生态整体性思想,更是我们现代人所要寻求的一个理想的目标。儒家的"天人合一"的独到之处就是主张"入世",强调"有为",对"无为"则明确表示反对。儒家对人的作用和价值都给予了十分的肯定。张载在批评佛教"天人合一"时说:"佛言之实,即知其为真,天德也。其语到实际,则以人生为幻妄……因诚致明,故天人合一,致学而可以成圣,得天而未始遗人。"[②] 儒家强调发挥人的能动性治世治国,要求"现世"。

在生态认知方面,儒家提倡"万物合一",肯定万物的变化源于天道,一切自然事物都是因天道而生,与人相比,天道既不自傲也不期待任何回报。因此,人与自然不可分割,遐迩一体。由于天是主宰,人就应该"知天命""畏天命"。人应该去认识、了解、把握自然变化的规律,更应该保持人与自然万物和谐理想状态,使其不对立。人与自然的关系必须保持协调,才能合理地将人的天性与自然的本性相联系,建立起一种"天人合一"的整体

---

① 李隼、江传月:《儒家"中庸之道"生态伦理原则的现代诠释》,载《广东社会科学》2009年第5期,第67—72页。

② 张载:《张载集》,中华书局1978年版,第88—89页。

思想，从而实现人与自然之间的联系，让一切事物都能各安其所。《春秋繁露·循天之道》说："中者，天地之所终始也；而和者，天地之所生成也。""和"让一切事物都能到达"道"的境界，让一切事物都具有"道"的含义。而道德是人性的基础，德莫胜和。人的"和"是人的心灵与行动，是人类实现人与自然的内在协调；将"和"与一切事物相结合，从而最终实现人与自然的真正协调。"天有其时，地有其财，人有其治，夫是之谓能参"（《荀子·天论》），天与人各有其责，不可取代，只有"专心一志"，才能"与天同在"。但从更深层的意义上来说，人与自然界的一切都是"一气相通"的，一切都是一个整体，人的行为可以感知到天地的一切，也可以根据自己的喜好来调节和使用。换句话说，人与自己、人与自然是生命相通、情感相通的有机整体。孟子说："尽其心者，知其性也。知其性，则知天矣。存其心，养其性，所以事天也。"（《孟子·尽心上》）要想尽善尽美，就必须提高自己的良心和良知，充分利用自己的良心，努力去了解自己的本质，去了解天道的本质。[①] 人类必须以一种"天地为一"的生态认识态度看待人类与大自然的联系，这样就不会违反天地意志。

在生态消费理念上，儒家主张"仁民而爱物""弋不射宿""废奢崇俭"。孟子认为仁爱民众和推恩爱物应相统一，主张老少之间和睦。孟子主张以德治国，要求君主实行仁政。孟子对战争十分厌恶，强调在全社会范围内推广"仁民而爱物"的道德风尚。而要实现上述蓝图，必须遵守"时养""时禁"原则。以时取物，向自然索取应当遵循自然节气的规律，不得违背万物顺时而生的不变法则。人类只有做到"时禁"，方可实现对自然资源的长久使用，孟子强调"制用"观点，简略地说就是在索取的过程中适可而止，切忌恣意妄为违背自然规律。孟子的"制用"思想要求我们对大自然的利用和开采必须遵循节约原则，珍惜自然界给予我们的一切，呼吁人们对天地万物的保护。孟子曾说："养心莫善于寡欲。"寡欲可以给人带来内心的愉悦和快乐，当人的贪欲得到克制，对自然的索取也会极大程度的减少，那么危害生态的行为自然也就消失不见了。孔子捕鱼只使用鱼竿而不用渔网将其一网打尽，狩猎只用弋射的方式而

[①] 杨涯人、李英粉：《论"中和"思想与"和谐社会"理念的内在同一性》，载《学习与探究》2006年第4期，第65—67页。

从不会把箭头对准那些正在休息中的鸟兽。孔子认为天人一体,当前利益和长远利益都应当顾及。这一思想深刻体现出孔子对自然万物的人文精神和仁爱精神。孔子弋不射宿的生态思想在当今社会也具有十分重要的现实意义。儒家文化所倡导的消费观念是禁止铺张浪费、提倡勤俭节约,人类应该避免过度追求物质需求,并且反对为了私利而浪费自然资源,不赞同那些过于追求物质享受的人。孔子主张通过节俭的生活方式来约束自己,避免犯错,并且从中获得精神上的快乐,他认为节俭的好处不仅仅在于物质方面,更在于可以使人的内心变得更加纯净和平静。荀子对节俭的倡导程度比孔子和孟子更加强烈。他强调通过"节用以礼,裕民以政",即通过削减不必要的消费来积累财富,以便后人再利用,从而使国家更加富裕。荀子还主张"强本节用",主张要使人民生活富足,首先要发展农事,其次要节俭,才能增加社会的物质。荀子提倡的"废奢崇俭"的生态消费理念,在当代社会中具有重要的价值,它能促进人与自然的协调发展,维持环境的平衡,更能充分、合理地利用自然资源,避免浪费,从而实现社会的可持续发展。

(2) 道家的生态思想

道家在生态哲学上主张"道法自然",从本质而言,"道"是源于自己和先于天地万物的本体,是整个世界的物质源泉,是贯穿天、地、人的总的规律和基本的力量。"道"的基本性质在广义上是指"自然"。道教强调以"自然"自身来诠释其本质,推崇"天理",并将"道"视为"天地间一切事物所遵循的永恒定律"。人,作为自然界的一分子,无论对于自己,还是对于自然界中的所有生命,都必须严格遵循"道"法则,也就是"自然之道"。与儒家不同,道家认为人类应该与自然万物平等共存,即"同与禽兽居,族与万物并"[①]。道家主张人类应该与自然相互协调,而不是试图控制或改变自然。道家认为每个事物都有其独特的道,即其本质的自然规律,只有在遵循这个道的前提下,事物才能自然地发展壮大。"道"贯穿于全天地,构成天地人三合一的整体思考。道家反复强调,天地万物都是从"道"而来,道是一切存在的基础,任何具体形态不能成为世间万事万物的共同本原。"道"统领宇宙一切事物,包含人。"道"是万物的基础,它表明了任何东西都不能脱离"道"的影响。而

[①] 杨柳桥:《庄子译注·天地》,上海古籍出版社2000年版,第131页。

"道"的本质就是"自然",它贯穿于一切事物的一切变动,它是宇宙中一切事物运动和变动的基本规律。庄子强调了"道"的"无为",重视"道"的万能性,把"道"看作是一切事物的根源,是人与自然的共通性。准确地理解和应用"道法自然"这种生态系统的思考方式和方法,对于我们深刻认识人与自然之间的关系具有重要的意义。

道家在生态认知上主张"道通为一",认为万物都是"气"的不断变化形式。庄子认为,虽然具体的物质会有成与毁,但是"气"却没有成与毁的概念,通过"气"的循环往复,万物都来源于"气",归于"气",因此万物"通为一"。[①] 自然生态系统的循环与互联互通,正如空气中的水循环——雨水落地,蒸发后变成一片云彩,下降变成一片河流,这一切都是一样的。所以,一切都有可能"成""毁"交替,这个生态圈里的万物都会随着自然规律发展和消亡。这个世界上的一切,不管是一株草,一棵大树,或者一种奇异的事物,在道中,都会按照"气"的形式发生改变。所有自然界的生命都通过"气"而形成相通、相容的密切联系,形成一个相互联系、相互依存的生态系统。庄子认为"道"把世界上所有事物内在联系在一起,使人、物、自然环境成为一个整体。庄子的"天",是一个基于"自然而然"的法则的总体,它的生存和发展都是相互关联的,"天"需要人的参与才具有完整性和系统性;人是自然界的一部分,只能通过与其他事物的互动来获取自身所需要的资源和条件。在此,庄子所说的"一",即人与天、人与道或"道"中一切事物合一的状态。庄子认为,尽管所有的自然事物都具有各自的特殊性,它们的客观性质和生存形态也不同,然而"道"是无处不在的。

道家在生态消费方面倡导"知足知止"的生态消费理念和"崇俭去奢"的节俭意识。老子相信世上最大的罪恶莫过于放纵欲望,最大的灾难莫过于不知满足,最大的错误莫过于欲壑难填。他告诫人,在满足自己的愿望时,要知道什么时候该知足,也就是"故知足之足,常足矣"[②]。庄子传承了老子的思想,也曾提出过"知止其所不知至矣"[③]的看法。他指出人要克制自己的欲望,而不是让它继续发展,任何事物都是有极限的,当它达到极限时,就会适得其

---

① 李晨阳:《庄子"道通为一"新探》,载《哲学研究》2013年第2期,第54—58页。
② 王弼:《老子道德经注》,楼宇烈校释,中华书局2011年版,第129页。
③ 郭庆藩:《庄子集释》,中华书局1983年版,第81页。

反。道家提倡以"知足知止"为指导确立正确的消费观念,提倡人类对环境的合理需求。① 按照道家的说法,人的欲望是无限的,永远都是不可能被满足的,但是资源是有限的,有些甚至是不能再利用的。人的无穷无尽的欲望与自然资源的匮乏之间的抵牾是无法消解的。② 为了保持自身的存在,人类必须从大自然中获得生活和生产物质。不过,任何事都要有一个度,一旦超出了界限,那就会起到反作用。当人们为了满足物质欲望,超越了其所能忍受的极限时,必然会对生态环境产生巨大的损害,进而导致其与自然之间的关系出现不平衡,引发生态与社会的危机。因此,人们对物质的渴求必须在大自然可以容忍的范围内进行,而不应过界。在倡导"知足知止"的前提下,道家学派还提出了"崇俭去奢"的节俭观念。老子提倡"节俭",提倡人们养成节俭的好的生活方式和生态的消费理念。同时,他还提倡"去奢",提倡人们"甘其食,美其服,安其居,乐其俗"③。老子奉行"节俭"和"去奢",其要旨就是"少私寡欲",只要人们少欲少求,就可以形成"节俭""去奢"的生活方式,以降低对自然资源的消耗量,构建人类与自然的和谐共生关系。

(3) 佛教的生态思想

佛教在生态哲学上主张"因缘和合",认为人与自然万物彼此为缘,是无法分开的。"因"是"果"的直接和内部动因,"缘"是间接的外部帮助。内外因果,皆为因缘之或聚或散,或存或亡。④ 从某种意义上来说,人类和自然界的一切事物都存在着相互依赖的关系,没有这种关系,人和事物就无法存在和发展。每一个人都和自然界中的其他生物紧密相连,彼此依赖。人是社会与自然的外化,社会与自然的和谐是人参与的结果。所以,人的存在和发展依赖于人与人、人与社会、人与自然相互联系的关系。承认人与自然是共生的,尊重和友善地对待自然,就是对人自己的保护,体现了人与自然融为一体。这种共生的理念有利于建立人与自然的和谐关系,使个人与社会、自然的发展融为一体,既消除了与自然的隔阂,又使人与自然的关系得到了充分的恢复。

---

① 许亮、赵玥:《先秦道家生态哲学思想与生态文明建设》,载《理论视野》2015年第2期,第49—51页。
② 王丰年、李正风:《道家消费观的生态伦理意义》,载《清华大学学报》(哲学社会科学版)2002年第6期,第35—38页。
③ 王弼:《老子道德经注》,楼宇烈校释,中华书局2011年版,第198页。
④ 李琳:《佛家缘起说的生态哲学内蕴》,载《社会科学家》,2010年第1期,第17页。

关于生态认知，佛教认为，自然界中一切事物的存在都依赖于人与自然的关系的正常运行。人类与自然环境的协调发展促进了人类与自然界整体之间的不可分割的统一，而人类与自然环境之间的冲突又使人类难以掌握其内在的联系。人类与自然的关系必须从生态学的总体上去认识和掌握，才能使整个生态体系得以持续、健康地发展。天地间一切事物都有其存在与发展的依据，就像是春夏秋冬、生老病死，皆不能逃脱天地变迁的法则。人与自然之间和谐相处，才能使人更好地生存和发展。人与自然和谐相处，是一个不可分的整体，但若将其同自然隔离、对立，则无法真正理解人与自然之间的关系，唯有将其纳入生态系统之中，才能使其得以健康稳定地发展。天地万物，皆有其存在与发展的基础，四季更迭，生死轮回，皆与天地之变迁息息相关。佛教以为生命的本质是苦的，有许多的苦恼和不顺心，会扰乱人的精神，让人精神不宁，让人无法保持健康，也会带来无尽的苦楚。而在"极乐世界"，却恰恰相反，它能让人保持平静，让人保持健康，让人愉快，能得到无穷无尽的欢乐。[①]"极乐世界"有着清新的环境，清新的空气，丰富的水资源，是一个与大自然融为一体的世界。大家必须齐心协力，不断提高自己的道德素质，不断提升自己的行为举止，才能营造出这样一个人类与大自然和谐相处、发展的世界。另外，佛教对破除执念的倡导，是主张摧毁人在其他生命体前的妄自尊大，主张要克服与大自然的隔阂，站在宇宙的角度来看待所有事物，人是天地间的一分子，要与天地万物共存，而不能失去其本质。人与自然的共存是宇宙中所有生物之间存在的一种平等关系，也是一种对自然的尊敬与爱护，一种对自然的怜悯，可以让人类从对自然的过度控制中解脱出来，创造出一个与自然融为一体的完整的生态环境。

在生态消费方面，佛教主张"缘起""众生平等""净土"等观念。首先，"缘起"说是佛教哲理的奠基。自然万物皆由某种因果合和而生，万物皆有某种联系，万物皆因其自身之存在的基础而存在，也因其自身之存在的基础而破灭。万物皆非独立生存，且千变万化。"因缘"是一切的根源，一切都是以最初的状态而生存，并由于最初的状态而死亡，一旦超过了最初的状态，那就是"涅槃得道"。"因"是因果关系的直接原因，"缘"则是间接原因。故而，"内

---

① 陈红兵：《佛教生态德性论研究》，载《世界宗教研究》2012年第2期，第34页。

因外缘""亲因疏缘"等规劝之言时时存在。世间万物皆因"因缘"或生或灭，换句话说，下因始于上，而下果则由下而生，此乃佛教所说的"空"，亦是因果循环，世间没有不变的物质，短暂的现象代替不了现实。并且佛教里的"空"不是自然里的"无"，而是佛教至高的信念与修行，也是由"缘起故空"所构成的"无我境界"。所以，佛教警告世人，既不执着于生活，不执着于别人和自己，也不执着于佛法自身。其次，"众生平等"是说世间万事皆为平等，人与万物没有分别。甚至连不会讲话的动植物、微小的灰尘、巨大的宇宙，也不过是生命浪潮里的一粒沙。人不能凭借大脑的优越而逾越万物之上，应当承认、尊敬它们的存在，并与它们和平共处。佛教认为，佛性"众生皆有"是由"佛"的"内"而来。禅学中所有事物的佛性特别受到认可，世间万物皆具佛性，甚至连草木也具有佛性，"佛"乃众生终极的追求，因此万物皆为同一，皆为平等。正因万物皆是如此，所以身为有理智和思考的人，在维护自身的同时，也要照顾其他生灵。甚至在需要的时候，人们应该放弃自己的权益去维护其他生灵，因而万物都要彼此友善，不能互相杀戮。佛教对生态的贡献，不只是对生命的尊重和关心，更重要的是教我们要有仁爱之心。佛教将对生命的关注，扩展到对自然界中的生物所依赖的环境关注，由此产生了一种"生命与自然"的和谐关系。再次，"净土"其实是相较于众生所居住的"秽土"而言，其中"阿弥陀佛净土"是大乘佛教向往之最、影响力之最和理想境界之最。佛教之所以将西方极乐世界称为"净土"，是由于在那里没有纷争，生态环境极好，能够令一切生灵身心俱享极乐，无论是环境还是精神它都是信徒追求的最高境界。"净土"思想以对宇宙万物和谐进行调控，来实现自我克制。在佛教中，"心净"与"境净"是一种融为一体的境界。从消费的观点来分析，这是一种"精神消费"范畴的生态消费理念。

（4）民间文化中的生态思想

民间文化中的"生态"思想在民间传说中得以萌发，其最直观的体现就是蕴含在民间传说中的朴素的"生态"世界观。生态世界观需要我们将世界视为一个具有相互影响的复合要素的有机整体。人和社会都是自然界的一个部分，与其他自然事物联系在一起，相互作用，共同存在于整个地球的环境中。[①] 在

---

① 白春民：《树立生态世界观 实现可持续发展》，载《知识经济》2010年第4期，第56页。

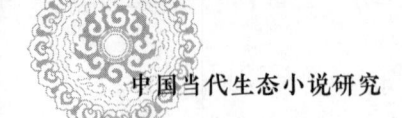

中国各个地区和不同民族的民间传说中，可以找到许多丰富多彩的描绘，展现了这种朴素的生态世界观。

首先是人类起源于自然的观念。"人类起源于自然"这一思想在各民族创世传说中得到了充分的反映。在生产力水平较低的原始时代，人的生命被神秘的自然左右，在不可预知的自然面前，他们渴望去解读自然的种种异象，从而产生了许多充满幻想的神话与传说，暗含"天人合一"思想的自然造物的传说在许多民族的创世传说中都有出现。创世传说按照造物方法的不同有三类。第一是自然形成类型。这一类型通常将大自然视为一种有生命、有创意的客体，认为人的本源是自然界繁衍的产物。比如，一些少数民族中"葫芦生人"的传说就是"人类起源于自然"思想的极佳表达，佤族的《达惹嘎木造人的故事》通过葫芦同时孕育人类和动物的传说，传递人类与动物是同胞，应该和谐、平等、共生的观念。此外，其他少数民族中还有"南瓜生人"的传说。黎族《南瓜的故事》讲的是南瓜帮助人类延续，孕育了人、动物、植物，保护万物并因此而被人类膜拜的故事，不仅体现了人类源于自然的思想，而且是人类尊重自然的生态思想的反映。第二是化生类型。此类传说通常是将庞大生命体转型，或化为人，或化为物。"盘古化生"的传说在各个民族中流传最多且最广，这类型故事中，世间一切皆源于盘古，世间一切事物都与他息息相关且彼此关联，处于自然界中的人也不例外。这反映的还是"人类起源于自然"的思想。第三是创造类型。此类传说通常是讲伟大的创世神在宇宙中创造了世界，也创造了人类。以"女娲造人"的故事为典型。人出自女娲之手，材料是土壤，隐喻人源于大地，大地从属自然，人从自然中诞生，大地和自然因人生机勃勃，所以人与大地、与自然紧密相连。各民族的创世传说内容不同，类型有别，但它们都认为人和万物的生命起源于自然，体现了自然是人和万物赖以生存的根本，也是最后的归宿，强调了人与万物、人与自然的相互关联、安危与共。

其次是人与自然万物的平等一体化的观念。在中国民间传说中，人与自然的"平等"是其生态世界观的一个主要内容。这些都是从各个民族的创世传说和图腾传说中得到的。一方面，各个民族的创世传说都包含着人与自然"平等"的思想。如藏族的一个创世传说：传说很久以前还没有任何人类存在，只有两位天神兄弟在漫无目的地度日。有一天，他们听闻须弥山上有一位聪明的山神,于是决定前去寻找他,希望与他一同创造一个新的世界。在须弥山上,两位天神用法杖创造了太阳、月亮和一个陶罐。当他们打开陶罐时,雾、云、雨以及各种植物和动物都出现在地球上。天神兄弟建议让太阳和月亮结为夫妻,从而创造出人类。① 这些创世传说都体现了人类与自然界的一切事物有着相同的根源,平等共生。另一方面,各个民族的图腾传说往往把动物和植物看作与自己的祖先有着密切联系的图腾,也反映出万物与人的生命平等合一的思想。例如,鄂伦春人把熊视为自己的始祖,认为人和熊本有着相同的根源。怒族特有的传说中,人与蛇、蜂、鱼、虎等不同种类的生物交配孕育生命,反映出人与动物同属一种生命体,人也是动物繁衍的结果,因而二者平等共生等观念。图腾传说表现了人与自然的亲密联系,体现了人与自然的同源,自然对人类有莫大的恩情,人类对自然充满了感激与崇拜,在一定程度上,这对保护环境、促进人与自然的和谐共生有着重要的意义。

最后,民间通常认为人与自然万物之间是相互依存的关系。在古代社会生产力不发达的情况下,人类先民的生活对自然的依赖程度极高,风调雨顺时则暖衣饱食,倘有风雷之变、自然灾害时则会食不充饥、衣不蔽体,因而先民极其敬畏大自然的力量。这种敬畏映射在民间故事中,自然万物往往被赋予神性,并在其中表达人与自然万物的相互依存关系。例如,维吾尔族人把树木看作"天梯",其既可以与神沟通,也有主宰生育的神力。百姓更把古榆树和胡杨树视为神圣的树,相信这些神圣的树是女性和儿童的保护神。而藏族人民则对雪山有特殊的崇拜。他们相信万物皆有灵魂,雪山也存在与之相应的山神,因此雪山在藏族人民心目中是令人敬畏的神山。西藏先民认识到雪山对人类生存的重要性,雪山能给人们带来安稳谐和的生态环境,丰厚富余的生活资源,雪山是人们安居乐业的有力保障,故而他们认为雪山是神圣不可侵犯的,对神山怀有崇拜和敬畏之情。人与自然万物是相互依赖、息息相关的,人依赖于自然万物,同时人也能协调与环境万物的关系,维护自然万物的生存与发展。

---

① 《中国民间故事集成》全国编辑委员会、《中国民间故事集成·西藏卷》编辑委员会:《中国民间故事集成·西藏卷》,中国ISBN中心2001年版。

我们可以从人的起源、人与自然万物平等一体、人与自然万物之间的关系三个方面来挖掘中国神话传说中的生态思想。这些藏于民间传说中的生态观念的表达朴素而直观，体现了人与自然的相互依存、生命一体的生命理念，它们是中国生态伦理观和生态实践观的基石。

第2章 动物小说的生态解读——以叶广芩为例

第 2 章 动物小说的生态解读——以叶广芩为例

　　动物小说产生于 19 世纪的欧洲，第一本公认的真正的动物小说是《黑美人》，由英国作家安娜·休厄尔创作，小说采用第一人称，由一匹马自述了它的生命旅程。① 此后动物在文学作品里的地位和功能发生了转向，动物开始以主角身份出现，逐渐抛弃了兽型人格的气息，并力求展现动物的天性，"写作动物小说的标准是试图了解动物的内心世界，并尽可能真实地描写它们的行为"②。进入 20 世纪之后，世界社会经济迅速发展带来的生态危机促使人们开始越来越深入地思索动物的生活本性和生存权利、人的自我定位和生存方法，以及一切生命形态的融合与共存等问题。动物小说"天赋绿色生态文学的艺术特质，且创作意图道同契合"③，因此，它迅速成为生态文学的盟军，挑起人类以文学之笔探讨生态问题的大梁。中国一些作家也步入其行列，创作出许多具有生态特质的动物小说，如叶楠的《最后一名猎手和最后一头公熊》、沈石溪的《第七条猎狗》、姜戎的《狼图腾》等。

　　"书写动物的灵性、动物权利和尊严的不可侵犯性，展现动物的艰难命运以及人与动物和谐相处的美学理想，是当前动物小说的主题。"④ 20 世纪 90 年代就因《采桑子》《状元媒》《黄连·厚朴》等一批家族主题作品而被冠以"格

---

① ［英］安娜·休厄尔：《黑美人》，崔思淦译，人民文学出版社 2004 年版，第 12 页。
② 孙悦：《动物小说——人类的绿色凝思》，上海师范大学 2008 年博士学位论文，第 63 页。
③ 动物小说关涉儿童，也关涉成人，它跨越文化界限，响应着文化的当务之急，当代的动物小说中包含着生态方面的主题。Peter Hunt, Sheila Ray. Intenational Companion Encyclopedia of Children's Literature, London and New York：Routledge, 1996, p. 293.
④ 高春民：《论当代动物书写的生态批判与理想建构——以贾平凹、叶广芩、红柯的作品为中心》，载《宁夏大学学报》2018 年第 2 期，第 91 页。

格作家"之名的叶广芩，2000年赴西安老县城村任职，时间长达九年，其间她创作了一系列经典的动物题材小说，皆取材自陕西秦岭的动物，如《老虎大福》《山鬼木客》《熊猫"碎货"》《猴子村长》《大雁·细狗》《狗熊淑娟》《长虫二颤》等，以崭新的视角诉说着人与自然的关系，表现出尊重生命的生态意识，她抛离了人类中心主义的生态伦理观，以传统文化为膏腴之地，以当代生态伦理为绿肥，成功实现了从家庭小说到动物小说的转变，站在动物主体角度审视生命，构建人与动物和谐共存的生态理想。叶广芩的动物题材小说不但是其对生态保护的强烈意识和尊重生命的价值观的显露，更彰显了其对于现实人生和物种生命的某种体悟及对生态的深切关怀。

2.1 叶广芩小说的生态呈现

与野生动物密切接触九年多的叶广芩，对生命的体悟是卓逸不群的。她根据自己的生命体验，"经常想象自己是一只动物"[1]，平视动物，把动物看作是和人一样的生命的主体，从传统动物小说站在人的角度看动物的狭窄空间中跳脱出来，站在生态整体主义的高度，实现长期处于文学作品中陪衬地位的动物主体地位的回归。她为动物声言，赋予动物主体地位；书写动物之殇，反思人性的罪恶；深省人与动物的关系，缓和人与自然的疏离，予人深刻启迪并引人反思。

2.1.1 为动物声言

"尽管神话寓言类或志怪类动物小说在数量和质量上都具备了一定规模，但溯源到中国文学中动物小说的开端，可以看出动物始终是人类思维的延伸，通常被当作人类宣传某种价值观，传达思想或批判某种文化现象的介质，并没有真正成为生命主体。"[2] 很长时间，在文学创作中动物的形象往往以工具型的方式被塑造，用来传达人类的情感和思想，仅存动物的外形而忽略了动物的内在特性和意愿。这种塑造方式常常通过拟人化形态在寓言故事中展现，用来传递人类表达善恶是非的道德观念和达到教育告诫的目的，或者被用于对照反

---

[1] 叶广芩：《老县城》，北京十月文艺出版社2015年版，第169页。
[2] 徐瑶君：《论叶广芩小说的动物叙事》，上海师范大学2021年硕士学位论文，第20页。

映人类的精神和命运，呈现人类现下的生存境遇。无论何种创作模式都是将动物视为符号和工具，忽略了它们的情感和生命状态，使得动物形象失去了真实的生命特性和个性，只传达了人类的声音而没有表达动物的心声。此类视动物为工具的形象塑造模式，不但屏蔽了动物的情感和心理希求，仅仅致意于人类愿景的输出，而且使所塑造的动物生命缺乏温度和特性。步入21世纪，一些作家开始从传统的动物叙事模式中剥离，视动物为独立的生命个体并给予它们独立的生命品格，叶广芩就在其中。她秉持生态整体观，重塑和改造动物形象，解除动物在文学中的失语、失真情状，并试图描绘出动物真实而独立的面貌。叶广芩戏谑地说自己到山野里换上了"狼心狗肺"，认为动物与人类一样，是具有等同地位的生命主体。叶广芩小说中的动物不再是象征符号，只去承载人类的思想文化内涵，也不再被强迫或被粘贴上人类社会价值的标签，它们成为有血有肉、真正有自主意识的生命主体。于形式而言，她的动物题材小说命名皆来自动物，如《老虎大福》《熊猫"碎货"》等，于内容而言，其小说中的动物跳脱出仅为人类附庸的文学传统的窠臼，取得了生命的主体地位，在文本中成为真正的主角。叶广芩在其小说中给动物主角都取了名字，以实现人与动物的平等沟通，如黑鱼"千岁"、熊猫"碎货"、狗熊"横泰君"、乌鸦"卡拉斯"等。其中最典型的是《山鬼木客》，每一个动物都被给予带有其性格特征的名字，"三三"是一只温婉敦厚的熊猫，"岩岩"是一只开朗俏皮的岩鼠，"壮壮"是一头性烈如火的黑熊等，它们在叶广芩笔下灵性四溢，成为生命的主体，同样，人在与它们的和谐共处中，也放下执念融入自然。叶广芩用为动物命名的方法，将每一个动物主角从诸如猴子、熊、鸟等统称的泛指身份中完全剥离，将它们打造成独立的生命个体。她出于对生态环境的深切关注，努力在对动物的命名中注入对它们的爱，显示出她希望人类珍惜每一个生命个体的存在。

叶广芩的小说摆脱了人类中心主义的狭隘创作视野和专注人类社会的创作模式，把叙述中心转移到动物，让动物成为其作品的主角，把创作和关注的焦点移至对人与动物关系的探讨。其小说强调通过加强人类与动物之间的亲密关系，消除情感隔阂和超越物种差异，以追求人与动物和谐共存的主题。动物形象在小说中具有独特的个性，成为独立的个体，不再依附于人类。如《耗子大爷起晚了》，它以耗子为主角，讲述了一系列有趣的事件："我"的父亲为老三买了酱牛肉，准备用来祛寒下酒。我忍不住馋嘴，偷偷地吃了几口。可老三发现了，他以为是耗子大爷所为，对耗子大爷发了脾气。由于"我"胆小，不敢承认自己的过错，于是让耗子大爷无缘无故地承受了惩罚。从那以后，耗子大爷再也没有在洞口出现。"我"失去了这位朋友，感到非常伤心。在哭了一上午后，"我"无法忍受内心的煎熬承认了自己的过错，并要求老三和我一起向耗子大爷赔礼。老三不能接受："人向耗子道歉。这是什么道理？"[①] 在我的强烈要求下，老三向耗子大爷说了"对不起"。在文本中，叶广芩承认了动物的主体地位，承认了动物与人的平等地位，才会有人向动物赔礼的情节设置。无独有偶，对于《老虎大福》《黑鱼千岁》《长虫二颤》作品中的主角"大福""千岁""二颤"等，叶广芩都将它们置于其小说创作的叙述中心。将文本中的动物从传统意义上的人类思维、文化的象征与工具的固化模式中抽离，彰显了她对非人类生命尊严的深切关怀。

叶广芩认为"所有的动物，像人一样，都是平等的，都能体验到痛苦和快乐"[②]，其作品除了对动物生命的表层书写，还将道德关怀传递给了动物，深挖动物丰富的情感领域，实现为动物声言，以及对动物主体地位的赋予。《山鬼木客》中的动物被赋予了与人类相似的情感表达能力和主体性言说的权利。小岩鼠"岩岩"的形象生动活泼："它喜欢和人亲近，夏天时几乎每天都会造访十七八次，毫不拘束地来去自如。有时甚至会在半夜爬上陈华的床，用小爪子轻轻拍打他的脸，弄醒他，举动非常不礼貌。更令人惊讶的是，每次离开时它总是带走方便面、饼干等食物，不厌其烦地搬运，表现得理直气壮、毫不客气。"[③] 叶广芩巧妙地给动物赋予人类的性情，描绘了它们活泼淘气、真诚热情的特点，传达了人类与动物之间有着紧密的联系和相互依存的关系，人类应该尊重动物的生命和权益，与它们和平共处，共同构建一个和谐的生态环境的价值观。

《长虫二颤》中老佘用铁钩死死将老蛇压在地面上，面对将自己置于死地的老佘，老蛇用自己的方式表达了坚定的复仇决心。

> 蛇嘴里往外喷着气，不是嘶嘶而是呼呼，那双圆圆的小眼，由于愤怒

[①] 叶广芩：《耗子大爷起晚了》，北京少年儿童出版社2018年版，第37页。
[②] 傅华：《生态伦理学探究》，华夏出版社2002年版，第16—17页。
[③] 叶广芩：《山鬼木客·山鬼木客》，北京十月文艺出版社2015年版，第136页。

而变成灰白，由于绝望而渐渐蒙上一层翳，但却明确地传达出了仇恨的信号和复仇的决心。①

动物与人一样，能感知冷暖，能体会爱与仇，老蛇最终在身体和头分离的状况下咬伤了老佘的一条腿，使他终身残疾。《猴子村长》中金丝猴遭到人类的围捕，在困境中它们展现出严密的组织纪律性和坚持，即使面对饥饿和疲惫，它们也没有被眼前的食物所迷惑，依旧保持警惕。当猴群被捕后，它们选择以绝食的方式集体自杀。叶广芩通过奉山老汉的话表达了猴子们的心语：

士可杀不可辱，你要是关我，我也自杀。②

金丝猴群宁愿以生命为代价来抗争，也不忍受失去自由的命运。另外一幕是一只小猴贪吃地想要捡起人类投放的食物，母猴无法控制，于是它将小猴的脑袋撞碎在栏杆上，血迹、脑浆染满了栏杆，令人动心骇目。金丝猴群展现了宁死不屈、爱憎分明、坚持自我的情感特征，它们为了追求生存和自由的权利，选择以死亡作为对自由和生存权利被剥夺的无声抗议，展示出惊人的刚韧和坚守。

叶广芩谴责人类中心主义，肯定了所有动物生命的固有价值，并恳请人类不要随意破坏和奴役动物，她建议人们考虑自己的活动对动物的影响并学会从动物的角度反思自己的行为："人类不是万物之灵，我们必须培养对动物和所有其他生物的怜悯之心。如果我们变换视角，想象自己是一只野兔或鹿，并用它们的角度看世界和人类，那么世界将是水深火热，人人皆是青面獠牙。"③叶广芩的小说中，动物被塑造为独立自主的形象，不再被视作依附性的存在，不再被局限于过去仅仅是传声工具的角色，依靠其独特的习性和特点，赢得了主体叙述的资格。透过呈现动物的生命特性，肯定了动物在生态系统中的重要性和意义。叶广芩的作品传达了人与动物同属自然界，应该平等相处的生态思想，通过挖掘动物丰富的情感领域，强调它们的生命尊严，试图唤起人们尊重

---

① 叶广芩：《山鬼木客·长虫二颤》，北京十月文艺出版社 2015 年版，第 225 页。
② 叶广芩：《山鬼木客·猴子村长》，北京十月文艺出版社 2015 年版，第 264 页。
③ 叶广芩：《老县城》，北京十月文艺出版社 2015 年版，第 178 页。

自然环境和动物生命的价值观。

2.1.2 对人欲望扩张的反思

人类文明与自然之间一直存在着冲突,这种冲突在工业化时代更加严重。自然生态系统受到了巨大的伤害,大量的动物被杀害,文学作家渐渐开始关注自然生态系统,动物糟糕的生存状况也引起了他们的注意。他们在文本中描摹的人类为一己私利捕获、伤害动物的行为背后,所隐藏的真正意图是唤起人们对于生态环境日益恶化和野生动物不断减少所带来的忧虑和警醒。叶广芩的创作展现了对人类的恶劣行径的深入批判和沉痛反思:"当我们讨论人与环境的和谐、共处和进步,以及人类尊严的保持时,尊重动物,难道不是其中的一个重要部分吗?"[①] 面对鲜活的动物生命悲惨而终,叶广芩振臂高呼,呵责那些随意扼杀自然生命的愚氓,反思人性的罪恶,向自诩为自然主宰的人类发出了直逼灵魂的精神诘问。

首先是呈现动物生存之殇。自然界中的动物们过着平静快乐的生活,但他们干净、美好的领地,却被人类野蛮扰袭,杀戮动物的围网在无声中蔓延,动物们无法在自己的领地生存下去。人类自认为是自然的主宰,使用各种各样的方法和武器,对动物进行残酷的杀害,原本平静美丽的动物世界变得岌岌可危。叶广芩观察并书写了这些动物被捕杀的惨烈情景和悲剧结局,不管是同类动物之间的相互杀戮,抑或是严酷的自然环境对动物的伤害,都无法与人对动物肉体和精神造成的残酷创伤相比。《老虎大福》中,当大福在太阳下呼呼大睡时,遭到了猎人们的乱枪射击,最后,它绝望地掉进了沟壑里。

> 一齐开火!乱枪齐射,直冲着大福,大福一个趔趄,在半坡中停顿了一下,在那刻停顿中,人们清楚地看到了大福那双清纯的、不解的、满是迷茫的眼睛。[②]

迅速地,老虎大福的尸体就被人们瓜分了:

---

① 叶广芩:《老县城》,北京十月文艺出版社 2015 年版,第 227 页。
② 叶广芩:《山鬼木客·老虎大福》,北京十月文艺出版社 2015 年版,第 125 页。

第 2 章　动物小说的生态解读——以叶广芩为例

很快，巨大的大福就变作了一堆堆皮毛、骨架和红彤彤的肉。肉和内脏分给附近庄户，凡是受过大福侵扰的，每户多分三斤油；虎骨卖给药材收购站，收购站以每斤虎骨 48 元收购，刨去头，大福的骨头一共是 49 斤，2352 块钱。[①]

最终，老虎大福的皮进了动物研究所，成了标本，并作为秦岭最后一只华南虎，被记录下来：

> 雄性，体重 225 公斤，体长 2 米，尾长 0.9 米。
> 好大的大家伙！
> 人们惊叹着，感慨着，称赞着。[②]

由于人类靡所底止地攫取自然，人与动物之间的关系变得越来越糟。人们在看待自然界时仅以个人利益为首要因素，造成了像老虎大福被枪杀这样的悲剧性结果，即使失去自然界的最后一只华南虎，人们也未产生一丝痛心与遗憾。叶广芩在这里激烈地批判了把自己的利益放在首位、对大自然毫无敬畏之心的愚蠢人类。另一部作品《猴子村长》中，因为一场大雪，财神岭上的猴群没有了食物，忍饥受渴的猴群为了生存，上了人的当，被集体捕捉。

> 侯家坪村委会前的两个大木笼子里装了十九只昏昏沉沉的猴，猴子身上基本带伤，大部分伤在脑袋，无论大猴小猴，每只猴子都在流血，有一只好像被打断了脊椎骨，软塌塌地贴在笼子底，动不了了。它们那美丽华贵的毛变得破烂不堪，它们那喜欢支棱着的尾，再也竖不起来了。[③]

猴群被攻击的场面触目惊心，这些命运多舛的动物在自然界中展现出智慧和坚韧，通过物竞天择和适者生存的原则，它们努力争夺自己在大自然中

[①] 叶广芩:《山鬼木客·老虎大福》，北京十月文艺出版社 2015 年版，第 127 页。
[②] 叶广芩:《山鬼木客·老虎大福》，北京十月文艺出版社 2015 年版，第 128 页。
[③] 叶广芩:《山鬼木客·猴子村长》，北京十月文艺出版社 2015 年版，第 255 页。

的生存空间。然而，人的陷阱、圈套和其他狩猎行为却给它们带来了越来越恶劣的生存条件。这些由人类引起的灾难让动物们的生存变得异常艰难。野性盎然的动物世界正在遭受毁灭，动物们只能为了获得生存的自由而不断地付出代价，冒着生命危险进行报复，它们竭力寻求摆脱和逃离人类的束缚和威逼，然而它们与之斗智斗勇的是自以为是万物主宰的人类，在这场对抗中，动物们注定无法扭转败局，它们付出了鲜血、生命的代价。美丽而充满生机的动物家园遭到了人类的侵扰和破坏，这样的行为使得动物们遭受了极大的痛苦和伤害。动物们的生存环境被人无情践踏，动物的生存之殇愈演愈烈。

其次是动物之殇下的罪恶人性的书写。叶广芩在描写动物的存活状态时，突显了人为因素在动物生存中所造成的巨大灾难。通过描述各种动物生存和死亡的悲惨事件，她的文本直接指向了人性中的恶行，如见利忘义、贪得无厌、残酷无情和阴险狡诈等，并痛斥了这些恶行。《狗熊淑娟》讲述了一头名叫淑娟的狗熊的遭遇。小时候，淑娟被母熊遗弃，后来被地质队发现并照顾了一段时间，然后被送到了动物园。淑娟曾被列为国家二级保护动物，但因为年纪大且生病，动物园为了给更高级别的保护动物留出资源，最终，把淑娟卖给了马戏团。几次转手后，当它饱受疾病折磨和各种虐待且对人没有任何作用时，又被高价卖给人，悲惨地成了盘中餐。[①] 领养狗熊淑娟的人也是要吃它的人，淑娟用生命换来人对它极高的评价——"空前绝后"：

> 掌糯味浓，汤鲜爽口，给吃者无不留下深刻印象。……那晚宴席的参与者再品尝别的美味佳肴时总要……说："这个菜比熊掌的味道差远了。"[②]

狗熊淑娟的命运是一个悲剧，也是对现代人对待动物的残酷态度的典型反

[①] "被扔回盆内的已经半熟的熊掌将那惨白的趾爪触即惊心地指向苍天，掌心弯曲，划出一个惊异的问号。这只脚爪曾与一通人性的牲灵相连着，它无数次地由栏内伸出，向人们传达着它的温情，它的喜悦和它对人的无限依赖与情爱……它何曾料到，它的掌爪还会以另一种形式出现在滚热的汤锅中，被撕骨拔毛，成为佳肴送入它所爱的人的口中。"叶广芩：《山鬼木客·狗熊淑娟》，北京十月文艺出版社2015年版，第75页。

[②] 叶广芩：《山鬼木客·狗熊淑娟》，北京十月文艺出版社2015年版，第76页。

映。动物园是为生活在城市中、远离大自然的人类提供娱乐的地方，它几乎只考虑人类的需求和欢乐，完全展示了人类中心主义的思想。淑娟最初被送进动物园是出于保护她的目的，然而一进入园区，她的野性、本性和尊严就被剥夺了，动物园更注重自身的经济利益，而不是对淑娟的保护和给淑娟的福祉，因而才会半途将它抛弃，从保护到贩卖再到成为人的口中食，皆因人的贪欲。《猴子村长》是叶广芩揭露人性的罪恶更深刻的作品。侯家坪村长侯长社接受了捕捉野生金丝猴的任务。在他的带领下，为了丰厚报酬的村民们帮助他捕获了 19 只金丝猴，而动物园只要 6 只。侯长社将本该放归山里的多余的金丝猴关进笼子，准备卖给其他动物园敛财，结果引发金丝猴的反抗自杀，他因此被判刑。小说反映了人在追逐权力和金钱时，对自然生命利益的漠视，整个故事中，金丝猴被当作人满足权力和金钱欲望的工具，人在面对个人利益的诱惑时，往往会把自身的利益放在第一位而牺牲其他生命的利益，甚至对它们的生命也采取漠视的态度，这种行为最终只会加剧人与自然之间的冲突。

叶广芩的动物题材小说描绘了人与动物之间的冲突，从而揭示了由此引发的人性危机，而动物生存危机又由人性危机所致。虽然人的残酷使野生动物命运多舛，但这并未唤起贪婪狂妄的人对自身的反省。在物质富裕的时代，人的欲望加速膨胀，导致精神世界的破碎，人们逐渐失去了道德和精神的指引，陷入了人性扭曲和道德滑坡的深渊。曹孟勤认为，"从表面上看，生态危机似乎是自然生态环境的恶化和退化，生态平衡和净化能力受到的有意破坏。它的深层含义则是人对自然本质的恶，这种本质的恶促使了人对自然的恶行为，并产生可怕的生态危机的恶结果。"[①] 人对动物的残忍行为揭示了人性的罪恶，那些被残忍杀死的动物，它们的眼里还保存着对世界的留恋和悲哀，它们用自己的生命检验人类的残忍，用自己的鲜血质问人性。叶广芩通过生动描述人对动物的残酷行径，展示了对人性罪恶的深刻洞察及现代性批判和反思，深刻挖掘了生态危机的根源，同时发出警告，人对自然的伤害最终会变为对自己的伤害，一旦人不再热爱自然，便会失去心灵栖息之所和精神家园，导致道德人性的丧失和悲剧的产生。

[①] 曹孟勤：《人性与自然：生态伦理哲学基础反思》，南京师范大学出版社 2004 年版，第 137 页。

2.2 叶广芩小说的生态审美观照

千百年来,人类对自然的态度经历了由敬畏崇拜到祛魅征服的过程,在生态危机日益严重的今天,人们必须对与自然的关系进行反思,并对其审美价值进行重新审视。生态文学中的自然并非单纯的自然界,它包含着包括人类在内的所有生物,对动物抱有自己独特观念的叶广芩曾说:"不只是人类可以体会到欢乐与痛苦,动物也一样,它们的生命是非常有灵性的,有其崇高的尊严,值得我们去了解和尊敬。"[①] 她在创作中把动物视为具有独立性和独立意识的生命体,把动物放在与人平等的地位上观照它们,以生态审美视角去体验灵性动物的生命之美,把动物的天性本原、生命尊严、高贵品质刻画得栩栩如生,以真善美的审美理想塑造出一个个高贵美好的动物形象;还在小说中描写了许多鲜活的人与动物共通共情的画面,表现人与动物相处的生态和谐之美,激活人们的生态保护、生态责任意识和对生命的终极关怀,从而共同营造人与动物和谐相处的理想家园,极具内涵和艺术感染力。

2.2.1 灵性动物的生命之美

彼得·辛格认为:"我们人类没有理由认为只有人类拥有思想而动物没有。人类的利益、活动与其意识、感觉是相关联的,因而动物也是这样。在这方面我们不应该有任何疑问,否则就是对人类自己的不信任。"[②] 叶广芩的动物小说中对动物的本性重塑,突出动物情感世界的丰富,包括快乐与悲伤、情爱与母爱等。和人一样,动物也能够体验到生命的快乐和痛苦,会对生命中遇到的事情感同身受,也会将这些情感体验迁移,因而它们也懂温情,也有尊严,在它们身上也能找到一些人类推崇的高尚道德,例如团结友爱、珍惜生命和视死若生。叶广芩笔下的动物总释放出充满灵性的生命之美。

叶广芩站在万物平等的生态审美视角,用温情的笔触,书写动物的美好天性。陈华的研究遭受了无法挽回的损失,因为调皮捣蛋的黑熊"壮壮"不时闯进他的家。壮壮喜欢开玩笑和恶作剧,总是出人意料。举例来说,它会将石块

---

① 叶广芩:《老虎大福》,太白文艺出版社 2004 年版,第 226 页。
② [美]彼得·辛格:《动物解放》,孟祥森、钱永祥译,光明日报出版社 1999 年版,第 10 页。

塞进引水木槽，或者偷尝陈华从老王那里得到的蜂蜜。当没人在场时，它会偷偷地拿走东西，从不走空。此外，在《山鬼木客》中还有一对岩鼠，公鼠叫"岩岩"，母鼠叫"鼠鼠"。岩岩像是个活泼外向的大男孩，鼠鼠则像是含蓄内敛的小家碧玉，羞答答的。它们如同一对人类夫妻，相伴在岩缝里生活，日出而作，相互配合默契，充满了恩爱和甜蜜。

在小说《熊猫"碎货"》中，主角熊猫"碎货"在四女母亲的怀抱中长大，四女和弟弟也把碎货视为家里的一员，弟弟把床单铺在碎货身上，母亲将碎货当作自己的孩子，常抱在怀里，像对待四女一样哺育它。这只不断长大的小花熊与人类毫无距离感，它与人类交好，也很淘气，在与其他家畜相遇时总是喜欢和它们一起嬉戏。它与孩子们友好相处，喜欢在孩子们的脚底下打滚撒欢，享受他们抓痒痒的快感。它时而抱住一个孩子的腿，时而叼住另一个孩子的脚趾，时而扭动腰身，模仿黄狗的样子，逗得人们开心地笑出声来。有一次，碎货被锁在村办公室里，它非常生气，咬得办公室里的桌椅板凳和其他物品七零八落，目的就是能与人们共同生活，不愿被独自关起来。

《猴子村长》中，奉山老汉坦白了自己放弃狩猎的理由，他与长社父亲的最后一次狩猎对象是一只带着两只幼崽的母猴，母猴拼尽全力逃命，但因为带着两只幼崽，最终没有逃过他俩的追捕，奉山老汉打算扣动扳机之际，母猴对他们打了一个手势，请求他们停下来：

> 只见母猴将背上的，怀里的小崽儿一同搂在胸前，喂它们吃奶。两个小东西大约是不饿，吃了几口便不吃了。这时，母猴将它们搁在更高的树杈上，……将奶水一滴滴挤在叶子上，搁在小猴能够够到的地方。做完了这些事，母猴缓缓地转过身，面对着猎人，用前爪捂住了双眼。
>
> 母猴的意思很明确：现在可以开枪了——①

为母则刚，面对死亡的来临无畏无惧，这是动物本真的母爱之情的自然流露，是它们与生俱来的生命状态，是它们内在活力驱动的生命力在它们身上得到的最大限度展现。通过对动物美好天性的描写，叶广芩使读者更深入地了解

---

① 叶广芩：《山鬼木客·猴子村长》，北京十月文艺出版社2015年版，第266—267页。

动物，从而引起人们的情感共鸣。

　　叶广芩认为动物不但天性美好，而且有道德和尊严，它们在与人类的相处中展现出智慧、气度、仁慈、坚韧、勇敢、忠诚和忍耐等高贵美好的品格，她认为人类与动物的生命本就无高低贵贱之分，是平等的，同样珍贵，人类理应保护动物的尊严。《猴子村长》中的猴群展示了有组织、有纪律、有情有义的特征。它们具有强烈的家族观念和集体意识，任务分工清晰，严格服从统领的安排，保持着井然有序的行动。此外，它们善良仁慈、敬畏生命，当长社爷爷的遗体被发现时，天空中下起了冷雨，长社父亲痛彻心扉地呼喊着"爹"，随即林中响起凄厉的猴鸣，宛如悲伤长久地哭泣，如同刺痛心灵的叹息。紧接着，嘶啸声四起，山林震荡，数百只金丝猴犹如旋风般涌向树顶。猴群在树枝间穿梭，活力四溢，如同阴雨中的霞光色彩斑斓，令地面上的人们为之惊叹，为长社爷爷送葬的猴群浓烈的人情味令人叹服。然而侯家坪村民受利益驱动，策划了周密的围猎金丝猴的行动。尽管如此，饥寒交迫的猴群在村民的食物陷阱前，组织有序，遵守纪律，并未被食物诱惑，忍受了三天的饥饿，展示了坚强的意志。可是它们还是无法与人类的狡诈抗衡，最终猴群陷入了人类设置的陷阱，导致双方的激战，猴群败下阵来被关在笼子里，令人惊异的是它们宁愿绝食，选择集体自杀，也不愿忍辱偷安，猴群在老猴的带领下以这种决绝的方式捍卫生命的自由。

　　　　那只小猴脑壳碎裂，在笼子的边上脸朝下趴着，红白的脑浆染满了栏杆。长社问谁干的，永良侄子说，是母猴干的，小猴要捡投放的料，母猴管不住，就把小猴的脑袋在栏杆上撞碎了。[①]

　　作为猴群统领的老猴，在有机会独自逃跑的时候坚定地选择和猴群患难相恤，集智慧、勇气、大义于一身的老猴最终带头绝食而亡："长社将笼门打开，老猴仍旧一动不动，岿然地坐着，眼睛一边看着远处的山，一边沉思着。"[②]猴群的死，是一种对自由和生存权的无声斗争，这种崇高的精神与人性的自私

[①] 叶广芩：《山鬼木客·猴子村长》，北京十月文艺出版社2015年版，第262页。
[②] 叶广芩：《山鬼木客·猴子村长》，北京十月文艺出版社2015年版，第265页。

形成了强烈的反差。这些动物在艰难的生存中依旧维护自己的尊严，散发着强大的生命力量之美。

在《黑鱼千岁》中，黑鱼与儒的对抗彰显了动物生命力的顽强。黑鱼具备人类般的智慧和意志，面对人类的残忍杀害，它并不退缩，而是机智地与之周旋、展开搏斗。当渭河水退去后，一条主流中的黑鱼的同伴因为滞留在水洼中被儒捕获。然而，主流中的这条黑鱼没有离开，而是伺机为死去的同伴报仇。它了解山洪暴发的时机，也洞悉儒的心理，为引诱儒上当，黑鱼故意搁浅在浅水边装死，为了使儒相信它已经死了，在儒用石头砸击时它也毫不动弹。当深水来临时，儒试图借水的浮力拖黑鱼，而黑鱼巧用身体的重量将儒往深水中压迫。他们在水中搏斗很久，黑鱼以坚忍的意志多次将儒拖入水中，最终以牺牲自己的方式与儒一起死在渭河里。

> 儒和鱼在水里乘风破浪，融为一体……儒和岸上的人一样激动，他双手抓住绷得笔直的绳子，借着水的流力往后拉，他听到了鱼鳃撕裂的声音，看到了缕缕血痕。儒奇怪，一条鱼竟然会有这样大的毅力，这样顽强的生命力。以这样来看，鱼绝不会是冷血动物……鬼使神差，水把这一对冤家冲上了浅滩。儒死了，鱼也死了。①

一条鱼要了一个人的性命，黑鱼展现出了本属于人的本性。在人类的捕猎中，黑鱼就像是一个智慧的人在与之搏斗，作者在这里展现出了它的坚毅、智慧和勇气。人类所具有的善良、机智、忠诚、勇敢的品质都是自然界赋予的，而当动物具备了这些品质之后，它们的生命就会彰显出高贵之美。

叶广芩刻画了众多感人心脾的灵性动物形象，它们不仅拥有动物原始的美好特质，而且还拥有与人类等同的思想情感、道德原则、主观能动性和充满活力的精神世界。叶广芩笔下的灵性动物，充满了追求自由的天性、对抗残害的精神、追求生命尊严的豪情、自然流露的情感和强大的生存决心，这样的书写反映出作者倡导人与动物和平共处的精神追求以及对动物的爱与尊重。

---

① 叶广芩：《山鬼木客·黑鱼千岁》，北京十月文艺出版社2015年版，第187页。

2.2.2 动物与人的生态和谐之美

曾繁仁认为："生态美学是在后现代语境下，以崭新的生态世界观为指导，探索人与自然的审美关系为出发点，涉及人与社会、人与宇宙及人与自身等多重审美关系，最后落脚到改善人类当下的非美状态，建立起一种符合生态规律的审美的存在状态。"[1] "和谐"作为生态美学的核心范畴，涵盖的是在自然环境中，各种要素、人与自然、人与社会文化，以及人自身各个方面之间的和谐。对人与自然和谐共生的渴望在叶广芩的动物题材作品中得到了表达，通过展示人们对动物的关爱以及他们之间的相处方式，也呈现了生态美学的独特追求。其作品不断深省着人与动物之间的关系，不仅塑造了一系列动物形象，彰显灵性动物的生命之美，而且呼唤人类对大自然的生态关怀，展现动物与人相处的和谐之美，营造人与动物和谐共生的理想境界。

《山鬼木客》描述了人与动物和谐相处的温馨场景。故事中，陈华因被妻子抛弃而躲进天华山，他在云豹的领地上安了家，日子一天天过去，云豹不仅接纳了陈华，还主动挑起了保卫他们共同领土、保护陈华的重担。除了这位彪悍的保镖，陈华还有一对可爱的岩鼠夫妻邻居，它们来去自如，在陈华的家里毫不客气，想吃他的罐头就用明晃晃的眼睛盯着他，坐在罐头盒子上向他示意。陈华也会把它们当作朋友，一次他递给岩鼠一颗糖，还嘱咐它"这个不能储存要马上吃掉"[2]。平等的交流让人感受到了人与动物和谐相处的温馨氛围。除了岩鼠夫妻，熊猫"三三"也是陈华山林生活里的挚友，他们的相处也尽显温馨：

> 第一次相遇他们四目相对，坐了一下午，后来三三睡着了，他也睡着了，醒来时各走各的路。第二次见面，他像给岩岩一样给三三吃糖，三三把糖坐到了屁股底下，那块上海出的"大白兔"奶糖在它的后臀上粘了足足有半个月。再后来是三三给他表演爬树，它爬上去摔下来，爬上去，摔

---

[1] 曾繁仁：《生态美学：后现代语境下崭新的生态存在论美学观》，载《陕西师范大学学报》（哲学社会科学版）2002年第3期，第5页。

[2] 叶广芩：《山鬼木客·山鬼木客》，北京十月文艺出版社2015年版，第136页。

下来,故意地摔给他看,逗他高兴。他也爬了一次,却是下不来了。①

遥远的天华山里的动物给陈华带来了尘世没有的温暖和安慰,治愈了妻子背叛带给他的伤痛,陈华在这里与自然融合,找到了他迷失的精神家园。叶广芩小说中描写的这些动物与人平等和谐相处的温情画面,使人和自然的和谐关系重新置于人们眼前,让我们重拾恢复人类和自然和谐关系的信心,不再对人类的残忍持绝望态度,同时作者也用这些温馨场景传递的美感引发人类的深思,引导人类去探寻与自然生物平等和谐共处的最佳途径。

此外,《乌鸦卡拉斯》中作家把顽皮的乌鸦"卡拉斯"当成了自己的孩子一样看待,她用自己的方式去观察卡拉斯的淘气和顽皮,赞美它的羽毛,教导人类如何宽容和友好地对待乌鸦。其中写到卡拉斯模仿孩子们玩滑梯的情景——"卡拉斯一次次地爬上梯子,在顶端逗留一会儿,滑下来,跃起,再滑下来,如此反复,无休止地逗乐。它能够毫不费力地从滑梯底部飞到顶部,但相反,它更喜欢费力地爬梯子。它模仿着孩子们从滑梯上滑下来。孩子们都不能飞,它也不这样做",充满情趣。②还有《老虎大福》中,家里的狗黑子日复一日护送二福去上学,风雨无阻,它还会像孩子一样跟二福抢烤山芋吃;《狗熊淑娟》里,地质队的队员们捡到淑娟之后,它和队员们吃一锅饭,睡一间房,每天在村里到处溜达。这些都是叶广芩对人与动物构建和谐世界的浪漫向往和美好期盼。

西方思想家马克思提出"人与自然和解"的观点,表达的是人类对人与自然和谐关系的探索。叶广芩作品对人与动物和谐相处的具体阐释包含了合理利用自然资源、彼此尊重、相辅而行的理念。例如,在《长虫二颤》中,长虫坪的蝮蛇是该地区独特的一种蛇类,其毒性比其他地方的蝮蛇更强。有史书记录,长虫坪的人曾将蝮蛇胆献给太医院。殷家祖先专门以捕蛇取胆为生,但在捕蛇的过程中,他们有一套行为准则。他们只捕捉六尺以上的老蛇,因为小蛇的胆只有薄薄一层皮,里面的胆汁药力甚弱。久居长虫坪的老人们不会去杀蛇,只为了取蛇胆救人性命,绝不会要了蛇的生命,更不会食用蛇肉。他们只

---

① 叶广芩:《山鬼木客·山鬼木客》,北京十月文艺出版社 2015 年版,第 141 页。
② 叶广芩:《山鬼木客·乌鸦卡拉斯》,北京十月文艺出版社 2015 年版,第 282 页。

是捕捉蛇，划开蛇腹取出蛇胆后，会用龙胆草进行处理。

> 被取过胆的老蛇将伤口用龙胆草捆扎了，依旧挑回，放到庙前的"养颤池"里调养，这些蛇都还能活，过一段时日就自行钻到草丛里去了。①

冥冥之中，一种默契似乎在人与蛇之间形成——人类捉蛇取胆治病救人，不会伤及蛇的生命，蛇也不仇恨人类的抓捕，不攻击人类。此外，作者还描摹了二颤为王安全做的味道妙不可言的鸡汤，而它的美味全因汤里放的细辛被蛇依偎过，这样情节的设置正是叶广芩追求人与自然互信互利、共生共存、和谐相处的理想状态的表达。

"主体内部和外部的一致性与统一性在生态美学中得到了体现。生态审美意识不仅包括对生命价值的理解，还包括对外部自然之美的发现，以及对生活的共情和喜悦。"② 可见，生态美学研究的核心在于探讨人类与环境、与社会和与自身之间的紧密关联，从而提高审美意识。叶广芩注重观察和诠释动物的特质，展示人与动物如何和谐相处，透彻分析动物生命和生态平衡之美，唤醒了人对生命真谛的领悟，就如庄子所言"美达万物"。

2.3　叶广芩小说的文化批判

王诺认为："今天我们所面对的全球性生态危机的起因，不在于生态系统自身而在于文化系统。这一危机的度过依赖于尽最大可能清楚地理解我们的文化对自然的影响。"③ 叶广芩也敏锐地意识到文化是如何对生态问题产生重大影响的，她的小说深刻地反思了中国文化，特别是传统文化，再现了中国传统饮食文化和狩猎文化中的种种不良现象，并对其进行了强烈批判。

2.3.1　传统饮食文化

中国传统文化高度重视饮食文化，它有着丰富的历史和深远的意义。经历长久的发展演变，中国饮食文化从肯定"吃"这一基本生理需求，例如"民以

---

① 叶广芩：《山鬼木客·长虫二颤》，北京十月文艺出版社 2015 年版，第 197 页。
② 徐恒醇：《生态美学》，陕西人民教育出版社 1999 年版，第 9 页。
③ 王诺：《欧美生态文学》，北京大学出版社 2003 年版，第 73 页。

食为天""食色，性也""饮食男女，人之大欲存焉"，发展到形成了一定文化导向，如"割不正不食""食不厌精，脍不厌细"，甚至出现不良现象，如今"吃"不再仅有满足生存需要的功能，而是进阶到满足欲望的需求，例如"猎奇""尝鲜"等。

叶广芩是晚清世家的后代，对中国的传统饮食文化甚是了解，她的家庭系列小说对这一现象进行了大量的阐释，同时也表达了对中国饮食文化的知悉与认同。可是时代不断发展，叶广芩逐渐认识到物质至上的社会现实滋生了一些变异畸形的饮食文化导向，正是这些不良导向使野生动物的平静生活土崩瓦解，独具一格的"吃"文化是动物生存走向深渊的主要原因之一。叶广芩对残忍杀害野生动物只为满足自己口腹之欲的人深恶痛绝，她认为"人的嘴，是万恶之源。人的嘴是动物的坟墓"[1]。《大雁·细狗》中描写了人们捕食黄河滩上大雁的恶劣行为。秋天到了，尽管天气变凉，芦苇塘上依然聚集着留恋故乡不肯离去的雁群。然而，这些天真的大雁并不知道，它们欢乐的家园已经充满了危险，早就对它们垂涎三尺的农场男人们用枪瞄准这些无辜的生命。欲望填满了这些男人们的心，他们不懂义禽大雁不畏生死、义无反顾品格的高贵，吸引他们的是一道道美味的红烧雁肉。大雁于一声声枪响中跌落，人没有一丝同情，毫不羞愧，他们只是急切地拿起餐具，享受口腹欲望的满足，并计划明天继续捕猎大雁。到了冬天，没有了大雁，冷酷无情的人们甚至向一只尚未脱尽绒毛的小狗张开血盆大口。这些人无视动物、藐视生命，欲望充斥了他们冷酷的心。

吃的欲望不断膨胀，吃的花样不断翻新。在《狗熊淑娟》中，陆家菜靠着二太太具有的"宫廷格格"的身份、深广的见识和老到的手艺而声名远扬。

> 陆家菜突出了自己的风格，以干制海味和山珍为主，原汁原味地保留了旧日官宦人家的饮食特色。之所以少用生猛，是由于过去没有冰箱，保鲜几乎不可能，各官府包括宫廷，欲吃海货山珍多用干货发制，如鱼翅，鲍鱼，海参，鱼肚，鱼唇，熊掌，驼峰等等，吃的是不温不火，功到自然成的慢工细做，品的是一种宁静心态下对中国饮食文化的理解与认同。让

---

[1] 叶广芩：《老县城》，北京十月文艺出版社 2015 年版，第 220 页。

人从中领会到中国五千年文化的堂奥,不仅仅是一种美食的享受,更是一种精神的滋润。①

陆家菜以文化包装,展现了宫廷氛围和古朴雅致的文化气息。当陆家款待日本客人横路时,陆老爷子以智慧的清谈和风骨十足的文化气息赢得了客人的敬重。陆家使用精良的茶具泡制四川蒙顶茶,端上自酿陈年花雕酒,呈上黄焖鱼翅、清蒸燕窝、罗汉大虾等珍肴异馔,深深俘获了客人的味蕾和心。陆家菜烹饪精细,采用稀有食材,制作过程繁杂精巧,连吃法都颇具讲究,彰显了其精致美味、独具一格的食文化,可谓"一桌难求"。然而,人们在满足基础需求后,对食材的选择变得畸形化,追求不同颖异食材带来的新奇味觉体验,这种变态欲望最终导致了狗熊淑娟的生命消逝。淑娟付出生命的代价创造了一道独步当时的美食,但享受它的人只关注这道清蒸熊掌的美味,他们早已忘却这道美食的背后也是一个鲜活的生命。可见人在满足基本生存需求后,对食材的选用出现了畸形化的趋势。在叶广芩的作品中,"临乎死生而不惧,伏清白以死直兮"②的义禽大雁、位列国家一级保护动物的华南虎,到头来都成了追求口腹之欲的人类的盘中餐。动物与人都是自然的一部分,它们的生命同样珍贵,叶广芩认为轻视生命是畸形扭曲的饮食文化形成的主要原因,中国的饮食文化博大精深、独具特色,这是不争的事实,但若过度追求"猎奇""尝鲜"则极具残酷性,给动物带来的是失去生命的危机和物种消失的灭顶之灾。

此外,畸形扭曲的饮食文化还表现为人们对野兽某种非理性的信仰。例如,《老虎大福》中,人们认为把死虎的血涂在额头上会带来好运。虎是一种巨大而美丽的生物,应该受到人们的尊敬,但人却残酷地杀死了它们,而在小说中,山民们非但没有因为自己的无知而懊悔,反而兴高采烈地将这只华南虎的尸体分给了人们,在他们看来,吃了一头老虎的肉,可以缓解他们对老虎的恐惧和内疚,甚至可以用这种方式来征服老虎,让自己变成无所畏惧的"神"。叶广芩在作品中批判了人们为了满足自己的欲望而残杀动物的做法,披露了畸形扭曲的饮食文化需求导致了动物悲惨命运的事实。"食不厌精,脍不厌细"

---

① 叶广芩:《山鬼木客·狗熊淑娟》,北京十月文艺出版社2015年版,第49页。
② 张帆:《叶广芩小说中的动物叙事研究》,江南大学2019年硕士学位论文,第46页。

的谚语，在餐饮业中一直在，它是饮食精细、艺术化的体现。但现在，为了满足自己的欲望，为了炫耀自己的财富而猎杀动物，这是何等的残酷，何等的不人道。狗熊淑娟成了盘中餐，老虎大福被瓜分，让我们心痛之余更感受到它们鲜活的生命。

2.3.2 狩猎文化

狩猎是我们的祖先为满足食物需求而发展起来的一种传统生产方式，在整个文明发展过程中，狩猎对满足人类生存需求至关重要，"随着时间的推移和社会的发展，狩猎已经演变成一种习俗，根据不同地区、环境和风俗，产生了具有鲜明民族特色的狩猎文化"[1]。叶广芩的小说完全从动物的角度出发，反映了人类与其他动物之间，以及人类与自然之间的冲突，并对传统狩猎文化中固有的人类中心主义思想，以及人类在狩猎活动中表现出的征服者意识进行了反思。

在不同的时代，狩猎活动并不总是以同样的方式进行。在缺乏食物衣物的时候，人们把狩猎作为一种生存手段，但当这两者都很丰富的时候，狩猎逐渐变成了一种乐趣。人们研究动物习性，制造狩猎设备，无节制地虐待、杀害动物，只是为了满足自己的征服欲望，血肉狼藉的死亡游戏揭露了人类是多么冷血残酷。《黑鱼千岁》是叶广芩反思造成此类现象文化根源的典型作品。通过描述古代狩猎活动和现代猎人儒的心理，揭示了狩猎文化对生态环境和动物生存危机的影响，以及人与自然之间的冲突。叶广芩根据历史资料再现了秦岭地区狩猎的盛况，特别是汉武帝时期的搏熊馆村，这是汉武帝的猎场，数十万人将各种野生动物圈养起来，并进行胡人的斗兽表演，而汉武帝则坐在搏熊馆上观赏，有时为了展示帝王风范，他还会亲自斗兽，"搏熊一日三十只"[2]，这些狩猎活动留下了血腥和杀戮。随着时代的变迁，狩猎的辉煌逐渐在岁月的洗礼中褪去了颜色，但狩猎的本质却通过文化和血脉代代相传。现代的猎人儒受到祖父的影响，渴望成为一个真正的猎人，"对于狩猎者来说，生擒一个鲜活的生灵，不在于结果和价值，而在于过程和设计"[3]。因此，当发现水洼中的黑鱼

---

[1] 张帆：《叶广芩小说中的动物叙事研究》，江南大学 2019 年硕士学位论文，第 53 页。
[2] 叶广芩：《山鬼木客·黑鱼千岁》，北京十月文艺出版社 2015 年版，第 156 页。
[3] 叶广芩：《山鬼木客·黑鱼千岁》，北京十月文艺出版社 2015 年版，第 167 页。

时，他锁定其为自己的猎物，把黑鱼的存在看成是对自己的侮辱。为了享受猎捕过程中欲擒未擒、稳操胜券的乐趣，他刻意折磨猎物来使捕猎更具挑战性。他视黑鱼为自己的猎物，需要战胜它来证明自己的实力和价值。当黑鱼在河滩上假死时，儒因觉得猎捕过程太过简单，倍感无味，而当黑鱼在水中逐渐恢复生机并开始与儒斗智斗勇时，儒的心态发生了翻天覆地的变化，他心满意足，感到异常亢奋，感到挑战和刺激，有一种找到真正对手的兴奋感。儒的捕猎过程展现了他"变态"的征服欲望。他将猎捕视为一种挑战和征服的行为，对待黑鱼的过程极为残酷和残忍，然而，正是这种对动物的残酷行为和对自然的不尊重，让他陷入了孤独和精神失守的境地。儒狂妄的必胜信念和黑鱼与他一同殒命的结局，象征着叶广芩对狩猎文化中存在的人类中心主义思想的批判，揭示了猎人儒作为狩猎行为的代表，在对待自然和动物时表现出的残暴行为对生态环境的退化和动物生存的危机所造成的影响，反映了文化视域中人与自然关系的激烈冲突。

　　野生动物举步维艰、濒临灭亡，而猎人对它们的追捕从未停止。《大雁·细狗》中猎人掌握了动物的生活习性，每到秋季，他们都会在黄河边上捕杀预备南飞过冬的大雁，而大型狩猎活动则在冬季举行。《猴子村长》中，20世纪50年代，人们在猎人侯自成的指挥下，破坏山林，捕杀猴子，把猴子的皮毛剥下来从中获利；到了20世纪90年代，侯自成的儿子侯长社再次带领熟练的捕猴猎人在山林中诱捕金丝猴，迫使金丝猴在这个过程中集体自杀。叶广芩通过对狩猎带给动物的悲剧命运画面的描摹，揭示了狩猎文化中与生态脱节的因素，尖锐地批评了人类狩猎行为对动物生存的不利影响，狩猎活动中对动物的屠杀使动物的生存更加困难，这也使人与动物之间的冲突更加严重。同时对《猴子村长》中受到动物感化、放下猎枪的猎人侯自成形象的塑造，则表现出叶广芩希望猎人们反思、改变对自然和动物的掠夺性态度，树立自觉的动物保护意识，以真正实现人类与动物、自然的和谐共生。

　　叶广芩认为："中国几千年来建立的道德和价值观已经渗入我们每个人的内心。无论是背叛、维护、修正还是改变都可以，只是不能沉沦。"[1] 只有通过不断地自我反思、自我提升、自我革新，传统文化才能在新的时代中焕发出

---

[1] 周燕芬：《文学观察与史性阐述》，人民文学出版社2012年版，第337页。

更强大的生命力，应对更高的挑战。叶广芩在其动物小说中对传统饮食文化、狩猎文化展开了一定的现代性反思，表现出强烈的生态忧思，传达出强烈的责任感与使命感。

　　凭借长时间与动物相处的丰富经验，叶广芩一直是生态保护的先行者，时时关注着生态领域的变化，以及动物生活、生存的情况，因而她的作品透露出浓郁的生态意识。叶广芩的小说跳出人类中心主义的视角，勇敢地超越传统的观念，撕掉人类附加于动物的价值标签，将它们与人类平等地看待，审视它们的生命，强调它们的生命价值，还原它们的野性本质，并赞美它们的高贵和庄严，坚定地确立了动物的主体地位。透过揭示动物所遭遇的生存挑战，展现了它们在日益严重的生态危机中所遭遇的困境，同时也揭示了现代工业文明背景下人们所面临的精神困境。其作品不仅对人们因欲望而对动物和自然犯下的罪行进行了批判，同时也是对现代性的反思，以及对人性和灵魂的探察。她还通过重新审视饮食文化、狩猎文化，对传统文化进行了反思，进一步揭示了其对生态危机和精神困境的影响，深入挖掘了生态危机和精神危机的根本原因。叶广芩的作品不仅仅体现了她深刻的忧患意识，更传达了一种生态整体观。她试图通过现代生态伦理的价值理念来构建理想的生态图景，将人类与自然、动物融为一体，呼唤人们重新审视自然界的整体性，并以此为基础来建立可持续的生态秩序。叶广芩的这些作品充满山野的天然气息，为动物题材小说创作提供了宝贵的借鉴，为当代生态小说写作注入了新鲜的血液，旨在启发人们对生态保护重要性的认知，并为实现理想的生态图景提供思考和指引。

第 3 章

儿童文学作品中的生态世界——以沈石溪为例

第3章　儿童文学作品中的生态世界——以沈石溪为例

彭斯远曾指出："动物小说崛起于中国儿童小说林。这是新时期以来十分引人注目的一种文化景观。"[①] 儿童尤其喜爱动物，会与它们产生自然的友情，所以在儿童文学中，以动物为题材的小说很受欢迎；随着时间的推移，动物故事成为孩子们阅读范围很广的一种文学形式。20世纪80年代以后，我国的儿童文学中涌现出大量的反映环境问题、表现强烈的生态自觉的小说。这种变化，既反映出当代儿童文学在当时的社会、生态和人文环境中所具有的时代特色，同时也表明了儿童文学作者对于儿童的生态意识的培育与提升给予了充分的关注。也就是说，在创造过程中，让孩子们能够更好地接纳和建立起自己的生态意识，并能够在行动中主动承担起保护环境的责任，培养人生理想中的道德、伦理、行为规范。沈石溪是20世纪80年代以来出现的一批动物小说家中的佼佼者，被称为"中国动物小说大王"，也是儿童读物中极有人气的一位之一，他的《第七条猎狗》《一只猎雕的遭遇》《狼王梦》《红奶羊》《象母怨》等作品，曾荣获全国优秀儿童文学奖、冰心儿童图书奖等等。沈石溪的文学创作对人类生存面临的严峻挑战给予了极大的关怀，重在描写大自然环境与和谐生态，突出人与自然之间的内在联系，并在此基础上提出了一种整体的生态协调观点。沈石溪作品以培育儿童的崇高情感、引导儿童建立起生态保护的主体意识为出发点，强调对儿童正确的生态观念的培育，对儿童的生态主体性的张扬，这是他的创作思想与意图。它在培育儿童的生态观念、张扬儿童的生态主体性方面发挥着重要

[①] 彭斯远：《中国当代动物小说论》，载《重庆师院学报》（哲学社会科学版）2000年第3期，第37页。

的作用；它为儿童开启了一条通往大自然的途径，让儿童透过富有表现力的语言体验到了动植物的悲喜；它向我们展现了一个儿童文学中的生态世界。

3.1 沈石溪儿童文学作品蕴含的生态哲思

沈石溪视自然为一个涵盖了人类与动物共生共存的联合体，他深刻探究这三者间的复杂联系，并对当前生态环境的挑战表示关切。他立足于儿童心理成长的视角，在其作品中强调回归自然的主题，倡导停止对生态环境的损害，鼓励重新建立孩子与大自然的紧密联系，以寻找人类与自然、动物和谐共处的解决方案。

3.1.1 动物与自然的关系

生态意识体现的是一种追求人与自然环境平衡发展的新理念，这其中必然包含动物与自然界的和谐共融。沈石溪在描绘动物与自然的关系时，注入了和谐的元素，无论是对动物与环境的交融，还是对动物间的互动，他都给予积极的评价和赞美，展现出一种诗意的生存状态。《春情》中：

> 被春晖丽日晒照着的日曲卡山麓，黑土肥沃牧草油绿泉水清亮野花芬芳，是草食类动物的理想乐园和蓬莱仙境。一场又一场春雨把日曲卡山麓装扮得葱茏翠绿生机盎然，漫山遍野的杜鹃花绽开了粉嫩的鹅黄的蟹青的大红的花朵，姹紫嫣红五彩缤纷鲜艳夺目简直是美不胜收。[①]

沈石溪以其生动细腻的笔触，勾勒出一幅生机勃勃的春季画卷，其中万物复苏的场景宛如诗篇，自然环境的韵味与动物生活的活力交织在一起，展现出一种无与伦比的韵律美。在他的力作《红飘带狮王》中，他巧妙地融合微风、落叶、缓缓下沉的夕阳以及王者狮子，编织成一幅和谐而富有动感的静谧图景，透射出生命的力量和灵动的艺术感。

[①] 沈石溪：《春情》，载樊发稼、庄之明主编：《沈石溪名作精品集》，世界图书出版公司 2010 年版。

第3章　儿童文学作品中的生态世界——以沈石溪为例

从西北方向刮来一股凉爽的风，吹落几片榕树叶，飘飘悠悠，舞到一只雌狮的头顶。雌狮颤动耳廓，将头上的落叶抖落下来，它抬头望望迅速下沉的像只大金橘似的太阳，打了个哈欠，慢慢站了起来。①

而在《雄狮去流浪》中，沈石溪细腻地刻画了五只年轻雄狮被逐出狮群后的艰辛历程，画面如此：

天黑尽了，树木、土丘和草丛都隐没在一片浓浓的夜色里，活跃了一个黄昏的锡斯查沼泽，渐渐冷清下来……天的尽头，乞力马扎罗山变成一个奇形怪状的剪影，山顶终年不化的积雪泛着惨白的光。②

它们在饥饿驱使下，竭力搜寻猎物，尽管疲惫不堪却一无所获，这使得夜晚的寂静更加深沉，它们的焦虑与困苦在冷冽的星光下显得格外鲜明。沈石溪观察入微，他不仅描绘了动物的生活，更深层次地展现了自然与生灵共存的和谐之美。这种以动物为窗口展示的广阔大自然，能激发孩子们的好奇心，让他们在领略自然之美的同时，受到精神洗礼，提升多元审美，自然而然地唤起他们对生态保护的热爱与责任。

在沈石溪的创作中，除了动物与大自然的和谐共存，他还揭示了自然界的残酷规律——"物竞天择"的丛林生存法则。无论是弱小无助的生物，还是强大凶猛的野兽，都在这个生态体系中扮演着不可或缺的角色，共同遵循着丛林的生存法则。弱者被强者猎食，形成了一环扣一环的食物链，沈石溪认为动物"有一个属于自己的弱肉强食的生存圈，完全可以在丛林法则这个色彩斑斓的舞台上塑造动物的本体形象"③。如《第七条猎狗·暮色》中，豺群在饥饿的驱使下，迫使桑哈成为野猪的牺牲品，动物的异族之间"弱肉强食"的厮杀就是这种丛林法则的体现：

在必死的心态支撑下，苦豺会将剩余的生命浓缩凝聚在豺牙和豺爪

---

① 沈石溪：《红飘带狮王》，浙江少年儿童出版社2011年版，第5页。
② 沈石溪：《雄狮去流浪》，浙江少年儿童出版社2011年版，第44页。
③ 王宁、沈石溪：《"另类"作家》，载《云南日报》2000年7月3日。

间,像道红色的闪电蹿进雪帘洞去,将非致命部位肩胛白白送进母野猪锋利的獠牙间;母野猪只有一张嘴,必然会顾此失彼;苦豺就用两只前爪在母野猪的丑脸上胡抓乱撕。极有可能豺爪会抠瞎母野猪的眼珠,最起码也会把丑陋猪脸撕得血肉模糊。母野猪疼痛难忍发出嚎叫,苦豺趁机一口叼住母野猪的耳朵、脸颊或鼻子,四条豺腿蹬住石壁拼命朝洞外拖曳。受伤了的母野猪更加凶蛮,会一口咬断苦豺的一条后腿,还有可能会一口咬穿苦豺的肚皮,豺肠豺肚漫流一地。①

而在同一族群之间的权力更迭中,这一法则表现为无情的"优胜劣汰"之战。《象冢》描述了老象王茨莆被隆卡击败,凄惨地结束生命的过程:

> 它突然觉得胸部一阵刺痛,筋骨的断裂声、皮肉的撕裂声、血浆的迸溅声搅和在一起。它没看见隆卡是怎样给它致命一击的。它已失去了知觉,失去了反抗,整个精神全崩溃了。它的胸部被隆卡捅开两个血窟窿,血流成河,它都没扭头去望隆卡一眼。它痴痴地望着巴娅,直到实在支持不住,瘫倒在地……它鼻子里嗅到一股血腥味、草腥味和土腥味混合的怪味。昏昏沉沉间,它仿佛听见象群拥戴隆卡登上王位的欢呼声。它觉得大地在下陷,刚刚升起的橘红色的月亮压得它喘不过气来。它料定自己必死无疑,它有点遗憾,自己没能死在象冢,却倒毙荒野。②

"弱肉强食"展现出动物生存的艰难,而"优胜劣汰"则彰显出生命的壮烈和尊严。在力量均衡的丛林中,和平的本质是彼此无法消灭对方,这种平衡是生态系统稳定的关键。对原始野性的颂扬,实则是对自然敬畏的回归,这不同于人类利用科技力量主宰自然、猎杀动物的行为。动物的野性体现出与自然共生的特性,而人类的破坏行为却割裂了生态的整体性。因此,沈石溪的笔触下,无论是跨种族的斗争还是同族间的竞争,无论是热带雨林的繁茂神秘还是高原的严酷寒冷,都被嵌入了一个宏大而完整的生态系统之内。正是这种主客

---

① 沈石溪:《第七条猎狗·暮色》,浙江少年儿童出版社 2008 年版,第 224 页。
② 沈石溪:《沈石溪激情动物小说·老象恩仇记》,少年儿童出版社 2015 年版,第 361 页。

体共同塑造的生态之美，使得他的小说描绘出动物与自然和谐共生的壮美画卷。

刘绪源在《儿童文学的三大母题》中阐述，"自然"以其独特的美学魅力，激发孩子们对它的深深敬畏与好奇，唤起他们对自然界的感知、惊叹之情以及本能的亲近。[①] 这种生态审美体验，恰好戳破了现代人被物质欲望所蒙蔽的冷漠心灵，儿童文学通过真实呈现的自然景观，为个体灵魂提供了疗愈的空间。沈石溪作为杰出的儿童文学作家，他的作品通过细腻描绘大自然的雄浑与生机，揭示出自然法则的生动残酷，以及动物遵循其法则生存的必然性；以富有感染力的艺术手法触动孩子们的心灵，借此培养他们对生态环境的整体认知。

3.1.2 动物与人的关系

作为自然大家庭的一员，人类与动物之间的互动关系错综复杂且至关重要。

沈石溪的小说尤其关注儿童读者，他笔下的作品多数展现了人与动物共生共荣的和谐场景，这与他自身的生命经历密不可分。1969年，沈石溪作为上海知识青年，扎根于西双版纳，那里的热带雨林和物种的丰富多样性，以及傣族人民根植于心的万物有灵观念，深深地影响了他的世界观和审美取向。在他的代表作《最后一头战象》中，他塑造了人与象之间深深的情感纽带，描绘出一幅人与自然和谐共生的美好画卷：

> 它是战象，它是功臣，受到村民们的尊敬和照顾。从不叫它搬运东西，它整天优哉游哉地在寨子里闲逛，到东家要串香蕉，到西家喝筒泉水。[②]

当战象嘎羧的生命即将走到终点，整个部落的人们纷纷聚集在一起，以庄重的仪式送别这位忠诚的伙伴：

[①] 刘绪源：《儿童文学的三大母题》，少年儿童出版社1995年版，第9页。
[②] 沈石溪：《最后一头战象》（漫画版），山东画报出版社2020年版，第57页。

嘎羧要走的消息长了翅膀似的传遍全寨，男女老少都拥到打谷场来为嘎羧送行。大家心里都清楚，与其说是送行，还不如说是送葬，为一头还活着的老战象出殡。许多人都泣不成声。村长帕珐在象脖子上系了一条洁白的纱巾，在四条象腿上绑了四块黑布。老人和孩子捧着香蕉、甘蔗和糯米粑粑，送到嘎羧嘴边，它什么也没吃，只喝了一点凉水。[1]

在《保姆蟒》的故事中，"我"精心引入了一条长达六米、粗如龙竹的西双版纳黑尾蟒，作为孩子们的特别保镖。这条巨蟒以其冷峻外表下的深情，不分昼夜地守护着孩子们，全身心地确保他们的安全。随着孩子的成长，人与蛇之间的情感纽带逐渐加深，彼此的共生关系日益密切，共同构成了和谐的画面：一转眼，儿子开始学走路了，不用我们费心，保姆蟒自觉担当起教儿子学走路的角色。它弓起脖子，高度正好在儿子的小手摸得到的地方，像个活动扶手，随着儿子的行走速度慢慢朝前蠕动。儿子走累了，随时可以伏在保姆蟒脖子上休息，这时候，保姆蟒便一动不动，像一条结实的栏杆。小孩子学走路，免不了会跌倒，保姆蟒似乎特别留心注意少让儿子摔跤：每当儿子跟跟跄跄要倒时，它就会哧溜贴着地面蹿过去，蛇头很巧妙地往上一耸，扶稳儿子；即使儿子仍摔倒了，它也像层柔软的毡子，垫在儿子的身体底下，不让儿子摔疼。[2]

在《蠢熊吉帕》中，傣族护林员巴康艾诺在一场冲突中意外地救起受伤的小黑熊吉斯，他如同父亲般悉心照料吉斯，两人之间建立了超越物种的亲情，生动诠释了人与动物间的和谐共处。

然而，沈石溪的作品并非只有赞美，他对人类对待动物的复杂态度亦有深刻揭示。《大羊驼与美洲豹》的悲剧揭示了马戏团为了商业利益，无视动物天性，将美洲豹幼崽伪装成小羊驼，导致它们走向了悲惨的命运。这暴露了动物在人类追求利益的过程中，逐渐丧失了原有的身份和尊严。

《斑羚飞渡》叙述了猎人带着武器和猎犬对斑羚实施大规模猎杀，迫使斑羚群面临悬崖逃生的绝望处境，从而引出了壮丽的斑羚飞跃景象：

---

[1] 沈石溪：《最后一头战象》（漫画版），山东画报出版社2020年版，第63页。
[2] 沈石溪：《保姆蟒》，浙江少年儿童出版社2019年版，第208页。

> 绝大部分老斑羚，都用高超的跳跃技艺，将年轻斑羚平安地飞渡到对岸的山峰，只有一头衰老的母斑羚，在和一只小斑羚空中衔接时，大概力不从心，没能让小斑羚精确地踩上自己的背，结果一老一少一起坠进深渊。①
>
> 砰，砰砰，猎枪打响了，我看见，镰刀头羊宽阔的胸部冒出好几朵血花，它摇晃了一下，但没倒下去，迈着坚定的步伐，走向那道绚丽的彩虹。弯弯的彩虹一头连着伤心崖，一头连着对岸的山峰，像一座美丽的桥。它走了上去，消失在一片灿烂中。②

人类与斑羚群的对抗映射出人与自然的冲突，然而弱肉强食并非唯一法则。斑羚群体展现出的智慧和面对死亡的镇定，是对人类行为的严厉质问。

无论是描绘和平共处还是残酷杀戮，沈石溪都以童真的视角，颂扬动物的生命力，探索人与动物和谐相处之道。他的作品倡导生命的平等与尊严，可以激发孩子们敬畏之心和信仰意识，使孩子们感受到动物生存的艰辛和生命的价值，有助于培养孩子们正确的生态环境观念，实现生态教育的启蒙。

3.1.3 和谐生态意识的形成

沈石溪以其生动的笔触，捕捉了他在云南多年的生活经历中，关于人与自然、动物之间深深交融的感人瞬间。在他的作品《象警》中，他绘声绘色地叙述了一个奇妙的场景：

> 罗梭江大湾塘的树林边缘，拥挤着野牛、斑羚、盘羊、野猪、豺狗、猪獾、马鹿、草兔、黄鼬、孔雀、白鹇、锦鸡等二三十种动物，大大小小约有一两百只，就像童话中森林里的动物集合开会一般。③

众多动物，尽管有些是天敌，却在同一片土地上和平共处。当一群大象从

---

① 沈石溪：《斑羚飞渡》，浙江少年儿童出版社 2019 年版，第 100 页。
② 沈石溪：《斑羚飞渡》，浙江少年儿童出版社 2019 年版，第 101 页。
③ 沈石溪：《沈石溪激情动物小说·老象恩仇记》，少年儿童出版社 2015 年版，第 333 页。

远方走近，所有的动物都欢欣鼓舞，以各自独特的方式欢迎它们。作者观察到，这些动物聚集在此是为了饮水，然而罗梭江中的鳄鱼对它们构成了威胁，唯有大象无所畏惧。大象们勇敢地下水，形成一层坚固的保护圈，鳄鱼只能退避三舍，于是其他动物得以安心地享受水中的欢乐时光，场面犹如一场盛大的庆典：

> 跟在大象后面的动物们纷纷跳进这块安全水域，大湾塘喧闹欢腾，溅起一丛丛浪花，在瑰丽的晚霞中变幻着奇异的色彩。①

在另一部作品《闯入动物世界》中，他写道：

> 那儿远离市镇，地广人稀，四周都是密不透风的热带雨林，享有植物王国和动物王国的美誉。下田耕作，白鹭和孔雀就在身边盘桓；上山砍柴，经常能遇见马鹿和岩羊。那儿不仅野生动物数量众多，还能感受到人类与动物浓浓的血缘亲情……
> 婚礼上的贺词是：新郎像牛一样憨厚，像猴一样机敏，像山豹一样勇敢，新娘像孔雀一样美丽，像双角犀鸟一样贤惠，像银背豺一样善于操持家务抚养自己的孩子；葬礼上的随葬物品大都是木雕的飞禽走兽，仿佛不管是在阳间还是在阴间，与动物相伴才是完整的人生。
> 当地还流传着许许多多有关动物的趣闻逸事，什么水牛抵死前来扑食牛犊的老虎啦，什么象群在干旱时用长鼻子汲水，帮助一位曾经救过一头乳象的老汉浇快要枯死的苞谷地啦，什么狗熊穿起偷来的人的衣裳，把不明事理的羊群赶进深山啦，这样的故事多得就像树上的叶子，怎么也采不完。我在曼广弄寨子生活了六年，为了生存，养过牛，赶过马，带着鱼鹰到澜沧江捉过鱼，牵着猎狗到布朗山打过猎，几乎天天和动物打交道，亲眼看见了许多感人肺腑的动物故事。②

---

① 沈石溪：《沈石溪激情动物小说·老象恩仇记》，少年儿童出版社2015年版，第337页。
② 沈石溪：《第七条猎狗·闯入动物世界》，浙江少年儿童出版社2008年版，第283页。

从沈石溪深情的叙述中,我们可以感受到那个时代西双版纳的特殊氛围——人类与动物之间的亲近如同一家人,超越了物种和语言的隔阂,两者之间达成了无形的默契。人与动物、人与自然在这和谐共存的画面中相互照应,形成了一种难以言喻的平衡。

沈石溪的小说富含深刻的生态哲学,倡导人类尊重动物的价值,提倡平等,摒弃人类中心主义,追求人与自然、动物的和谐共生。他的创作始终坚持儿童视角,注重描绘自然环境的美丽与生态系统的和谐,强调人与自然的密切联系。他以生态和谐的整体观念为引导,致力于培养孩子们正确的生态认知,激发他们的生态保护意识,其作品潜移默化地成为儿童审美教育和生态智慧的源泉。

3.2 沈石溪儿童文学作品的生态审美意蕴

艺术的本质是对美的探索,沈石溪的儿童文学创作巧妙地赋予动物以人格特质,深入挖掘它们的生命本质,着力于刻画亲情的情感深度,同时展现出对于力量与理想主义的深刻追求,寄寓了作者对人类社会和人性深刻的洞察,展现出丰富的审美内涵。

3.2.1 强者意识的呼唤

沈石溪常以野性十足的动物,如狼、豺、熊、豹等为叙述主角,通过描绘它们的生存境遇,传达出对强者精神的推崇。他的故事不仅关注动物个体的生存状态,更通过引人入胜的情节揭示了动物界的基本生存法则——适者生存。在沈石溪的动物小说中,权力争斗时常成为焦点,这些主题的选择鲜明地体现了作者的审美倾向。

生存斗争是动物本能的驱动力,而在动物世界中,权力的争夺则是这一斗争的高级形态。沈石溪的作品反复强调这种强者意识。例如,在《头羊之争》的故事里,白镰刀和黑丝瓜两只公羊为了争夺领导权而激烈对决,此时小羊红蹄子遭到金雕的袭击。然而,这场争斗并未因小羊的困境而中断:

眼瞅着金雕的利爪就要落到红蹄子柔嫩的背上了,突然,羊群里蹿起一道白影,迅速朝山顶跳跃而去,速度之快,就像一道白色的闪电。①

平凡的公羊二肉髯适时出现,解救了红蹄子。面对金雕的反攻,二肉髯即使被扯掉大片羊毛,仍以智慧仰面抵抗,四蹄奋力抵挡,最终成功抵御金雕的攻击。在"我"的猎枪震慑下金雕逃走了,二肉髯自然而然地成了羊群的首领。

灰额头带着红蹄子从灌木丛里走出来,走到二肉髯身边,不断舔二肉髯受伤的背,并发出高昂的咩叫声。紧接着,几乎所有的公羊母羊和小羊都跑到山顶围在二肉髯身边,舔吻二肉髯的身体,并发出一阵阵欢呼声。连牧羊狗阿甲也使劲朝二肉髯摇尾巴。
我很熟悉羊群的这套仪式,是在庆祝新头羊的登基。②

沈石溪的动物小说中对于强者的呼唤并非局限于单一性别,而是呈现出多元化的种族提升观念。这些强大的角色常常以母性的温柔与坚韧为表征,她们在动物社会中扮演着至关重要的角色,不仅生育后代,更注重种族素质的提升和传承。在作品中,母性的力量和智慧得以显现,揭示了动物世界中母性的坚韧与决断,她们不仅是族群的守护者,也是潜在的领导者。以《狼王梦》为例,母狼紫岚承载着丈夫黑桑的遗志,致力于将子女培养成狼群的领袖。尽管遭遇挫折,失去儿子们,她仍执着于通过媚媚的后代延续狼王梦想。然而,媚媚的排斥源于紫岚过去的决定,紫岚的付出并未得到理解。被驱逐后,紫岚并未放弃,她甚至愿意牺牲自我,只为保护媚媚的幼崽,使其顺利繁衍。紫岚的训练策略虽然看似残酷,但在狼的世界观中,那是生存本能和种族延续的必要手段。从母性的角度来看,紫岚的行为是对狼族基因的深度挖掘和优化,她希望通过自身的努力,使狼群在性格和能力上达到更高的标准。尽管狼王之梦未能实现,但这并不妨碍母性对种族进步的坚定追求,这是一份超越个体命运

---

① 沈石溪:《动物小说大王沈石溪·品藏书系·白象家族》,浙江少年儿童出版社 2008 年版,第 9989 页。
② 沈石溪:《动物小说大王沈石溪·品藏书系·白象家族》,浙江少年儿童出版社 2008 年版,第 9991 页。

的、永恒的梦想。因此，即使在艰难困苦中，母性的力量和对种族优化的渴望仍然熠熠生辉。

3.2.2 亲情意识的渲染

沈石溪的作品在凸显强者意识的同时，其核心情感描绘则聚焦于对亲情的深度揭示，尤其在描绘丛林生存环境中的动物主角时，她们内在蕴含的无私母爱和坚贞的爱情，彰显了动物们高尚的道德品质。他以情感叙事触动儿童心灵，通过动物故事赞美纯粹的情感，这同样是沈石溪动物形象背后深刻的生命美学体现。

无论是人还是动物，母性的本能尤为显著。沈石溪在描绘动物母爱时，强调了这种情感的温柔与伟大。比如在《雪豹悲歌》里，母雪豹耐心教导小雪豹狩猎，即使自身饥饿，仍不忘喂养幼崽。《棕熊的故事》中，母熊竭力让习惯人类生活的幼熊回归自然，甚至不惜对抗人类，直至最后的生死关头，她又将孩子托付给人类。更有甚者，如《熊母》中的母熊大白掌，为了救子甘愿跳崖抗敌，牺牲自我；《鸟奴》中的鹩哥夫妇为养育后代，甘愿成为蛇雕的奴隶；母崖羊在《藏獒渡魂》中，面对雪豹的威胁，宁死也要保护小羊，甚至同归于尽。同时，沈石溪笔下的母爱也兼具理智与远见，如《瞎眼狐清窝》中母狐舍己清窝以培养儿子独立，母狼白莎在《牝狼》中为爱子的未来亲手做出决断……

沈石溪笔下的动物爱情也超越了简单的生理需求，呈现出的是生死相依的无私情感。在《疯羊血顶儿》中，盘羊血顶儿的复仇行动得到了母羊金蔷薇的深情厚爱。金蔷薇勇敢地帮助血顶儿清除障碍，甚至在血顶儿与狼的生死搏斗中给予支持。然而，为了群体的安全，金蔷薇被迫离开血顶儿，这最终导致了她的悲剧结局。尽管回到了羊群的正常生活，金蔷薇仍痴痴等待在血顶儿牺牲的山崖边，最后以跳崖自尽的方式兑现对血顶儿的永恒之爱。

> 母羊金蔷薇生下两只羊羔，断奶后，一天早晨，金蔷薇突然离开羊群，离开刚刚能独立生活的两只小羊，跑到那条山脊线去，站在疯羊血顶儿被咬死的地方，不吃不喝，站了整整三天三夜，然后悲怆地长咩数声，

纵身跳进万丈深渊。①

在《狼"狈"》的故事里,一只公狼坚韧地承载着受伤的母狼,即使面临生死困境,也不愿独自求生;《情豹布哈依》中的云豹布哈依下半身残疾,却得到母豹香格莉无微不至的照顾;《血染的王冠》中,褐尾巴雌猴面对为种族和平献身的麻子猴王,选择与之共赴黄泉;《象冢》中,象母巴娅陪伴象王直至生命的终点。沈石溪通过描绘这些动物间的深沉母爱和执着爱情,向孩子们展现了一种独特的、微妙的审美体验,激发了他们的生态环境意识。

3.2.3 完美的理想主义追求

沈石溪的审美理念中,强者意识和亲情观念达到极致,但他也认识到两者间的深刻冲突,这种矛盾成为驱动他小说情节发展的动力。在《第七条猎狗·暮色》里,头豺索坨在大雪封锁山区三天后,为了群体生存,不得不选择让母亲霞吐充当诱饵引出野猪,王权与亲情形成尖锐对立,索坨内心痛苦挣扎:

> 假如豺娘不咬开自己乳房用血浆喂它,它的小生命早就结束了;假如豺娘不冒着自己的身体被霰弹打成蜂窝状的风险,它永远也休想从结实的尼龙鸟网里逃生;假如豺娘不把罗罗的尾巴咬掉大半截,它早就变成一只地位卑贱的草豺了……这么些的假如相加起来,难道还不够它索坨为豺娘去死一次吗?②

关键时刻,豺娘主动扑向野猪,牺牲自己:

> 豺娘神情凛然,蓬乱的皮毛奇迹般地变得紧凑,黯淡的毛色也突然间变得油光闪闪,生命被死神擦亮了。在洁白的雪的衬托下,豺娘就像是太阳的一块碎片,就像是天宇吐出来的一团霞光。③

---

① 沈石溪:《疯羊血顶儿》,浙江少年儿童出版社 2010 年版,第 308 页。
② 沈石溪:《第七条猎狗》,浙江少年儿童出版社 2008 年版,第 285 页。
③ 沈石溪:《第七条猎狗》,浙江少年儿童出版社 2008 年版,第 287 页。

此刻，权力与亲情都得到了升华。

《天命》中，雄鹰霜点在选择捕蛇的诱饵时陷入困境，它选择了强壮的养子黑顶而非弱小的亲生子红脚杆，这在种族延续的背景下，赋予了亲情付出崇高的意义。同样，《象冢》的母象巴娅，她助力小象卡隆夺取王位，然后陪伴象父至象冢，静待死亡。她既响应了对力量的召唤，又坚守了对亲情的忠诚。沈石溪试图通过理想主义的构想，在冲突中寻求强者与亲情的平衡与释放。

儿童文学在教育层面的作用尤为突出，因为它面向的是正在经历成长关键期的青少年。沈石溪的动物小说以其生动的动物世界描绘，强调家庭情感的培养，激发对力量和理想主义的崇尚，同时也引导读者深入思考人类社会的现状及人性本质。这使得他的作品在当下具有深远的审美意义，教导孩子们以更加平等的角度审视动物，唤醒他们对自然的敬畏和对生命的尊重。

3.3 沈石溪儿童文学作品中的生态文化审视

文学承载着文化的内涵，反映出文化的核心价值。作家与艺术家在创造和感受艺术形式时，实际上是对文化的深度洞察。在科技进步和生产力飞速发展的时代，传统信念受到挑战，重提传统文化中的"共生"与"平等"理念显得至关重要。沈石溪通过独特的动物角色，揭示了一个充满生存斗争和弱肉强食的自然环境，以此对照人类社会中礼俗文化和道德规范的失衡，揭露对个体生命关怀的缺失和精神生活质量的下降，在动物的内心世界中重构人类的自我反省精神，提出了对文化品格的救赎呼吁。

3.3.1 生态危机背后文化弊病的思索

在快速变迁的历史和社会文化背景下，有责任感的作家在直面巨大变革的同时，也会在创作中触及文化断裂带来的精神创伤，并追溯生态危机的文化根源。沈石溪的儿童文学动物小说从个体情感角度深入剖析了生态危机的文化成因。他特别关注动物园和马戏团中的动物，描绘了它们在人类社会中的境遇，并"写出了动物在动物园中的喜怒哀乐，指出了人类社会的症结所在"[1]。沈

---

[1] 沈石溪：《我和动物小说》，载云南省文联文艺理论研究室编：《云南儿童文学研究》，晨光出版社1996年版，第24页。

石溪的作品常常将动物的生活与实际利益紧密相连，鲜明地呈现人与动物的情感纽带如何在现实利益面前瓦解。例如，《黑熊舞蹈家》中的阿宝，曾被视为珍宝，却让位于另一头黑熊，遭受冷落与囚禁，甚至被迫将自己的名字拱手相让。在被遗忘的过程中，阿宝在精神崩溃下舞蹈至死，不是因为饥饿，而是因为马戏团在利益驱动下的无情与不公，沈石溪以此批判忽视生命尊严的行为。

沈石溪的动物主题创作不仅是对动物世界的描绘，而且更深层次地映射出人类社会的面貌。在《狼王梦》和《狼国女王》中，狼的野性和竞争意识虽然强烈，但母性的温情与群体和谐的价值观超越了争斗，这种情境与人类社会的情感纠葛相呼应。现代社会中，人们时常为利益舍弃本真，动物世界的温情与柔情则成为对人性弱点的辛辣嘲讽。

动物的行为也展现出与人类相似的特质。如《象王泪》中老象王火扎与华南虎的对决，《鸡王》中老鸡王哈儿的最后挣扎，以及《残狼灰满》中灰满的坚韧，都在彰显对强者尊严的维护。生命的尊严与死亡的壮丽在动物身上得以体现，沈石溪以此探索生命的价值和生存的意义。

3.3.2 人类自励自省精神的重建

历史学家汤因比提醒我们，人类灵魂的潜力在生物圈中有着重要地位。人类常自视为宇宙中心，但在扩张力量的同时，应深入反思，尊重生态环境，将道德边界延伸至动物，以内省制约欲望，这是应对生态危机的关键。

沈石溪强调文学的力量，通过展现动物的灵性与生活哲学，激发人类的大爱和反思，修复人与动物的关系，填补人类心灵与地球生态的裂痕。在《再被狐狸骗一次》中，"我"被狐狸的智慧和对幼崽的深爱所打动，经历了一次自省的过程，唤醒了内心深处的自励自省：

> 此刻，我偏不去追公狐狸，让骗子看着自己的骗术流产，让它体味失败的痛苦，岂不是很有趣的一种报复？
> 我自己也不知道为什么，心里头堵得慌，有点不忍心再继续趴在树洞口，就站了起来。公狐狸这才稍稍安静了些。唉，可怜天下父母心啊。
> 面对这种骗术，我虽然能识破，却无力抗拒。
> 我再没有回头去看树洞，不用看我也知道，此时此刻，母狐狸正紧张

地在转移它们的小宝贝……①

愤怒的初始情绪在"我"遭受欺诈后涌现,而当第二次识破狡猾的狐狸策略时,"我"心中充满了自鸣得意。然而,目睹公狐狸不惜自残以分散注意力,让母狐狸安全转移幼崽的情形,"我"内心深处的纠结、内疚和恐惧油然而生。最终,"我"选择顺从狐狸的计谋,给予它们充足的时间来保护孩子。这一举动象征着超越个人欲望和自私情感,对动物生命的关爱升华了"我"的灵魂,也触动了读者的心灵。

广阔的生命世界包含了人类与其他万物,生死相依,共存共荣。生态和谐与万物繁盛的恢复,依赖于人类的自我反思。生与死的界限微妙,重拾信念,能重塑人与自然和谐共生的壮美景象。

3.3.3 文化人格救赎的指向

人类文明的演变带来了丰富的精神和物质财富,科技的进步和物资的充裕使我们从恶劣环境的束缚中解脱,减少了生存竞争的残酷性。然而,文明发展并不会必然提升人类精神层面的完善,反而可能助长过度的欲望,阻碍人格的全面发展。沈石溪通过动物的故事,提供了一个独特的视角,来反思现代文明的弊端,寻求塑造健康理想人格的途径。

首先,他强调对自由的不懈追求。如《一只猎雕的遭遇》中的雌雕花水背,因于安逸生活和消磨意志的牢笼,却始终向往阳光与自由,成为揭示人类社会萎靡的镜子,激发了对社会现状的深刻反思:花水背没有虎的威势,也没有斑斓的虎皮,它的身体虽然死了,但它的灵魂还在。它不怕死,直到生命的尽头,它依然渴望着牢笼之外的自由生活,依然追逐着那一轮艳阳。它临终时展翅高飞,展示了一种强烈的、不屈不挠的精神世界,这是一种永恒的存在。死神能毫不留情地夺去它的生命,但不能剥夺它对灵魂的追寻;命运能粉碎它所依赖的物质世界,但不能毁灭它自由的灵魂。②

其次,他扩展了宽容的含义,不再仅限于同类间的理解和宽恕,而是延伸

---

① 沈石溪:《再被狐狸骗一次》,浙江少年儿童出版社 2008 年版,第 21—28 页。
② 沈石溪:《一只猎雕的遭遇》,浙江少年儿童出版社 2011 年版,第 190 页。

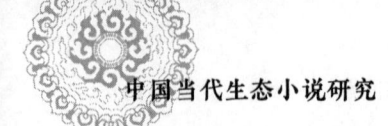

到所有生物、不同物种间的互助与包容。《猫狗之间》中的故事展示了猫和狗超越恩怨，共同应对危机。在《象警》《老黑猪》《白象家族》等作品中，面对危险，各种生物都能和平共处，互相援助，体现出对生命的深深尊重。

再次，他重视对"超人意识"的塑造。尼采期望人类能挣脱虚弱与虚无的束缚，希望建立最具生机与创新精神的人类形象，以此引领社会前行。以《象王泪》中的象王火扎为例，他为了群体的利益，毅然自我牺牲，以壮烈的战斗宣示他的统治权。又如《残狼灰满》中的灰满，为保族群生存，他在悬崖边献出生命的最后一跃。再看《疯羊血顶儿》，他突破自身的怯懦，勇猛对抗狼群，以杀狼崽的英勇行为展现勇气。沈石溪笔下的"超人"承受着"常人"无法忍受的痛苦，动物主角在面对困苦时展现出最坚定的意志，照亮了迷茫群体的生活之路。

沈石溪的作品将"爱"与"自然"两大文学主题嵌入儿童的世界，通过文字描绘孩子们在接触自然与动物的过程中，如何经历情感的洗礼，变得更加坚韧。他努力捕捉儿童内心对动物生命在自然界中各种景象的感悟，全方位展示在艰难困苦中顽强拼搏的个体，突显出意志力、突破与个体价值这些成人也可能困惑的主题。这无形中在孩子们心中播下了保护生态环境、尊重生命的种子。儿童承载着作者对和谐生命世界的全部期待，面对复杂现实，沈石溪通过文学实践，探索儿童理想的文化人格定位，借助儿童的怜悯之心超越功利主义，锤炼出温柔、刚毅、充满原始生命力的理想品质，为人类与自然、与其他生命的和谐共处奠定了基础。

第4章

民俗地域小说的生态诉求
——以郭雪波为例

第 4 章 民俗地域小说的生态诉求——以郭雪波为例

郭雪波在中国当代少数民族文坛中占有重要地位,他小说中的民俗和地域特色成为吸引读者的一大因素。李鸿然赞誉他为继玛拉沁夫等草原文坛"老八骏"之后的"草原文坛'新八骏'之一"[①]。郭雪波的小说关注草原生态问题、传统萨满文化的消失以及人们价值观偏移等,强调对民族文化的坚守、传承、复兴的文化意识和文学态度。他的创作主题和内涵宽泛而有深度,艺术风格不仅因循了寻根文学的传统,也涉及生态文学、民族文学等领域。郭雪波被誉为中国沙漠文学的创始人,同时也是一位着眼于草原生态题材创作的杰出小说家。

4.1 郭雪波小说的民俗地域生态书写

郭雪波出生于内蒙古科尔沁草原西南部的一个小村庄,那里曾是草原,如今已变为沙地。深感家乡草原退化的悲痛,他从 1975 年发表处女作《高高的乌兰哈达》开始,坚持四十多年为故土写作,一直在为沙漠而歌。

4.1.1 融入血液的地域特征——"荒漠情结"

郭雪波是科尔沁草原上的一位蒙古族作家,郭雪波生于斯长于斯,对沙漠的生态环境十分关心,他的作品向我们描述了沙漠的多面性和其中生机勃勃的野生生物。他的小说《大漠魂》《大漠狼孩》《沙狼》《沙狐》《沙葬》《沙鹰》《沙獾》《沙祭》《沙月》《苦沙》《沙溪》《沙地牛仔》《沙漠传奇》被冠以"郭

[①] 李鸿然:《中国当代少数民族文学史论》(上下),云南教育出版社 2004 年版,第 597 页。

雪波沙漠系列小说"之名,他对沙漠的真情书写,传递出的是他面对草原生态恶化状况的强烈的忧患意识,是对改变草原生态恶劣现状的冀望,是刻入这位"大漠之子"骨髓里的"荒漠情结"。

沙漠是郭雪波繁芜复杂而深厚弥久情感的寄居地。《沙漠的困惑》里有他这种情感的真实表达:

> 我从娘胎里出生时,接触这个世界的第一个东西就是沙。家乡的母亲们生孩子,至今都如此:产妇身下铺上一层厚厚的干软而舒适的细沙,来迎接即将诞生的生命。大概这就是我与沙结有不解之缘的根因。①

沙,是郭雪波对这个世界的最初印象,儿时在沙丘上的欢乐,让他对沙子有了一种亲切感。白天的时候,郭雪波带着一群朋友,在沙丘上追逐兔子,摘野杏,采着山上的"酸不溜",或是用细柳做坐骑,身上沾满了黄沙;到了晚上,他们就会跳进泥潭里,在泥泞的池塘里嬉戏。郭雪波深深地扎根于沙漠,这也是为什么他会在小说中描绘沙漠的缘故:

> 泱泱大漠,格外地安静。风不动,沙不躁,鸟雀无声,静得有些压抑。处处透出沙漠里夏天清早的迷人景色和气氛。②

一切都笼罩在宁静的氛围中,郭雪波的笔触轻柔而安详,大漠的清晨在郭雪波笔下静谧而和谐,透出宁静恬然之美。当太阳即将落下时,大漠的景色变得更加迷人。太阳照射在沙漠的沙子和岩石上,形成了一片金色和红色的光影。这种光影在天空的映衬下显得更加绚烂,整个沙漠都被染上了暖暖的色彩,等到日落的时候:

> 它变得硕大而滚圆,卸去了金色光环,卸去了所有的装饰,此时完全

---

① 郭雪波:《火宅·沙漠的困惑》,花城出版社1990年版,第442页。
② 郭雪波:《天出雪》,百花洲文艺出版社2002年版,第109页。

裸露出真实的自己,火红而毛茸茸,和大漠连成一体,好比在一面无边的金色毯子上,浮着一个通红的大绒球,无比娇柔地,小心翼翼地,被那美丽的毯子包裹着,像是被多情的沙漠母亲哄着去睡眠。此时的大漠,一片安谧和温馨,那样庄严而肃穆地欢迎那位疲倦了的孩儿缓缓归来。于是,天上和沙上只残留下一抹淡红,不肯散去。①

郭雪波从小在科尔沁沙地长大,他见证了不断增加的沙土侵蚀河流、侵蚀草地,不断侵蚀着这片土地的生命力,这让他感到痛苦和无助。曾经茂盛的草原现在变成了一片荒芜的沙漠,郭雪波在书中描述了被当地人称作"莽古斯芒赫"的荒漠,"莽古斯芒赫"就是恶魔的意思。郭雪波笔下,大漠的恶魔面孔被描绘得栩栩如生。在风暴中,闪电用恐怖的蓝光照亮了沙漠的寂静。这时,风暴正在酝酿,积蓄力量,一场雨后,它将用沙子来征服世界。狂风呼啸,灼热的沙尘暴淹没了草地,当沙尘暴到来时,曾经茂盛的草木瞬间变成了干枯的树木。干枯的树枝在狂风的吹拂下变得异常脆弱,纷纷落地,只剩下一根光秃秃的小枝在风中摇曳。每一次热沙暴的出现,都使整个荒漠面临着生死攸关的挑战:

> 这是个由铺天盖地的狂风恶沙组成的浪潮。旋风打着转,把沙子吹得沙沙作响,树叶草屑羽毛都卷上了天,四周一下子变得混沌起来。接近中午的太阳立刻变得毛茸茸的,成了暗红色,像烤红变紫的圆盘。……热沙暴!可怕的上天下降的灾难!沙坨子里所有精灵的死神!②

沙暴来袭的时候,即使是最坚强的生命也难以抵御它的摧残。无论是沙漠中的植物还是动物,都难以逃脱它的步步紧逼,被迫节节败退。在这样的情形下,热沙暴下的沙漠更像是一个巨大的坟墓,它将所有生命埋葬在其中。它是一个吞噬生命的恶魔,摧毁着曾经存在的温情与和谐,只留下死亡

---

① 郭雪波:《狼孩》,漓江出版社 2006 年版,第 41 页。
② 郭雪波:《狼与狐·沙葬》,中国青年出版社 2009 年版,第 200 页。

与毁灭的颜色。① 沙暴的力量是如此强大,以至于任何对抗的可能都被消释殆尽。

郭雪波说过,"我的血液里流淌着沙子,吐出来也是沙子"②,"我在北京生活,但我的心却一直系在内蒙古的科尔沁沙漠,我的文学创作就是从这里开始的"③。大漠是郭雪波笔耕不辍的原动力,既是天使也是恶魔,甚至可以说是死亡世界的荒漠铸就了郭雪波的爱恨,凝聚了他对科尔沁沙地融入血液的"荒漠情结"。

4.1.2 家园丧失的痛——"失乐园"情结

人、自然和动物在自然生态系统中相互依存。草原是蒙古人的栖息地,是维持生态平衡的重要保障。由于草原荒漠化,蒙古人失去了家园,草原上的动物也失去了生存空间。这种家园丧失的痛给郭雪波这位大漠之子留下了难以消解的"失乐园"情结。

蒙古人居住在草原上,世世代代繁衍生息,他们的生产与生活都离不开草原,草原是人类与自然和谐相处的象征,郭雪波在《沙狐》里写过。④ 草原是大自然在千万年中形成的珍贵资源,人类在草原上最好的生存方式是进行适度的游牧生活。然而,居住在草原上的人们为了获得短时高效的经济收益,无视自然规律,在草原上进行大规模的垦殖,破坏了草原的自然平衡。这些过度的人类活动导致了草原沙化和生态系统的崩溃,使得草原变得不再适合人类和动物生存。这种对草原的掠夺行为的根本原因是人的欲望难以满足,他们追求更高的生活质量和更多的财富,不顾及自然环境的承受能力。这种无视生态平衡的行为直接导致了草原的沙漠化,把草原上的动植物和人带入了困境。

郭雪波在《沙葬》中讲述了科尔沁草原变成沙漠的过程,其中有这样一个情景:

---

① "沉寂下来如巨兽酣睡的大漠,它那无边无际茫茫苍苍的一同颜色,以及这枯燥的颜色所呈现出来的险恶狰狞的静谧,都预示着这里属于地狱,属于死亡的世界。"郭雪波:《狼与狐·沙狼》,中国青年出版社2009年版,第28页。
② 郭雪波:《狐啸》,百花洲文艺出版社2002年版,第2页。
③ 郭雪波:《银狐》,漓江出版社2006年版,第3页。
④ 郭雪波:《狼与狐·沙狐》,中国青年出版社2009年版,第1页。

第4章 民俗地域小说的生态诉求——以郭雪波为例

  白海默默地看着云灯喇嘛给他示范拉大耙,他吃惊地看着那些艰难地生长在沙坨上的苦艾、黄蒿、羊草、沙蓬等植物,统统连根被铁耙子搂出来。……大耙过处冒起两股白烟,白烟消散后,失去植物的土地活似被剥光了衣饰的躯体,赤裸着躺在那里。可怜巴巴,丑陋不堪,惨不忍睹。很快,这种赤裸的印迹扩展、交错,渐渐布满了这片沙坨子,像一道道硕大的网捆住了裸露的大地。①

  草原上的人们在草原翻耕,最下面的一层沙子被掀开,露出地面,见到阳光的沙子开始松动、活跃、奔腾,风在大沙漠中呼啸而过,那里是沙子的温床,是风的摇篮。经过数百年的侵蚀和变迁,这里肥沃的土地,已经成了如今的黄沙世界。在20世纪50年代"大跃进"时期,一大群工人喊着"向荒漠要粮食"的口号掘土。这对已经退化的沙丘造成了巨大的破坏,并最终造成了史无前例的沙尘暴。但是人们破坏草原的盲目激情并未褪去,破坏草原生态的活动还在继续,人的欲望还在膨胀。

  云灯喇嘛说:"人就像一群旱年蝗虫,吃完这片田地又飞往那片田地,一片一片地吃干吞净,最后啃自个儿的脚脖丫子。"……白海说:"以我看呵,人像一群蚂蚁,掏完了这块地,再搬到另外一块地去掏,全掏空拉倒。"②

  由于人类不适当的生产和生活方式,草原生态环境遭到了严重的破坏,导致荒漠化。为了维持草原生态的平衡,人类需要与自然和谐共存。古代蒙古人曾在广袤无垠的大草原上放牧,就是最好的例子。然而,现代人类贪图一时的利益,强行将农业引入大草原,严重破坏了生态环境,导致草原变成了沙漠。草原上的村落、牲畜,甚至人类自己都逐渐被吞噬,人们失去了自己的家园。

---

① 郭雪波:《狼与狐·沙葬》,中国青年出版社2009年版,第153页。
② 郭雪波:《狼与狐·沙葬》,中国青年出版社2009年版,第181页。

卡森认为："几千年来，当代生态危机的根本原因是主导着人类的意识和行为的人类中心论。"① 郭雪波也认为："在人类中心主义思想主导下，人类毫无顾忌地破坏地球的生态系统，导致了数不清的灾难。"② 人类在这种思想支配下征服自然欲望的膨胀导致自然生物链的断裂，这也是人类丧失家园的重要原因。《银狐》中村长胡大伦杀狐狸时作者这样描绘：

> 胡大伦杀红了眼，如一个杀人不眨眼的刽子手，撸胳膊挽袖子，脑袋上的缠纱布的绷带脱落掉一节，在他耳旁脑后飘荡着，像日本鬼子又像一个疯狂的土匪……虽不是杀人如麻，杀"狐"照样也可满足他的欲望，发泄他内心中压抑已久的见血取乐的邪火。③

在狐狸血腥味刺激下的胡大伦更加狂妄，他舞动着猎枪，狂笑着，疯魔着，大声呼号着：

> 我们终于赢了！对这些闹狐，就得来硬的，决不能手软！这天是我们的天，山是我们的山，水是我们的水！岂能容忍这些异类称霸。④

一百多只"赤手空拳"的狐狸，就这样死在了"文明"的枪口之下，枪声、悲鸣声不绝，狐狸的尸体、鲜血满目，惨不忍睹。

> 狐狸们一批批倒下去。枪声不断，上来一批扫下一批，如割韭菜。黄狐都成了血狐在土坑中挣扎、狂嗥，在冒着黄白色烟气的大坑中积尸如堆。狐狸的血，如流水般地淌涌，黑红黑红地汪起一片片，浇灭了正蔓延的蒿草暗火，同时新倒下的狐狸身上继续"咕咕"冒着殷红色血泡。⑤

---

① 王诺：《欧美生态美学》，北京大学出版社 2003 年版，第 171 页。
② 杨玉梅：《生命意识与文化情怀：郭雪波访谈录》，载《文艺报》2010 年 7 月 5 日。
③ 郭雪波：《银狐》，漓江出版社 2006 年版，第 192 页。
④ 郭雪波：《银狐》，漓江出版社 2006 年版，第 193 页。
⑤ 郭雪波：《银狐》，漓江出版社 2006 年版，第 192 页。

第4章 民俗地域小说的生态诉求——以郭雪波为例

郭雪波在作品中描写科尔沁沙地上濒临灭绝的动物形象,如《沙狐》中的沙狐、《沙狼》中的狼等。动物的悲剧能映射人类生存的危机,借助对这些动物的悲剧命运描写,他表达了对生态问题的紧迫性和严重性的担忧。邪恶的破坏者为了自己的生存和乐趣而猎杀这些动物,一个个动物在枪声中倒下,人的罪恶被延伸到了极限,借助悲剧性场景的描摹,郭雪波试图唤醒人们对生态平衡破坏的认识,以此来告诫人类,破坏生态平衡会给大自然带来无法弥补的灾难,沙地上的最后一个野性生命的毁灭更是突出表现了这一点。郭雪波《沙狼》的题记——《鹿对上帝告狼的状》是一个关于鹿和上帝的故事。鹿一直受到狼的追逐,无法得到宁静和安全,于是它们向上帝求助。上帝应允了鹿的祈求,召狼回了天堂,让鹿的生活不再受到威胁。可是没有了狼群的追赶,安逸舒适的生活使鹿变得慵懒迟钝,再也不复往昔的矫健灵敏。当瘟疫来袭,抵抗力低下的鹿群一批批倒下,数量比被狼吃掉的还要多。鹿感到无助,再次向上帝请求帮助,上帝的恩赐再次降临,狼又回到了人间。"在狼的追捕中,鹿的家族又恢复了往日的奔腾的生机和兴旺。"[1] 看似动物之间竞争残酷、不公,但正是这种竞争机制让不同物种能够和谐共存,保持生态平衡。正如上帝干预鹿和狼等活动会破坏动物平衡一样,人类的过度干预也会破坏自然生态平衡。人类只是生态系统中的一部分,没有主宰其他生命的权利。对自然界其他物种的保护实则是对人类自身的保护,因而人类应该在自然界中与之和谐相处,而不能对其过度干预。

从丰美的草场到荒凉的沙漠,家园的丧失是郭雪波难以消解的"失乐园"情结。人类一直试图征服、主宰自然的根本原因在于他们以自己的利益为价值尺度来衡量自然。这种人类中心主义思想导致了人类只关注自身利益,而忽略了自然界的利益和权益。为了拯救草原生态,人类需要改变过去不当的生产、生活方式,建立生态意识,秉持人与自然和谐共生的理念,尊重生物,平等共生,以保护自然界和人类自身的生存环境,实现与大自然和谐相处。

---

[1] 郭雪波:《狼与狐·沙狼》,中国青年出版社2009年版,第20页。

4.2 郭雪波小说的民俗生态审美

只有把生态理念和美学理念有机地结合起来，才能写出一部好的生态小说作品。郭雪波的生态小说将其生态观念与自己独特的生态美学经验相结合，以"草原特有的动物""古城遗址""枪"等具有鲜明特色的意象来表达荒漠的哀伤。在人物的刻画上，郭雪波以独具生态人格的人物形象，来表现对自然生态的呵护和对故土守护之路的探寻。

4.2.1 独具地域性的生态意象建构

在作品中，郭雪波选择了具有地域特色的生态意象，如狼、狐、鹰、枪和古城遗址等，通过审美和艺术手法来呈现生态主题，同时表达了自己的生态理念并进行生态预警。对这些生态意象后蕴含的深义和象征意味进行深度探讨，能够更全面地理解郭雪波小说丰厚的生态思想内蕴，进一步感受到其危机意识。

首先是草原独有的动物意象。郭雪波的小说中，草原独有的动物意象得到了构建。这些动物包括沙狼、沙鹰、沙狐和苍鹰等。与此前人们赋予它们的形象不同的是，这些动物被描绘成了生态系统中生机勃勃的生命形式。它们不再被视为凶残的、狡猾的或卑鄙的，而是像人类一样经历着生老病死、喜怒哀乐，并以自己独特的方式感受宇宙的存在。

最突出的是狼的意象。狼，在传统文化中，常有邪恶之意味，有时也是一种残忍、忘恩负义的象征，甚至在中国的成语中，含有"狼"的成语通常也含贬义，比如鬼哭狼嚎、豺狼当道、官虎吏狼，而郭雪波则是将狼放在了一个完整的生态体系中，试图将狼的本性重新塑造出来，消除人们对狼的偏颇认识。《天海子》中海子爷多年来在天寒地冻的日子里，总是把自己钓到的头鱼给一头年轻时曾经和他有仇怨，如今已经缺耳短腿、眼睛也渐渐失明的老雪狼食用。有一次，海子爷不慎坠落一个冰窟窿，千钧一发之际，老雪狼及时现身：

> 它赶过来死死咬住了海子爷棉袄袖，连着手腕，不让他沉下冰窟去……老雪狼呜呜低吼着，咆哮着，身后摇动着铁扫帚般的长尾，继续不

第4章　民俗地域小说的生态诉求——以郭雪波为例

放松地又拉又拽海子爷那似是被无数根铁索冰绳拴住的身躯……老雪狼还是不松口，眼睛都充了血，赤红赤红。尽管它那老弱身躯力道已有限，也快支撑不住了，可它没有放弃的打算，依然坚决地咬拉着海子爷衣袖不让其沉下水去，就那么僵持着，硬挺着，死死地硬挺着……老雪狼不走，也不松口，只一个姿势：低头、弓腰、屁股后撅后拉……天海子冰窟上矗立着一对冰雕。①

受到感动的海子爷多次让老雪狼离开，而老雪狼坚持留下来报答海子爷的施鱼之恩，并且是用它的生命。狼在郭雪波笔下懂得知恩图报，有了人情味。除狼的意象外，郭雪波还出色地构建了狐的意象，狐狸在他笔下除了灵性还有了母性与神性。《沙狐》中一只火红沙狐为了保护自己正在吃奶的崽，向射杀狐群的大胡子示好求饶：

它先是冲他们咧开嘴，龇了龇牙，伸出舌尖舔了舔干嘴唇，接着，这个奇怪的畜生支撑在后腿上立起来，袒露出花白美丽的胸脯，冲着人们舞动了几下两只前爪……两只发红的眼睛反而含满哀怜、乞求地瞅着人们——这个地球的主宰。②

献媚失败的火红沙狐还是中了枪，但它在弥留之际依然平静地将乳头凑到了饥饿的小狐狸面前，尽了它作为母亲最后的责任，它的眼里闪烁着慈爱的光芒。《银狐》中银狐妮干·乌妮格不但可以变成人形，还能用自己独特的体香迷惑哈尔沙村的女性，珊梅是最先被银狐迷惑的女子。当珊梅在被她的丈夫铁山冷暴力囚禁，绝望到想要自杀的时候，银狐妮干·乌妮格打破窗户，以超人的聪明才智将珊梅救了出来。在温暖的晨光中，人狐相依：

珊梅双手正搂抱着一只雪白色的银狐！那银狐安详而温驯，时不时伸出尖尖的嘴巴，舔舔珊梅渗出血珠的手腕，毛茸茸的大长尾拖在地上

---

① 郭雪波：《狼与狐·天海子》，中国青年出版社2009年版，第220—222页。
② 郭雪波：《狼与狐·沙狐》，中国青年出版社2009年版，第17页。

占了很大一片，异常的豪华和美丽，那灿若白雪的修长狐体则亮得耀眼夺目，妩媚迷人……珊梅此时病态中显示出另一种悲情女性美，与雪白色银狐相映相衬，在火红色霞光映照下，形成天地间绝美的美女仙狐图。①

郭雪波以浪漫奇幻的笔法和毫无保留的赞美，生动地呈现了人类同动物和谐共处的奇妙世界。在这个世界里，狐的意象独具柔美绚烂色彩的艺术审美，这也是郭雪波小说中对狐的意象独特的艺术审美价值的一种诠释。此外，郭雪波还构建了鹰的意象。鹰是一种草原猛禽，勇猛锐利是它们给人的感受，而郭雪波建构的鹰的意象则更具丰富的内涵。《狼孩》里，一对苍鹰与母狼、狼孩背水为阵，保护自己的巢穴。鹰败下阵来，一死一伤，受伤的鹰决然地冲向冰面，不愿独自苟活，英勇果敢、忠贞不屈。《苍鹰》中，在暴风雨来临前，一只老鹰将自己的身体献给了三只幼鹰，让它们能够从暴风雨的魔掌中挣脱出来：

母鹰闻到这苦涩的风，更为警觉的朝东南张望着，接着"呼"的一下，突然飞临到鹰窝里，向自己的三个崽子发起了进攻……三只雏鹰，在生命受到威胁的情况下，终于被激怒了，血管里滚涌起反抗的热血……母鹰最后挣扎了一下，那三只红了眼的雏鹰纷纷噬饮起从母鹰胸膛里流出来的热血……三只年轻的鹰呼地腾空飞起，犹如三只黑色的幽灵。它们的躯体里，顿时奇迹般地产生出无限的冲击力，在呼啸的狂风飞沙中穿梭、进击、飞跃，显得那样敏捷、矫健、奔放、勇猛。②

残酷的自然法则要求母鹰做出牺牲，为了确保鹰的种族的延续，它自愿献出生命。郭雪波用鹰揭示了生态链的规律，幼鹰打败了母鹰，飞到千里之外，这种牺牲的命运让鹰的一生充满了悲壮的美感。

其次是"古城遗址"意象。郭雪波在《大漠狼孩》《苍鹰》《沙狼》

---

① 郭雪波：《银狐》，漓江出版社2006年版，第155—156页。
② 郭雪波，《狼与狐·苍鹰》，中国青年出版社2009年版，第133—137页。

第4章 民俗地域小说的生态诉求——以郭雪波为例

《银狐》《沙葬》诸多小说中，都有关于古城遗址意象的描述。一座座古城曾经是兴盛繁荣之地，如今流沙的侵袭让一座座城成为遗址，沉睡在沙漠中，一片片沙墟是过去的见证，承载了作者对过去的回忆，也承载了今天的忧虑。《沙狼》中的一处古城遗址"除了死静，亘古的死静外，没有其他东西可做伴"。[①]《苍鹰》中的一座颇具规模的辽代州府遗址，也只剩下"这一道古老的环形围墙。残垣断壁，被流沙淹没，唯留残迹"[②]。这契丹一族的起源之地，曾经的绿洲，如今已经被沙漠吞没，只剩下一片荒芜的废墟，再也没有了往日的繁华。被流沙吞噬的悲剧不但发生在古代，流沙入侵和家园受损也影响到现在的人。《大漠魂》《苍鹰》《苦沙》《沙葬》里的老双阳和老郑头的村子、沙窝子村和老黑儿沟村都被沙子掩埋，让人不寒而栗，死气沉沉。这些被流沙掩埋的古老建筑，不仅意味着人类的家园被摧毁，更意味着人类的部分文化也正在随之消亡。楼兰，曾经是丝绸之路重镇，物产丰盛，热闹繁华，也是政治、经济、军事要镇。不知何时被沙尘掩埋，给人类文明沉痛一击。这些古城遗址所呈现的废墟和沉寂之地，暗示了人类对自然环境的侵蚀和破坏最终将危及人类的生存。郭雪波对古城遗址意象的塑造展现了人类对自然环境的无情摧残和对生态平衡的破坏所带来的严重后果。这种表达意在提醒人类要对自然环境保持谦卑和尊重，唤起现代人类的反思和警觉：如果继续肆意掠夺自然，破坏了赖以生存的母体，那么，人类就会失去家园。

再就是"枪"的意象。郭雪波的《沙狼》《银狐》《荒漠枪事》《大漠狼孩》等作品中均涉及"枪"的意象。胡大伦在《银狐》中就是使用人类现代文明的利刃——枪这一工具疯狂地猎杀银狐一族的：

> 民兵们的枪，炒豆似的响起来，"噼噼嘭嘭"连续不断，震耳欲聋，硝烟弥漫，如一场规模不小的伏击战。[③]

手无寸铁的狐狸家族，在持枪的人类面前无路可退，无计可施，顷刻间血

[①] 郭雪波：《狼与狐·沙狼》，中国青年出版社2009年版，第34页。
[②] 郭雪波：《狼与狐·苍鹰》，中国青年出版社2009年版，第113页。
[③] 郭雪波：《银狐》，漓江出版社2006年版，第191页。

流成河。老银狐妊干·乌妮格凭借顽强的生命力，在树洞里伺机而动，一口咬在胡大伦的手臂上，用自己的全部力量去反扑这个残忍的人，对持枪的人类表达最大的恨意，实施报复。《沙狼》中的"枪"的意象是一种讽刺，金嘎达老爹原本想用手里的猎枪杀死前来寻找狼孩的老母狼，留住狼孩外孙，但这把枪却成了他误杀亲外孙的武器。

"砰！"这是个极具浑浊沉闷的爆响，好像拿根棒去打装满沙子的麻袋一样。但这一声，划破黑沉的夜空，震撼了寂静的村庄，震撼了空旷荒蛮的漠野，也震撼了人们麻木的心灵。子弹击中了狼孩。……那支人类文明的象征罪恶的武器——枪，不知为什么始终沉默着，再也没有响起来。①

最后的枪声拉开了小说悲剧的结局，艾玛失去儿子狼孩后疯了，阿木追求"人之初"理想国"宝木巴圣地"的梦想破碎了，金嘎达老爹和那头老母狼同归于尽了。不论是《沙葬》中的铁巴，还是《沙狐》中的大胡子，他们捕杀动物的方式都是冰冷的猎枪，人类依靠科技文明满足自身难以填平的欲望，对自然的敬畏消失殆尽。"它逃离并不是害怕那个恶人，而是惧怕他手里的那杆火器猎枪。人类也只有靠枪了，不靠枪他们什么也干不成。"② 人类带着枪闯入动物的家园，造成生物链的破坏，打破了人与自然的和谐。作家塑造"枪"的意象诉说着人类滥用现代文明的罪恶。

在郭雪波的生态小说中，大漠中独特的生态意象是其灵魂所在。这些意象的合理构建使小说主题更加突出，内涵更加丰富。这些意象的营造为小说赋予了明确的基调和旋律，通过对这些意象的描绘和渲染，小说呈现出大漠悲凉的氛围，形成了小说独特的审美特质。

4.2.2 独具生态人格的人物形象塑造

郭雪波生态小说审美特质的第二个体现是其对独具生态人格人物形象的塑

---

① 郭雪波：《狼与狐·沙狼》，中国青年出版社2009年版，第71—73页。
② 郭雪波：《大漠魂》，中国文联出版社2001年版，第123页。

造。"生态人格是一种新的道德品质要求,是将环境道德修养融入道德良心中而形成的一种道德品质,是一个人在对待与自然的关系和生活方式上所持有的一种明确的态度和立场。"[①] 郭雪波将生态理想寄托在这些具有鲜明个性和生态人格的生态维护者形象之上,而这些用生命和信念维护沙漠、独具生态人格的人也是他心中的理想人物。

郭雪波塑造的独具生态人格的人物形象主要有两类:一类生于沙漠,长于沙漠;另一类则来自沙漠外的世界。郭雪波笔下的第一类人物形象往往出生在沙漠里,成长在沙漠里,是沙漠的守护者。典型的形象有《沙葬》里的云灯喇嘛、《空谷》里的秃顶伯、《狐啸》里的老铁子的爷爷、《大漠魂》里的老双阳、《沙狐》里的老沙头、《苍鹰》里的老郑头等。这些荒漠里的守护者相信众生平等,平视沙漠里的一切生命。《沙葬》中,当热沙暴席卷而来,云灯喇嘛、原卉、铁巴和奥娅四人只有一缸水可供使用。尽管面临生死存亡,云灯喇嘛仍然要分这缸水给沙漠中其他的动物。铁巴对此感到愤怒,认为应该首先保护人类的生命,而不是除了人之外的小生命,云灯喇嘛以"地球生灵皆平等,生命皆可贵"[②] 驳斥了他。

挪威环境保护主义者阿伦·奈斯说:"所谓人性就是这样一种东西,随着它在各方面都变得成熟起来,我们就将不可避免地把自己认同于所有有生命的存在物,不管是美的丑的,大的小的,是有感觉无感觉的。"[③] 云灯喇嘛保持着对自然的敬畏,用自己的方式保护自然,即使是在生命的弥留之际,也用尽全力阻止铁巴对沙漠动物的猎杀。哪怕自己也处于缺水的绝境中,仍将自己所剩不多的水给了一起躲避热沙暴的动物,云灯喇嘛在用众生平等的生态理念和生态人格的光辉守护着荒漠里的生命。另外,这些荒漠里的守护者拥有守护自然的坚强意志和坚定的生态信念。《大漠魂》中的老双阳曾是一位萨满教的字师,他住在哈尔沙村。因为干旱,该村庄的农作物完全歉收。当其他人在祈求雨水时,他前往莽古斯沙坨子深处,种

[①] 曾建平、黄以胜、彭立威:《试析生态人格的特征》,载《中南林业科技大学学报》(社会科学版)2008年第4期,第5—7+22页。

[②] "人重要?那是你自个觉得。由狐狸看呢?你重要吗?所有的生灵在地球上都是平等的,沙漠里凡是有生命的东西都一样可贵,不分高低贵贱。"郭雪波:《狼与狐·沙葬》,中国青年出版社2009年版,第202页。

[③] 郭雪波:《大萨满之金羊车》,新星出版社2011年版,第172页。

下了红糜子。他用储存的少量水浇灌这些红糜子，当红糜苗被沙斑鸡啄出根时，他像保护自己的生命一样保护这些幼小的红糜子苗。他差点被风沙掩埋而窒息，但他坚定的意志和毅力使他战胜了自然破坏的力量，在沙漠中心的沙沱子深处创造出一片茁壮的红糜子绿洲。"不管老天和沙坨子的给予是多么吝啬，他们一代一代不屈不挠地去耕种，收获，耕种，收获，以此构成了这里生命的本色，生命的含义，以及生命的全部。"① 《苍鹰》中的老郑头从部队转业后守护苦沙坨子三十年，人们都建议他离开这片沙坨子，因为往那里投入资金不划算，看守这个看似毫无希望的地方没有任何意义，甚至科学家们也证明这片沙坨子不久后就会被沙漠吞噬，他仍坚定地守护着自己的信念，创造了沙漠中的一片绿洲，成为坚守苦沙坨子绿化点的"孤勇者"。

郭雪波笔下的第二类人物形象来自沙漠外的世界，他们有的为了拯救民族文化，有的为了寻找理想国度，有的为了实现沙漠变绿洲的理想，有的为了逃避现实生活中的问题，冒险踏进荒漠。他们在沙漠遇到具有生态意识的人，目睹了沙漠中人与其他生命的悲壮故事，精神受到感召，灵魂得到洗礼。面对沙漠里破坏生态的罪行，他们和沙漠里守护家园的智者在生态认知上高度融合，有了强烈的生态保护意识和生态责任意识。较为典型的有《大漠魂》中的雨时、《沙狼》中的阿木、《沙葬》中的原卉、《苍鹰》中的伊琳、《狐啸》中的白尔泰。《沙葬》中的原卉，为了解开前夫死因而到达莽古斯沙坨子，她亲眼看见了铁巴和其他人是如何猎杀动物的，对生态万物的自然规则有了深刻的理解，她对云灯喇嘛的生态哲学极为尊重，云灯喇嘛圆寂之际，原卉说："我还要回来的。回来种百草，恢复诺干·苏模庙的原来本色——绿色，那时再祭奠你们吧……"② 这是郭雪波希望他们能够接过生态精神传承之火，肩负起重建生态人格、保护生态环境、恢复自然生态系统的崇高使命的深刻表达。

郭雪波塑造"在人格构成上达到生态和谐的人"③ 的人物形象，旨在启发人们树立正确的生态观念，正确地理解人与人、人与自然之间的关系，合

---

① 郭雪波：《大漠魂》，中国文联出版社 2001 年版。
② 郭雪波：《狼与狐·沙葬》，中国青年出版社 2009 年版。
③ 访谈录：《生命意识与文化情怀：郭雪波访谈录》，载《文艺报》2010 年 7 月 5 日。

理地使用各种资源，维护人类的家园。在环境遭到破坏的情况下，要运用人类的聪明才智和创造性来弥补，以强大的意志战胜一切困难，重建一个美丽的家园。

4.3 郭雪波小说中的民俗地域生态文化

汤因比认为："解决现代人类面临的问题需要进行精神革命，即对人性本身进行革命，控制贪婪欲望，从而限制现代社会中的问题。"[①] 人类不仅仅是自然性和社会性的存在，也是精神性的存在。人类应该从传统文化中寻找控制欲望的力量，因为传统文化已被实践证明为有效的精神资源。郭雪波指出："任何一个作家，都有自己的根，有自己的源头。了解自己很重要，了解了自己，才能了解自己的民族文化。"[②] 每个民族都有不一样的历史，经过许多个世纪的发展之后，一个民族独特的"经验"才可能会铸就。郭雪波曾说几千年的蒙古族民族文化是他创作灵感的来源，对于蒙古族的文化，他有一种自豪感，这是因为他对蒙古族的文化认同。今天，生活在草原上的人们，他们与自然的关系逐渐疏远，敬畏之心、精神信仰的缺失导致一些人任意地破坏草原，残忍地杀戮沙漠中的生命，生活、生产方式的改变，折射出文化凝聚力和约束力在一定程度上的减弱。郭雪波的小说试图通过汇聚和融合蒙古族文化遗产，探索出其深层次的文化内涵，来传承和弘扬民族传统文化。小说中大量描绘神话传说的主题得到了充分的再现，展现了对传统价值观念和游牧民族原始生活的深深留恋和珍视。这样做不仅是为了坚持历经时间洗礼的民族经验，也是为了求索蒙古族民族文化之根，并重构蒙古族民族文化精神。

4.3.1 蒙古族游牧文化的式微

中国北方少数民族在近代以来牧业萧条和农业生产影响的情况下，无法从传统经济及生活模式中获取基础需求满足，因此不得不选择离开家园。这样的离去往往伴随着丧失族群文化和破坏民族生态的代价。生存环境、民族精神和

---

① ［英］汤因比、［日］池田大作：《展望二十一世纪——汤因比与池因大作对话录》，荀春生、朱继征、陈国梁译，国际文化出版公司1999年版，第149页。
② 访谈录：《生命意识与文化情怀：郭雪波访谈录》，载《文艺报》2010年7月5日。

民族认同之间的关系密不可分，当生存环境消失时，民族精神也就无法延续。郭雪波对于蒙古族游牧精神的关怀，除了表现在游牧民族的耕作方式的转变外，还以生态挽歌的形式表达了他对蒙古族民族文化衰落的忧虑。蒙古族游牧文化是由草原上的人们所创造出来的伟大传统与文化，它包括一种适合草原的社会生存通则和一条与自然和谐相处的准绳。随着草原沙化，草原面积一天天缩小，游牧文化也会一天天随之没落。沙漠吞没人类在草原上的生存之地，也吞没人类的精神家园。

首先是蒙古族民间艺术的式微。"民间艺术形式属于无形文化遗产，往往是非文字的、以口传或手授方式来师徒相承，有舞蹈、歌曲、说书等。"[①] 这种传承方式难以保护民间艺术的传承，加上现代化的发展把一些少数民族地区的民间艺术推向失传或消亡的边缘，这也造成了民族文化多样性的消减。郭雪波的《天音》讲述的是萨满文化中失传的古老民歌艺术的故事。主要人物是老孛爷天风，他是萨满教的孛师中为数不多的传人，但古老的歌曲却晦涩难懂，难以传承。在一次说唱中，只有一位八十多岁的达日玛老奶奶倾耳聆听，她是另一支脉列钦——幻顿的唯一传人，也是《天风》下阕的传承者。其他听众不喜欢纷纷离开之后，两位老人在漆黑破败的房子里含泪唱和了一首古曲《天风》，曲毕，达日玛便离开了人世。老孛爷在回家的路上唱起了《天风》，遇到群狼，竟成功用天籁般的歌声打动了它们。老孛爷的《天风》感动了狼，却打动不了草原上人们的心，[②] 可悲的是狼不可能继承古代的说唱艺术，老孛爷也在唱了《天风》的最后一首曲子后离开了人世。《天风》就此失传，留给后人的只有一个名字。"民歌的时代"和"民间诗人们留下最后记载的时代"杳如黄鹤不会再来。《父亲的胡琴》中的"父亲"（乌力格尔艺人）一年四季靠着一把破旧的大号四弦琴唱出了蒙古人的哀伤和觉醒，受到人们的喜爱，20世纪80年代以后人们不再喜欢热闹地围坐在乌力格尔身旁聆听他的演奏，而是喜欢上了录像、麻将、舞蹈等新兴娱乐方

[①] 郭秀琴：《论郭雪波生态小说的文化救赎意识》，载《广播电视大学学报》（哲学社会科学版）2015年第3期，第55页。

[②] "我的《天风》，我的民歌，来自大自然，来自这广袤的荒野，只有荒野的精灵大自然的主人们才听得懂！现在的人，被利益所困，被现代化异化，已失去了纯净而自然的心境，已完全听不懂了来自荒野来自大自然的天籁之音！"郭雪波：《天风》，载《长江文艺》2004年第10期，第10页。

式。"父亲"失去了听众,最终不再鼓琴。

其次是蒙古族民族精神的式微。"生态危机的实质是精神危机,而民族精神则是维系一个民族生存和发展的精神和理念。"[①] 蒙古族生存的自然环境恶劣,所以他们的民族性格特征被推崇为开拓进取、英雄乐观、团结友爱、轻利重义等。然而,在现代工业化和商品化大潮的冲击下,许多蒙古族子孙在利益和欲望的驱动下,精神委顿甚至扭曲。郭雪波的小说《大漠狼孩》中的胡喇嘛村长、嗜杀狼族的"娘娘腔"金宝逢,《银狐》中的胡大伦,《大萨满之金羊车》中的夏尔乡长及其侄子努克等,他们为满足经济利益,无视草原生态与宁静,随意开山挖矿、破坏植被,欲望的高涨使他们彻底跌破了道德的下线。

4.3.2 民族文化的传承与现实关照

郭雪波强烈地感受到了草原生态的不平衡和蒙古族民族文化的式微,他深刻地领悟到,蒙古族的传统文化对维护草原生态平衡具有直接而深远的意义,为了实现民族情感和文化认同感的传递,他通过引用民族神话故事、古老的萨满唱词和安代歌舞,将本民族传统文化纳入小说文本,表达他对民族宗教信仰回归的吁求,以及对依靠民族传统文化中的生态资源的挖掘以解决现实生态问题的诉愿。

在远古时代,人们因为不了解大自然,对自然中的许多现象不能做出解释,于是通过原始思维将一切无法解释的神秘现象建构成一个个带有神秘色彩的神话故事[②]。蒙古族神话传说通过人们口口相传保留了蒙古文化的历史叙述和精神核心。郭雪波的《大漠狼孩》讲述的是蒙古族中关于狼族的传说;《大漠魂》中有"安代"起源的传说;《银狐》中引用的蒙古族神话传说有库伦旗起源的传说、鹰崇拜的传说、"安代"起源的传说等,使小说中生态内涵的表达得到强化。这些蒙古族神话传说除了以故事情节的方式呈现,为使主题更明确,还以其作为有些章节的起始点,如《银狐》的十个章节中,有六个章节都提到了关于狐狸的神话传说:

[①] 郭秀琴:《论郭雪波生态小说的文化救赎意识》,载《广播电视大学学报》(哲学社会科学版)2015 年第 3 期,第 55—56 页。

[②] 鲁枢元:《生态文艺学》,陕西人民教育出版社 2000 年版,第 75 页。

> 银狐是神奇的,
> 遇见它,不要惹它,也不要说出去,
> 它是荒漠的主宰。①(第一章)
> ……
> 那个精灵,神奇的银狐哟,
> 就在草原上游荡!
> 就在大漠上飞走!②(第三章)

郭雪波说:"《银狐》是萨满教的一段历史,是蒙古人与天地之间与生俱来的联系。……试图从宗教与文化的视角来探讨人与自然、人与人的关系。"③郭雪波通过在小说中融入本民族的神话传说来表达民族情感,这是他还原民族传统文化的一种方式,他希望通过宗教神话的复述给予自然神力,"使之具有神秘能力,使之成为补偿自己欠缺的最好的情感抚慰物"④,重新唤起人们与自然的原始感情,以保护自然的本性,缓解生态危机。

萨满古曲是蒙古族的精华,它与自然融为一体,具有神奇的威力。在蒙古族的民族观念里,人类的精神可以脱离人类的肉体而独立存在。当一个成人或者一个孩子出现惝恍迷离、胡言乱语、寝食不安的时候,大多会被误以为是三魂离窍,所以《沙狼》中金嘎达给自己的孙子唱了一首"招魂歌",想把狼孩的灵魂从荒野中召唤出来,让他重返人群。

> 归来吧
> 你迷途的灵魂,
> 啊哈嗬咿,啊哈嗬咿,——
> 从那茫茫的漠野,

---

① 郭雪波:《银狐》,漓江出版社 2006 年版,第 1 页。
② 郭雪波:《银狐》,漓江出版社 2006 年版,第 41 页。
③ 郭雪波:《银狐,崇尚自然的象征》,郭雪波新浪博客,2008 年 11 月 20 日。
④ 韦德强:《原始神话的情感表现透视》,载《广西右江民族师专学报》1999 年第 4 期,第 73 页。

第4章 民俗地域小说的生态诉求——以郭雪波为例

从那黑黑的森林，
归来吧，归来吧——
你这无主的灵魂！
……
你的亲娘在声声呼唤，
你的亲爹在声声呼唤，
归来吧，儿的灵魂！①

还有《乌妮格家族》中村民用"招魂歌"为被狐狸迷失了心窍的女子召唤她们的灵魂。萨满古曲不仅从自然中发源，以赞美歌颂自然为主题，更是人类与动物沟通的桥梁。

蒙古族传统文化的另一重要组成部分是安代歌舞，安代的故事在郭雪波作品中屡见不鲜。《大漠魂》里，数百名村民光着脚在炎热的沙漠中奔跑，为的就是向上天祈求雨水。

"安代"是一首充满诱惑的音乐，……烈日炎炎，沙土滚烫。可这些个男男女女的光脚板，踩踏在这滚烫的流沙上，却似乎没有感觉，随着一旁的阵势奇特的伴乐不停地踏动扭摆。……这几百号破衣褴衫的农民是围着一座高竿的沙丘奔舞。②

《霜天苦荞红》里，村民们点起了四十九个木柴，浓烟滚滚，火焰熊熊，以求祭祀，驱寒，确保丰收；《大萨满之金羊车》中，数以百万计的民众向敖包磕头三拜，围着敖包手舞足蹈，祈求上天保佑。

无论是民族神话传说还是萨满古曲、"安代"歌舞，郭雪波作品中这些蒙古族文化因素的渗入，传递出崇尚自然的生态意识，促使人们反思生态危机，呼吁人们重拾对自然的敬畏。

郭雪波的小说中，民族文化传承得到了重要的呈现。其中，萨满教祭

---

① 郭雪波：《狼与狐·沙狼》，中国青年出版社2009年版，第60页。
② 郭雪波：《大漠魂》，中国文联出版社2001年版，第11页。

121

祀、招魂和行咒等神秘场面也成为其叙事的重要元素。在《蒙古里亚》中，雷电击倒了一个放羊娃，他的家人便求助于曾是大博额"巫德干"的姥姥，希望能平息"上天的怒气"。姥姥念咒语，并献上活羊，最终拯救了他的生命。科尔沁沙地的居民将自然视作神明，对其怀有敬畏之心。而原始神秘的民间萨满祭祀，让人体验到自然和萨满教的神秘性。同样地，在《大萨满之金羊车》中，老"萨满"吉木彦运用萨满教的祭祀物品——"金羊车"和"黑风咒"，威骇并训诫了一群贪鄙无义的人。在《银狐》中，铁西李则借助咒语和自身的力量逃过了大火的劫难。这些作品中所描绘的大自然与萨满宗教都展现了神秘而又充满力量的景象。郭雪波对于祭祀和咒语等萨满文化元素的描写，使沙漠中充满了神秘感。醇烈的宗教氛围会使人感受到大自然的威势和神秘力量，进而对自然的敬畏感也会增强。只有当人们在即将对自然行恶前心存畏惧，才会回归理性思考，控制自己的行为并遏制自己的欲望。"人在面对大自然的时候，应当更加谦虚、尊敬、敬畏，因为只有在敬畏他人、谦卑自己的时候，人类才能更好地控制自己的行为，并以谦逊的心态去看待大自然和生活。"[①] 20世纪60年代，西方生态学者认识到太过依赖科学与技术的人类开始"对自然祛魅"后，失去了心灵的皈依，也失去了对宗教、自然的信仰，揭去神秘面纱的大自然因没有了神奇力量的保驾护航而变得"羸弱"无比。郭雪波的作品中民族文化的再现，为突出生态问题、关注生命提供了崭新的叙述视角，是他表达推崇古代神话和宗教精神、关怀生态现实的新维度。王蒙在给郭雪波的作品集《狼与狐》作序时表示，郭雪波和他的小说是现代必不可少的，他认为郭雪波让我们进入一个更单纯、更粗犷、更迷茫、更浪漫、更富有想象力的世界，而且还很温和。[②]

郭雪波的生态小说，是从生态整体性的观点出发的。作为怀着"荒漠情结"的"沙漠之子"，他对自己家乡科尔沁草原日渐荒漠化的生态危机进行了深入的批评，用敏锐而深刻的生态思维来批判人类在与自然的关系中所发生的种种扭曲，从生态学的视角汲取草原人的文化精髓，将人类与自然和谐

---

① 龙其林：《生态中国：文学呈现与跨文化研究》，北京大学出版社2019年版，第144页。
② 郭雪波：《狼与狐》，中国青年出版社2009年版，第1页。

共存的理念传达出来，并且孜孜不倦地寻找着拯救民族和生态文明的道路。郭雪波的生态小说因其鲜明的地域特征和别具一格的文体特征而具有深厚的生态和文化底蕴，引发了当今社会对生态环境问题的重视与思考，其作品对当代生态文学的创作、生态环境的保护有着重要的指导作用。

第5章

科幻小说的生态阐释
——以刘慈欣为例

第 5 章　科幻小说的生态阐释——以刘慈欣为例

科幻小说是以科学技术为原色的想象，通过对人类状况的审视和对未来的考虑，它触及了现代社会心理的复杂性。环境问题在今天的全球范围内无处不在，资源日渐枯竭，人类的精神危机和紧迫感与环境的衰退直接相关，环境问题在文学和创意作品中得到了思考和表达。科幻杂志之父雨果·根斯巴克（Hugo Gernsback）对科幻小说的界定是"传播科学知识、具有预言性的作品"[①]，科幻小说要么想象太空旅行和外星文化，要么评论技术带来的社会扭曲和异化，要么描述生态危机带来的末世灾难。科幻小说对难以控制的技术狂热的保留和担忧加以强调，其中对生态环境的忧患意识一目了然。

刘慈欣被誉为"中国当代科幻第一人"，他在科幻作品中加入了真实的生态危机，用科学的想象力唤醒了人类的生态意识，创造了一个属于自己的幻想世界。他的作品以澎湃的想象力和宏大的叙事为支撑，涵盖了战争、科技、政治、采矿、文学等现实问题，在宽广的主题中不断涌现出生态意识，彰显了对生态和谐的人文关怀和强烈的时代意识。

5.1　刘慈欣科幻小说的生态书写

刘慈欣的科幻小说在不同程度上表达了对环境问题的忧虑，对人与自然、科技与自然、人与人之间关系的关注。在他的作品中，自然、人与社会都出现了危机，表现为恶劣的自然环境、社会的失衡、精神的失根。这既是生态整体

[①]　刘慈欣：《珍贵的末日体验》，载王晋康：《逃出母宇宙》，四川科学技术出版社 2013 年版，第 1 页。

不平衡的反映,也是向自然保护、社会发展、精神建设传达振聋发聩的生态预警,极具生态意识。为此,本章以"自然生态""社会生态""精神生态"为切入点,对其科幻小说进行文本的深度剖析,探讨生态意识在其中的表述。

5.1.1 刘慈欣科幻小说的自然生态书写

自然生态探察的是自然和人类之间的关系。刘慈欣一直认为自己是技术主义的崇拜者,在其科幻小说中,一切故事几乎都呈现出技术和科学的魅力,却也无时无刻不刻画着恢宏磅礴语境下严酷的生态环境,揭示了无论科技多么强大,在有加无已的自然生态危机面前人类的羸弱。工业文明使人类文明突飞猛进,但生态危机也伴随科学技术的发展而来,他说"我在自己的科学幻想世界里,不经意间融入了人与自然之间的联系"[①]。刘慈欣将"人与自然"的冲突具化为"自然灾难""科技灾难"和"资源危机",放大呈现创巨痛深的地球和殚智竭力自保的自然,可谓惊心触目,以期人们重拾对自然的敬畏之心。

(1)自然灾难

"自然性灾难主要描写自然界发生的灾难,如干旱、洪涝、地震、海啸、台风、火山爆发、泥石流等。这类灾难以自然为主导,人的尺度置于其中往往不可抗拒。"[②] 刘慈欣按照灾难的尺度把自然灾难划分为"局部灾难、文明灾难和末日灾难"[③],并认为人类社会到今天为止遭受的只是局部灾难,而科幻小说中的自然灾害往往规模巨大,从山体滑坡、地面裂缝,到流星撞击、星球毁灭,都可以说是末日来临。刘慈欣在小说中描述干旱、恒星聚变等自然灾害,以华丽的想象力突出"人"与"自然灾难"的对立,坚持反"人类中心主义"的立场,反思人类在自然面前的渺小且重新定位人与自然的关系,给"自然灾难"增添了生态意蕴。

"干旱"是刘慈欣科幻小说中常出现的自然灾难之一。刘慈欣曾长期在陕

[①] 刘慈欣:《重返伊甸园——科幻创作十年回顾》,载《南方文坛》2010年第6期,第31-33页。

[②] 刘慈欣:《珍贵的末日体验》,载王晋康:《逃出母宇宙》,四川科学技术出版社2013年版,第1页。

[③] "按照灾难规模分类的话,大体可以分为局部灾难、文明灾难和末日灾难。末日灾难是灾难的极峰,当这样的灾难来临,无人能幸存,人类作为一个物种也会彻底灭绝。迄今为止,人类社会所遇到的灾难绝大部分都是局部灾难。"刘慈欣:《超新星纪元》,中国华侨出版社2016年版,第136页。

西生活，中国西北部的"干旱"是其最突出的自然特性，因此，他将其作为创作的现实原型。《圆圆的肥皂泡》《中国太阳》《乡村教师》等故事都在干旱背景下发生。《圆圆的肥皂泡》写的是一对青年夫妇，在大西北参加丝路市改造荒漠的建设，用先进的科技和干旱作斗争的故事，圆圆妈妈曾经尝试使用飞播造林的方法，去给沙漠带来绿意，"但是，最终的胜利依然是无尽的旱灾，在干旱的第二年，播种林全部枯萎，而荒漠化依然以势不可挡的速度向前推进"。[①] 尽管后来圆圆妈妈在试验时坠机身亡，圆圆爸爸仍然留下来带着圆圆继续寻找解决西部干旱的方法。《中国太阳》描写了一个常年干旱的乡村，从泥窖中积攒下来的雨水就是村民的饮水，水又少又臭，地下深处时常流出有毒物质，污染水源，小说中以人造太阳消融积雪的办法来解决干旱问题，但刘慈欣在小说中提及了科技对生态的负面作用。这表明科技于人类缓解自然灾害有一定作用，但没有办法彻底消解二者之间的冲突。

"恒星聚变"是宇宙级别自然灾难的一种，刘慈欣将它作为《超新星纪元》《微纪元》《流浪地球》等小说的背景设定。《超新星纪元》中，一颗超新星爆发，释放出死亡之光，人类陷入灭绝的恐惧之中。灾难面前人类的束手无策更彰显出自然灾难的坚不可摧。

> 死星的光芒从一侧窗中透射进来……空气中开始充满了静电，人的衣服上的金属小件都噼噼啪啪地闪起了小火花；皮肤上的汗毛都竖了起来，使人觉得浑身痒痒；周围的物体都像长了刺似的扎手。[②]

《微纪元》中预设了一次毁灭性的自然灾难，这次灾难由太阳聚变引发，地球温度届时高达4000摄氏度：

> 天体物理学家们确定了太阳将要发生一次短暂的能量闪烁……火星颜色可能由于表面的熔化而由红变黑，地球嘛，只不过表面温度升高至4000℃，这可能会持续100小时左右，海洋肯定会蒸发，各大陆表面岩石

[①] 刘慈欣：《刘慈欣短篇科幻小说合集·圆圆的肥皂泡》（电子书），中文在线。
[②] 刘慈欣：《超新星纪元》（电子书），山西春秋电子音像出版社。

也会熔化一层，但仅此而已。①

利用高科技手段预见到这一毁灭性灾害的人类，通过发射带有人类胚胎、数据化文明等各种种子的航天器，对人类展开了"基因改造"。通过把人改造成"微人"等办法自我拯救，太阳聚变之下，"微人"是可以存活的，但"微人"的基因已经改变，是否能与"人类"画上等号呢？最终的结局是，在知道了微纪元的本质后，重回地球的先驱者们，选择了摧毁人类的胚胎。《流浪地球》中，人类预见了太阳会氦闪，最初计划是制造一艘宇宙飞船来躲避太阳的氦气闪光，但在失败后，他们毫不犹豫地花了2500年和100代人的时间来战斗。面对末日尺度的自然灾难，小说的描述从个人身上转移，用全人类的原型来描绘大灾难前的个人抗争。在某种意义上，这种抗争都未成功，其失败导致的悲剧衬托了人类在自然灾难面前的弱小苍白，呼吁人类重燃对自然的敬畏之情。

（2）科技灾难

科技灾难主要描写科技的过度使用带给人和社会的诸多困扰，如技术进步促进了武器的水平的提高，由此带来的灾难；抑或是技术纰漏或技术本身的缺陷带来的严重灾难，如核电站泄漏导致的污染，抗生素药物的滥用导致的病菌异变，操作不当导致的矿难等。② 尽管刘慈欣的科幻作品对科学技术较为推崇，但当他写到科技灾难时，他能够承认科技的弊端以及对自然和人类的不利影响，并对其进行认真思考。

"地火"是人类滥用科技改造自然并从中获益而带来的严重科技性灾害。《地火》中长期的地下工作使刘欣的父亲——一位煤矿工人，患上了第三期硅肺病并去世。因此，刘欣受到激励，决定成为一名科学家，并着手寻找改善地下矿工生活环境和煤炭生产方式的途径。煤炭是数千年来的天然产物，开采地下煤炭困难重重。刘欣想用科学的预测、探测和操作，点燃地下煤层，让其与水蒸气接触，从而将煤变成煤气，并进行管道运输。但刘欣低估了大自然的力量，也未能预判到地火暴烈的程度。刚开始，刘欣的方案似乎成功了，几天

---

① 刘慈欣等：《微纪元》，北京理工大学出版社2015年版，第15—16页。
② 宫春子、修伟：《数说"世界人口日"那些事》，载《中国统计》2020年第6期，第65—67页。

第5章 科幻小说的生态阐释——以刘慈欣为例

后,由于疏忽了地下勘探,加上防火措施的不够完备,疾如雷电的大火弥漫于整个煤矿,滚滚地火引发了爆炸,毁灭了整座城。

> 一声冲天巨响,仿佛地球在脚下爆炸!井口淹没于一片红色火焰之中。气浪把刘欣高高抛起,世界在他眼中疯狂地旋转,同他一起飞落的是纷乱的石块和枕木,刘欣还看到了电轨车的一节车厢从井口的火焰中飞出来……刘欣又听到了几声沉闷的巨响,那是井下炸药被引爆的声音。失去知觉前,他看到井口的火焰消失了,代之以滚滚的浓烟……①

可以看到,刘慈欣在小说中对科学技术的滥用进行了认真的思考。尽管拥有先进的科学技术,人类在面对地火这样的自然灾害时仍然束手无策。然而,刘慈欣一直对技术持乐观态度,因此,他在《地火》的后记中想象了煤气化技术在 100 年后的理想未来。尽管科技可能偶尔会因为不正确的使用或固有的缺陷而导致悲剧的发生,但就科技自身而言,它是没有罪的,当人类不滥用技术并且不断推进技术的科学发展的时候,这些缺陷终将得以修补,达到自然与科技的融合共存。

"环境污染"是指由于人类的不当行为波及地球生态系统,致使环境质量下降,最终冲击到人类的生产和生活。作为一名科幻小说家的刘慈欣,不仅关注环境的污染,也在反思人类、科技和自然之间的关系,寻求解决人类与自然之间矛盾的办法。《月夜》中讲述了未来的"我"透过月夜的手机,把未来先进科技传递给今天的"我",以解决人类因为能源造成的环境问题,这种情况一共发生了三次。第一次是开采化石能源,但其数量很小,而且如果大规模的使用,会导致大气污染和全球变暖,从而导致环境问题。第二次是开发太阳能,太阳能表面洁净,但会导致土壤单晶化,进而对地球的气候产生影响,并危及人类的生活。第三次是利用深部钻探技术来开发地球电流,这似乎"是一项真正利于环境保护的技术,既不会占用土地,也不会释放二氧化碳和其他污染"②,但大规模开采并使用地球电流,损伤大气层,太阳辐射会威胁地球,

---

① 刘慈欣:《地火》(电子书),山西春秋电子音像出版社。
② 颜实、王卫英主编:《中国科幻的探索者——刘慈欣科幻小说精品赏析》(全 2 册),科学普及出版社 2018 年版,第 493 页。

世界毁灭的时间会提前。科技可以打破瓶颈，达到清洁、环保、可循环等目的，但这并不代表它可以与自然分离，而故事中的人类正是忽略了这一点，导致了三起生态灾难。刘慈欣相信科技的力量，但也认识到了技术的不利面和局限，他可以用一种"冷酷和冷静的态度审视人类生存"[1]，所以其小说的想象不曾寄希望于科技的弥补，对毁灭科技就能回归田园时代的思想也不认可，他指出了生态危机产生的最主要原因在于人类自身，强调了"人的主体间性和交互主体性"[2]的重要作用，彰显出明确的生态忧患意识与责任意识。

（3）资源危机

另外一个严重的自然生态问题是"资源危机"。无论是从资源储存量还是从资源使用的速度来看，资源危机都是当前全球生态灾难的一个重要体现。刘慈欣对资源危机的想象，既现实又富有远见。其《超新星纪元》《三体》《人与吞食者》《山》等科幻作品，都充分反映了地球上的资源危机。

刘慈欣在《山》中创造的"泡世界"是指在现实生活中的"恒定的生存空间"，等同于现实生活中的资源。实际上，空气、水和适宜的温度是生命存在和发展的必要条件，而由岩石层层包围、直径3000公里左右的泡世界是"位于一个星球的地心"的空泡。"所以在泡世界里，空间是最宝贵的东西，整个泡文明史，就是一部血腥的空间争夺史。"[3] 刘慈欣用对泡世界生命的自述，揭示了生存资源匮乏的危机，描绘了不同星球文明为了争夺资源而进行战争的可恶和残酷的事实。《人与吞食者》讲述了一个2000万年前的恐龙文明的故事，恐龙文明的吞食者完全依靠其他星球的资源生存。为了保证这个文明在吞噬了地球的资源后的生存，他们必须登上宇宙飞船，继续从浩瀚的宇宙中获取资源，将资源危机扩散到其他星球和恒星。能够具备卓绝的执行飞船逃生计划的能力，足以证明恐龙文明的技术水平是人类力不能及的，尽管如此，以物质与能量的守恒定律为根据，宇宙的既定法则是几乎任何文明都不可能背离的，无论技术多么先进，资源都不可能凭空产生。

刘慈欣在科幻小说中加入了现实基础与科学支持，强调了"资源危机"的

---

[1] 刘慈欣：《刘慈欣谈科幻》，湖北科学技术出版社2014年版，第37页。
[2] 雷鸣：《危机寻根：现代性反思的潜性主调——中国当代生态小说研究》，山东师范大学2009年博士学位论文，第89页。
[3] 刘慈欣：《刘慈欣短篇科幻小说合集·山》（电子书），中文在线。

严重性：不管科技发展到什么程度，人类所依赖的物质资源都是有限的，要想生存下去，就必须保持对大自然的敬畏，合理地开发和利用现有资源，这样才能维持自然的和谐与稳定。

5.1.2 刘慈欣科幻小说的社会生态书写

社会生态研究的是人与人的关系。默里·布克金（Murray Bookchin）说："当今的生态问题，几乎都存在着深刻的社会问题。不从根本上解决这个问题，就无法正确地理解和处理生态问题。"[1] 自然生态的激变会牵引社会生态失衡，社会问题的不断堆积也使生态危机在某种程度上爆发加速，两者相互影响，因此社会生态强调了人类整体、个体与社会的和谐。刘慈欣的作品以科幻的维度来思考社会的不平衡，以及人与人情感的疏离，反映出人与社会的对立，是对人、自然与社会关系的理性思索，凸显了强烈的生态意识。

（1）社会的失衡

威尔斯相信："技术无法根除贫富差距，消除阶层差别，反而会造成人类的分化；技术的飞速发展不仅不能解放人类的劳动，还会把人类变成机械和技术的奴隶。"[2] 人在社会中存在，但因为先天的资源数量不同，社会发展将不可避免地导致财富分化，加上资本主义使用技术力量带来的财富无法公平分配，世界的贫富差距越来越大，社会生态平衡因此被严重打破。刘慈欣从社会角度审视生态问题，以社会中存在的巨大贫富差距凸显社会生态的危机。

《赡养人类》用"哥哥文明"表现社会的失衡。"哥哥文明"所处的星球上，私有财产受社会机器保护，只要有人窃取，社会机器就会对窃取者启动击杀模式。星球上教育的资本化让财富迅速归拢到少数人手里，最后，几乎所有财富都归一人所有，包括空气和水。可怕的是社会机器的监督准则时刻准备启动，剩余的20亿人呼吸的空气、喝的水都是终产者的个人财产，社会机器会击杀任何呼吸、喝水的人。为了使濒临毁灭的"哥哥文明"延续下去，这20亿无产者搭乘飞船准备殖民地球。教育的资本化是"哥哥文明"中社会差距的

---

[1] 刘文良：《精神生态与社会生态：生态批评不可忽视的维度》，载《理论与改革》2009年第2期，第95页。
[2] ［英］布莱恩·阿尔迪斯：《解放了的弗兰肯斯坦》，林峰译，铭章校，河南人民出版社1996年版。

开始。一小部分富人在大脑中植入超级教育技术后，得到了智力和思维的提高。因为其成本巨大，只有他们能负担得起这种技术。穷人的劳动力失去了价值，也就失去了获得基本资源的机会，因为富人已经进化为超级智能阶层，并使用技术来取代人类劳动。最后，一个人控制了99%的财富。当财富分配出现严重倾斜时，会引发整个社会机制的坍塌，波及自然生态系统的稳定。几乎整个星球都会成为终产者的私有财产：

> 他拥有整个第一地球！这个行星上所有的大陆和海洋都是他家的客厅和庭院，甚至第一地球的大气层都是他私人的财产……剩下的二十亿穷人，他们用自己拥有的那可怜的一点点水、空气和土壤等资源在这全封闭的小世界中生活着，能从外界索取的，只有不属于终产者的太阳能了。[①]

终于，穷人连家庭生态系统都难以维持：

> 它完全崩溃了。空气中的含氧量在不断减少，在缺氧昏迷之前，我吞下了一枚空气售货机，走出了家门。像每一个家庭生态循环系统崩溃的人一样，我坦然地面对着自己的命运：呼吸完我在银行那可怜的存款，然后被执法机器掐死或击毙。[②]

这些无产者最终从密闭的屋子里出来，不顾社会机器的杀害，很快就把生态系统压得负载。最后，因为和贫民是同根同源，终产者为他们准备了2万艘超级太空船寻找新家。"哥哥文明"把人口压力强行施加于地球之类的低科技文明行星之上，掠夺它们的有限资源，又将加剧星球间资源的不平衡，从而引发整个宇宙生态系统的失衡。

"哥哥文明"中，失衡的宇宙生态系统是现实中不平衡的社会生态的一个隐喻。贫富差距威胁着自然生态，因为它导致了个体生存权利的丧失和人之间的不平等。刘慈欣对"恶托邦"的社会想象表达了强烈的生态意识，凸显了生

[①] 刘慈欣：《赡养人类》（电子书），山西春秋电子音像出版社。
[②] 刘慈欣：《赡养人类》（电子书），山西春秋电子音像出版社。

态整体观、平等性和未来性的价值。巧妙使用科技，追求和谐社会生态、解决人与环境的冲突是刘慈欣对技术、社会和自然关系进行的极具思辨性、前瞻性、现实性的分析探讨。

（2）情感的疏离

刘慈欣科幻小说的社会生态解读还体现在制度对人类情感的疏离上，"恶托邦"社会的制度往往会造成人类情感的异化。

如果说《赡养人类》中表现了人与人不平等的关系，那么在《2018年4月1日》中则体现了人与人情感的疏离。在这个故事中，刘慈欣创建了一个IT共和国，其社会不平等是由"基延扩展技术"的商业化造成的。这种技术采用将负责衰老时钟的人类基因部分祛除的方法，可以将人类平均寿命提高到三百岁。由于成本高昂，只有少数财力雄厚的人才能使用，最终这项技术发展成为一场巨大的社会政治灾难。"我"是一家公司最底层的财务人员，为了使用基延扩展技术延长寿命，"我"计划挪用公款，仔细研究法律条文后"我"发现，即使"我"因贪污获刑二十年，延长了寿命之后，"我"还拥有二百多年的自由美好时光。[①] 然而使"我"迟迟做不了决定的原因还有女朋友简简，因为即使挪用公款，"我"也不能承担两个人基延的费用，但"我"很爱简简：

> 在遇到简简之前，我不相信世界上有爱情这回事；在遇到她之后，我不相信世界上除了爱情还有什么，离开她，我活两千年又有什么意思？现在，在人生的天平上，一边是两个半世纪的寿命，一边是离开简简的痛苦，天平几乎是平的。[②]

就在这一天，同事们在公司里通过互联网来玩愚人节的把戏，声称要平分财富，"我"如遭雷劈，担心挪用的公款和基延梦瓦解冰消，即刻做出了决定。可简简却先告诉"我"她决定要做冬眠，"冬眠是在零下五十度的温度下，通过药物和体外循环，让身体的新陈代谢率降低到了百分之一"[③]，冬眠可以使人的生理年龄在增长一岁的时候，已经度过一百年时间。想到冬眠后她还很年

[①] 刘慈欣：《刘慈欣短篇科幻小说合集·2018年4月1日》（电子书），中文在线。
[②] 刘慈欣：《刘慈欣短篇科幻小说合集·2018年4月1日》（电子书），中文在线。
[③] 刘慈欣：《刘慈欣短篇科幻小说合集·2018年4月1日》（电子书），中文在线。

轻而"我"会老去，简简在"我"之前提出了分手。

> 我轻轻笑了起来，很快变成仰天大笑。我真是傻，傻得不透气，也不看看这是个什么时代，也不看看我们前面浮现出怎样的诱惑。笑过之后，我如释重负，浑身轻松得像要飘起来，不过在这同时，我还是真诚地为简简高兴。①

"我"在此刻感受到的不是失去所爱的哀愁，而是彼此选择背叛后的轻松。科技发达的背后，是人类的冷酷，人与人之间的真情在失去伦理道德束缚的资源争夺中片甲不留，人们之间的情感在社会失衡的天平上永远倾向疏离。

刘慈欣预见人类社会潜在的危机，揭示了社会的冷漠无情与麻木不仁，幻想了一个因社会失衡、人与社会失谐从而产生疏离的"科幻世界"。在高科技迅猛发展的背后，若没有道德的限制，文明将沦为暴力的受害者，这也是作者对人类社会的反思与担忧。

5.1.3 刘慈欣科幻小说的精神生态书写

精神生态探索的是人类在自然生态恶化和社会生态失衡的环境中迷失的精神。梁漱溟先生曾说："人的一生中，要先处理人与物之间的关系，然后是人与人之间的关系，最后是人与自己的内心之间的关系。"② 从精神生态入手，不仅可以与自然生态和社会生态相衔接，而且可以从根本上刺探人类生存的危机。刘慈欣科幻小说对精神信仰的流浪与追寻的书写，表现了他对于精神生态的关怀。

（1）精神信仰的流浪

人类精神信仰缺失，会使他们失去对自然的敬畏与尊重，也会使他们的精神世界变得空虚和贫乏。《流浪地球》写的是在三百年前，当时的科学家们对太阳四百年后的氦闪爆炸做出预测，届时太阳会变成一颗硕大无比的红色星球，地球将瞬间湮灭蒸发。所有可用的资源都被人类用来建造数十亿台发动

---

① 刘慈欣：《刘慈欣短篇科幻小说合集·2018年4月1日》（电子书），中文在线。
② 鲁枢元：《文学的跨界：研究文学与生态学》，学林出版社2011年版，第45页。

机,将地球从银河系移到半人马座,以此逃避这次灾难。这次逃亡要经历两千五百年,如果用地球发动机的力量来推动地球,大量的资源将被耗尽,生态环境将恶化到极点,人类只能生活在下沉五百米的地下城市中。尽管人类表面上并没有离开过他们的生存之家,但"流浪地球"不再是具体或抽象意义上的人类故土。

> 童年时熟悉的群山已被超级挖掘机夷为平地,大地上只有裸露的岩石和坚硬的冻土,冻土上到处是白色的斑块,那是大海潮留下的盐渍……一次次的洪水和小行星的撞击已摧毁了地面上的一切,各大陆上的城市和植被都荡然无存,地球表面已变成火星一样的荒漠。①

人类曾经的家园正在像人间炼狱一样被摧毁。严重恶化的生态环境也摧残着人们的心灵,精神疾病、冷漠无情、麻木不仁和空虚孤独成为人们的精神常态。作品中"我"的父亲因出轨离家一年后归来,"我"的母亲对此表现得事不关己、漠然视之,人们甚至失去了对爱的理解和能力。

> 在这个时代,人们看四个世纪以前的电影和小说时都莫名其妙……死亡的威胁和逃生的欲望压倒了一切。除了当前太阳的状态和地球的位置,没有什么能真正引起他们的注意并打动他们了……对于爱情这类东西,他们只是用余光瞥一下而已,就像赌徒在盯着轮盘的间隙抓住几秒钟喝口水一样。②

在地球已经离开银河系准备飞向新家园时,叛乱者认为联合政府编造了这一切,要将联合政府中涉及这项计划的人置于死地。

> 一路上两边挤满了人,所有人都冲他们吐唾沫,用冰块和石块砸他们。③

---

① 刘慈欣:《流浪地球》,四川科技出版社2019年版,第236页。
② 刘慈欣:《流浪地球》,四川科技出版社2019年版,第201页。
③ 刘慈欣:《流浪地球》,四川科技出版社2019年版,第246—247页。

一个小女孩，举起一大块冰用尽全身力气狠命地向一个老者砸去，她那双眼睛透过面罩射出疯狂的怒火。①

看到那些人在严寒的折磨中慢慢死去，岸上的人快活起来，他们一起唱起了《我的太阳》。②

人们因为叛乱胜利在狂欢，这些即将被他们处死的人曾经为了拯救地球付出的努力早已被抛之脑后，而太阳氦闪在这一刻爆发了。由于自然生态系统受到破坏，导致人们精神力量的缺失，他们残酷冷漠、无知狂妄、迷失自我而且自私自利，他们的精神失去了根基，对生命的尊重与敬畏荡然无存。人类社会所遭遇的困难、麻烦、灾难在很大程度上是源于精神层面的干扰，失去敬畏之心的人类变得傲慢，迷失在对自己欲望的追求中，变成精神上无依无靠、失去终极关怀的精神流浪者。

（2）精神信仰的追寻

刘慈欣有着强烈的忧患意识，他用卓异的笔触呼唤人们追寻失去的信仰，回归真实的自我。《朝闻道》就展现了对精神信仰的追寻。丁仪是一位物理学家，他的追求是揭示宇宙的奥秘，找到宇宙的大一统模型。为了实现这个目标，他开始研究高能粒子加速器，以期能够了解宇宙的本质。然而，作为宇宙高等文明的宇宙排险者警告丁仪，称他的实验可能会产生近乎宇宙大爆炸的能量，最终使宇宙毁灭。但是，丁仪对宇宙的真理和理解的渴望超越了对死亡恐惧。他希望宇宙排险者告诉他宇宙的大一统模型，但是"知识密封准则"不允许低级文明通过简单地获得知识来理解宇宙。于是丁仪提出了一个疯狂的想法：让排险者把这个宇宙的终极奥秘告诉他，并将他毁灭。这种疯狂的想法展现出丁仪对真理的执着，即使这可能会以牺牲自己的生命为代价。令人惊讶的是，数百名来自地球的学者向排险者提出了同样的要求。这些学者都是科学界的翘楚，他们在自己的领域里取得了巨大的成就。他们都希望以自己的生命为代价，得到宇宙的真理。于是，一个生命和真理的交换开始了。科学家们告别了亲友，毅然走上真理祭坛。他们解开了哥德巴赫猜想的最后证明，找到了恐龙灭绝的

---

① 刘慈欣：《流浪地球》，四川科技出版社 2019 年版，第 223 页。
② 刘慈欣：《流浪地球》，四川科技出版社 2019 年版，第 224 页。

真正原因，并得出了宇宙的大一统模型。他们以自己的生命为代价，为人类探索宇宙的真理做出了最后的贡献。小说中，科学家们对于信仰和真理的追求发人深省，在他们献祭生命之前，美国总统和宇宙排险者的对话是对此最好的诠释。

> 美国总统：难道生命在漫长进程中所有的努力和希望，都是为了那飞蛾扑火的一瞬？
> 排险者：飞蛾并不觉得阴暗，它至少享受了短暂的光明。①

信仰缺失，精神世界也必会匮缺。刘慈欣的作品中，有着坚定精神信仰的人物形象除了丁仪和这些为真理献祭的科学家，还有《乡村教师》中那位不知名的为偏远山区的教育事业奉献了一生的教师，《三体》中把"延续人类文明"作为自己最高信仰的星舰地球精神领袖章北海，《光荣与梦想》中牺牲生命追寻梦想、维护祖国荣光的辛妮，《圆》中抱着誓死不渝信念建立人力计算阵列的荆轲等。除了用批判性思维质疑人精神信仰缺失带来的痛苦生存状态外，刘慈欣还以强烈的社会责任感直面人类的生存困境，通过辩证思维推进反思，敦促人们对精神信仰的追求。

自然生态、社会生态、精神生态三者之间存在着互为因果、互为逻辑的联系，莱斯曾说："人与人之间的社会冲突中的同化和人与自身的精神分离是人与自然之间冲突关系的原因。"② 刘慈欣用现实存在的世界作为模型来刻画自然生态、社会生态、精神生态的碎裂和复建过程，凸显了对生态危机的忧患意识，尊重自然世界，敬畏宇宙生命，其"反人类中心主义"整体性思维突出了其对人类、自然及宇宙的最终思考以及强烈的生态意识。

5.2 刘慈欣科幻小说美学的生态表达

刘慈欣相信，科幻小说能给读者带来一种新的审美体验。与王晋康的忧郁、韩松的妖异不同，刘慈欣的想象力极具超越性，赋予了读者超越时间和空

---

① 刘慈欣：《流浪地球》，四川科技出版社 2019 年版，第 48 页。
② 雷鸣：《危机寻根：现代性反思的潜性主调——中国当代生态小说研究》，山东师范大学 2009 年博士学位论文，第 70 页。

间的上帝视角，让读者进入一种充塞天地、贯彻古今的审美境界，创造出浪漫的科幻美感，这样的科幻美感，"当它出现在世人的眼前时，将会有一种难以言喻的强大力量，它可以让你的灵魂受到震撼，得到净化，这是传统的美所不具备的"[①]。刘慈欣的生态意识表达，为这种科幻美感的铺陈和烘染增添了一抹独特的色彩。

5.2.1 极致想象营造的科幻之美

想象力是文学与人类学研究的一个重要课题，也是人类的基本能力之一，它为我们营造了平行并立于真实世界的"可能世界"。刘慈欣的小说创作素来凭借科学的想象力完成，他曾说，科学的故事比任何文学故事都要壮丽、曲折、浪漫、空灵。他的科幻小说利用生动的想象力，对宇宙投以宽广的文学视野，而且经常融入具有生态色彩的意象和元素，达到了一种宏伟与浪漫相与为一的科幻之美。

宏伟是刘慈欣想象的底色。他打破了人类对宇宙仰望的观察视角，从宇宙本身的角度出发重新构建了对宇宙的认知方式。这种新的认知方式使人类能够以更加平等的眼光看待宇宙及其无穷无尽的可能性，释放自己的想象力，使之得以自由探索和挖掘宇宙的奥秘。刘慈欣作品中极具想象的描绘屡见不鲜，这些描绘鲜活地展示了宇宙的瑰丽壮美景象和宇宙天体的神秘运行过程。这些作品构成了他独特的关于宇宙之美的境界，彰显了他对宇宙的深邃的洞察和持续的探索精神。通过这些作品，我们可以感受到他对宇宙的敬畏之情和对未知的无限好奇，同时也领略到了宇宙之美的博大与奥妙。如《命运》中描摹了星球的撞击场景：

> 一道强光闪过后，从小行星上出现了一个火球，飞快膨胀，仿佛是前方太空中突然出现了一个向我们猛扑过来的太阳。[②]

小说《全频带阻塞干扰》中，描述了近距离观测太阳所呈现出来的壮丽无

[①] 刘慈欣：《最糟的宇宙，最好的地球：刘慈欣科幻评论随笔集》，四川科学技术出版社2016年版，第170页。

[②] 刘慈欣：《刘慈欣短篇科幻小说合集·命运》（电子书），中文在线。

比的景象：

> 在"万年风雪"号的正前方，有一道巨大的美丽的日珥，那是从太阳表面盘旋而上的灼热的氢气气流，它像一条长长的轻纱，漂浮在太阳火的海洋上空，梦幻般地变幻着形状和姿态，它的两端都连着日球表面，形成了一座巨大的拱门。①

宇宙中的各种天体既独立于其他天体之外，也与其他天体互相影响，构成了宇宙的整体，达到了"宇宙的和谐"。对于人类来说，每个人的时间和空间都是有限的，想要在有限的空间里探索宇宙，是一件非常困难的事情。然而，宇宙本身的存在规律，各种天体之间的相互关联，所产生的和谐与统一，才构成了对人类充满吸引力的宇宙之美。"万物负阴而抱阳，冲气以为和。"中国古代哲学的宇宙观，对宇宙运动的基本规律有着极其深刻的认识。"阴"与"阳"的交互作用，是"构成有秩序的、有能力的、有创造性的"过程的两个补充的部分或瞬间，形成宇宙存在与运行的"道"。② 这个"道"有秩序，有能力，还有创造性，因此它具有宇宙之美。当人类将自己的想象放在一个无比遥远的宇宙中时，它们就会产生火花，不再是从地面瞻仰，而是在太空中遨游。这种想象力的解放，具有其自身的美感，是美在文学中别具一格的表现。

浪漫是刘慈欣想象力的又一种颜色。他在系列作品"大艺术家"中创设了"水晶骨牌""宇宙巨镜"等浪漫意象，这些意象富含生态意蕴。如《梦之海》讲的是地球上的冰上艺术节，吸引了来自外太空的游客。一位外星低温艺术家从颜冬的冰雕作品中得到灵感，想要用地球上的材料创作一件艺术品"梦之海"。低温艺术家把地球上所有的海水都输送到了地球的平流层，以一种非常华丽的方式制造出"宇宙巨人撒出的水晶骨牌"：

> 白天冰环最壮观的景象是环食，即冰环挡住太阳的时刻，这时大量的冰块折射着阳光，天空中出现奇伟瑰丽的焰火表演……这一天，冰环仿佛

---

① 刘慈欣：《全频带阻塞干扰》（电子书），山西春秋电子音像出版社。
② ［德］汉斯-格奥尔格·梅勒：《东西之道：〈道德经〉与西方哲学》，刘增光译，北京联合出版公司2018年版，第49页。

是一条撒在太空中的银色火药带,在日出时被点燃,那璀璨的火球疯狂燃烧着越过长空,在西边落下,其壮丽之极,已很难用语言表达。正如有人惊叹:"这一天,上帝从空中踱过。"①

低温艺术家创造了"梦之海"的极致之美,但又让真实的海洋难以恢复,地球为此遭受五年干旱,这是在艺术的美感与毁灭的痛苦之间,展现出的对所谓的文明的反思,也是对以艺术为借口破坏生态的行为的极致想象。此外,刘慈欣在《欢乐颂》里创造了一面会演奏音乐的"宇宙巨镜"。但演奏时为了追求在整个宇宙中产生一种动态节奏的效果,它会随机引爆恒星,结果半人马星座被毁灭。这是一条以艺术之名引发毁灭的新途径,其独特之处在于,它以宇宙的无限力量呈现了人类的渺小,通过空灵而震撼心魄的音乐揭示了和谐生态系统的本质。

刘慈欣对浪漫的表达还体现在对纯粹情感的书写上,比如《三体2:黑暗森林》中罗辑对庄颜之爱,《三体3:死神永生》中云天明对程心之爱,《球状闪电》中陈博士对林云之爱。他们的爱是精神情感的最高表现,他们完全纯粹的情感从微小的个体之爱开始,最终发展到包括存在于宇宙中的生命体以及地球上的人类文明的大爱,其中还有自我牺牲的豪情浪漫。刘慈欣在科幻作品中对纯粹情感的展现,唤起了人类的生态意识,超然和唯美的情感是最能触动人心灵的美学维度。

5.2.2 科技与文学交融的科幻之美

刘慈欣凭借坚定的技术乐观主义,加上他对想象的科学原则的逻辑上的自融,以及对想象的技巧和意象进行了细致的描述,使读者很难分辨出真假,他的科幻小说也被称为"硬科幻"。此外,他的作品也充满了艺术的美感。刘慈欣的作品有别于其他科幻小说的,是他利用科技各种可能的无限性,或置放生态意识于自然、宇宙的未知领域,以直击终极谜团;或用自然的科技之美在未来的科技元素中弱化现代工业呈现的粗糙感,让科技与文学完美融合,创造出一种充满科幻气息的美感。

---

① 刘慈欣:《梦之海》,新星出版社2021年版,第52页。

第5章 科幻小说的生态阐释——以刘慈欣为例

刘慈欣的许多作品，要么以现实为基础，利用尖端科技表明自己的科学立场，要么把自然宇宙的内在规律和科学融合的逻辑作为其文本的叙述动力，注强烈的生态关怀于庞杂的叙述结构之中，突破中国"硬科幻"的零点，为中国科幻小说的发展提供了一个可行的典范。在他所有的科幻作品中，近地太空城、冬眠技术、穿梭机、虫洞、二向箔、宏原子、太空电梯等科学名词随处可见。而且，即使是想象的科技，他的描述也非常详细，让人感觉很真实，就像李淼说的："你觉得刘慈欣所写的科技是真的，你是被他的想象力蒙蔽了。"[1] 这一切都说明他能够将科技的幻想与文学相结合，实现科学与文学的合二为一。刘慈欣在《三体2：黑暗森林》中描绘的"三体文明"的"水滴探测器"，就是科学技术美感和文学美感的完美结合。它的设计像一滴水银一样，体现了人类的极致想象。它的头部是圆的，尾部是尖的，表面光滑无比，可以完全反射，具有完美的水滴形状。当银河在其表面反射出光滑的光线图案时，它显得无比纯净而美丽。因为它的水滴形状非常逼真，以至于看到的人有时会认为这是一种液体，没有任何内部的机械构造。正是因为这款漂亮而优雅的水滴设计，让人类误以为三体人是真的想要和平。

> 太美了，它的形状虽然简洁，但造型精妙绝伦，曲面上的每一个点都恰到好处，使这滴水银充满了飘逸的动感，仿佛每时每刻都在宇宙之夜中没有尽头地滴落着。它给人一种感觉：即使人类艺术家把一个封闭曲面的所有可能形态平滑地全部试完，也找不出这样一个造型。它在所有的可能之外，即使柏拉图的理想国中也没有这样完美的形状，它是比直线更直的线，是比正圆更圆的圆，是梦之海中跃出的一只镜面海豚，是宇宙间所有爱的结晶……[2]

刘慈欣动用了一切观感，通过抒情的美感在读者的脑海中创造了一个"水滴"。事实上，这种不可言状的精确设计掩盖了其令人难以置信的技术能力。小小的水滴不仅外观唯美，还包含了自动制冷系统、探测功能，以及两千多年

---

[1] 李淼：《〈三体〉中的物理学》，湖南科学技术出版社2019年版，第7页。
[2] 刘慈欣：《三体2：黑暗森林》（电子书），海南省电子音像出版社。

之后飞行于太空四光年、探测人类星际空间和太空舰队发动攻击等诸多科技功能。它是刘慈欣将技术和美学完美结合在一起的一件艺术作品。"这枚晶莹剔透的固态液滴，以一种极致的美感，将所有的功能与技术都抹杀，展现出一种哲学与艺术的轻松与超然。"① 这种描述会让人将"水滴"是人工制造机械的本质忽略，误以为其是天然而成的宇宙产物。刘慈欣通过抽象的文学表现方式，将科技的想象和自然的世界联系起来，通过生态的视角，加强了对科学美学的展示和感知。

此外，刘慈欣在《朝闻道》中构想了"爱因斯坦赤道"，它是一台环绕地球一周的加速器，是数学与想象力的完美结合。这条用于粒子加速器的3万公里长、5米直径的钢管可以在60小时内将人类运送到全球各地。它将被物理学家用来创建一个巨大的、全面的宇宙的大一统模型。刘慈欣文本中细致描写了坐在时速500公里的小车里，飞驰在爱因斯坦赤道上的人的奇妙体验：

> 小车完全自动行驶，透明的车舱内没有任何驾驶设备。从车里看出去，钢管笔直地伸向前方，小车像是一颗在无限长的枪管中正在射出的子弹……如果不是周围的管壁如湍急的流水飞快掠过，肯定觉察不出车的运动。在小车启动或停车时，可以看到管壁上安装的数量巨大的仪器，还有无数等距离的箍圈，当车加速起来后，它们就在两旁浑然一体地掠过，看不清了。②

自动驾驶的汽车在飞驰，和它一起任意驰骋的是车中人的想象：

> 我们在经过日本，但只是擦过它的北角，看，朝阳照到积雪的国后岛上了，那可是今天亚洲迎来的第一抹阳光……我们现在在太平洋底了，真黑，什么都看不见，哦不，那边有亮光，暗红色的，嗯，看清了，那是洋底火山口，它涌出的岩浆遇水很快冷却了，所以那暗红光一闪一闪的，像

---

① 刘慈欣：《三体 2：黑暗森林》（电子书），海南省电子音像出版社。
② 刘慈欣：《朝闻道》（电子书），山西春秋电子音像出版社。

海底平原上的篝火，文文，大陆正在这里生长啊……①

科技与审美就这样统一融合了。刘慈欣的小说呈现出一种科技的魔力，以一种超越主流文学的方式来揭示社会与人性，他的"硬科幻"仍以现实为基础，承担着与传统文学同样的历史责任，同时具备了科学的思想与文学的灵气，呈现出一种恣肆、恢宏的科幻之美。

5.3 刘慈欣科幻小说生态书写的文化价值

刘慈欣的科幻小说在中国的文化土壤中扎根。通过对历史、现实和科学的超越性想象，刘慈欣使其突破了文化思维的束缚，展现出了独特的传统文化魅力。他把人类放在科学创造的颠覆性的生态故事里，思索着传统伦理与科技对人类生存的阻碍，发掘中国传统文化符号的核心，探寻其在当代社会所具有的积极价值与意义，从而彰显了其小说的文化价值。

5.3.1 传统文化思想的追寻

刘慈欣说过："中国科幻的民族性，源自中华古代文化，也包括了我们国家面对未来的各种可能性。"② 中国传统文化中的民族精神、思想观念和文化象征，是刘慈欣在幻想的羽翼下遨游宇宙的精神力量。从文化心理上看，它们在小说中主要体现为家园意识与和谐共生理念。

人类的家园意识既包括对精神目的地的寻找和怀念，也包括对特定生活环境的回忆和憧憬。它是生命的一个重要方面，也是对故土家园的向往。刘慈欣的科幻小说充满了醇烈的家园意识。在《流浪地球》中，人类面对着太阳系的毁灭，急需寻找宜居的新家园。但在故事中，人们带着地球逃离，没有做出离开地球的决定。人们只有在自己的家园，才能真正有认同感和归属感。地球除了是一个居住的地方外，还具有重要的文化意义。它既是人类诞生和成长的土壤，也是人类的精神摇篮。刘慈欣将这种文化心理巧妙地融入他富有想象力的作品中，从而建立了自己独特的科幻风格。人们经常幻想着"飞出地球""飞

---

① 刘慈欣：《朝闻道》（电子书），山西春秋电子音像出版社。
② 刘慈欣：《最糟的宇宙，最好的地球：刘慈欣科幻评论随笔集》，四川科学技术出版社 2016 年版，第 126 页。

向宇宙"，《流浪地球》却实现了突破，把家园意识灌注于科幻文学中，尽管小说的背景是一个虚拟世界，但它所传达的家园意识是植根于现实的，这可以激发读者的审美共鸣和理性思考。人类和他们的家园是不可分割的，无法控制的力量可以使人们成为"流浪者"，但人们不可能永远失去家园变成"流亡者"。这不但提高了"流浪"的艺术吸引力，而且激发了人们对人与自然之间关系的反思，进而激发了人们对生态问题的关怀。

刘慈欣曾经指出，科幻题材通常涉及全人类共同面临的问题，它所反映的危机也是全人类共同面临的危机，这符合中华传统文化的和谐共生理念。《欢乐颂》中，人类进化中出现一个共同问题：在一个利益至上、功利主义为首要目标的社会中，联合国不再有任何作用。各国首脑一致同意解散联合国。一面宇宙中流浪的镜子，在联合国大会解散前的最后一场音乐会上来到了地球。这面宇宙中流浪的镜子是音乐家，太阳是他的琴键，白天和黑夜是他创造的节拍。他不停演奏，"贝多芬风格""巴赫风格""人类历史的演变""时空的秘密"，诠释了人类历史的进步和时间与空间的奥秘。人们在音乐中体悟到了合奏的镜像、宇宙的镜像，演奏结束时——

"也许，事情还没到完全失去希望的地步，我们应该尽自己的努力。"中国领导人说。美国总统点点头："是的，世界需要联合国。""与未来所避免的灾难相比，我们各自所需做出的让步和牺牲是微不足道的。"俄罗斯总统说。"我们所面临的，毕竟只是宇宙中一粒沙子上的事，应该好办。"英国首相仰望着星空说。各国元首纷纷表示赞同。①

小说中，每个人都认同联合国的存在是有其重要意义的。中国方面在流浪的镜子临行前提议弹奏一曲《欢乐颂》，由联合国两百余名成员共同演唱，并通过流浪的镜子传遍整个世界。这反映了在全球生态危机的背景下，人们对构建人类命运共同体，实现人类共同发展的美好愿景。

---

① 刘慈欣：《欢乐颂》（电子书），中文在线。

5.3.2 传统文化符号的挖掘

中华文化源远流长，内容丰富，底蕴深厚，刘慈欣的作品融合了中华传统文化，如诗歌、神话、寓言、历史等传统文化符号，并将其与科幻元素糅合，绽放出中国科幻艺术的无限魅力。

《诗云》讲的是一个以中国古代诗歌为主题的故事，围绕拥有超级技术的宇宙神、吞噬帝国的特使恐龙大牙、地球上的人类伊依三者展开。地球被吞噬帝国占领后，伊依被使者恐龙大牙作为宠物献给了宇宙神。在诸神看来，地球肮脏、低劣而混乱，诸神蔑视地球，要将伊依投入火化炉，而此时，由汉字构成的简单的方形古诗吸引了宇宙神的眼球，也让伊依有了活下去的机会。宇宙神化身李白，用大数据和技术创造一个后代无法超越的"诗云"：

"真是伟大的艺术品！"大牙由衷地赞叹道。

"它的美在于其内涵：一片直径一百亿公里的，包含着全部可能的诗词的星云，这太伟大了！"伊依仰望着星云激动地说："我，也开始崇拜技术了。"

一直情绪低落的李白长叹一声："唉，看来我们都在走向对方，我看到了技术在艺术上的极限……"他抽泣起来，"我是个失败者……"

伊依指着上空的诗云说："这里面包含了所有可能的诗，当然也包括那些超越李白的诗！"

"可我却得不到它们！"李白……悲伤地把脸埋在两膝之间呈胎儿状，在地壳那十分微小的重力下缓缓下落："在终极吟诗开始时，我就着手编制诗词识别软件，这时，技术在艺术中再次遇到了那道不可逾越的障碍，到现在，具备古诗鉴赏力的软件也没能编出来。"他在半空中指指诗云，"不错，借助伟大的技术，我写出了诗词的巅峰之作，却不可能把它们从诗云中检索出来，唉……"

"智慧生命的精华和本质，真的是技术所无法触及的吗？"大牙仰头对着诗云大声问。①

---

① 刘慈欣：《诗云》，中文在线。

宇宙神能够化身"李白",能够利用高科技创造后人无法复制的"诗云",看似宇宙神超越了李白,但古诗的意蕴来自人的内心灵感,即使科学技术也不能够替代。"诗"既是一种语言的修辞技巧,又是人类精神世界外化的一种重要方式,是人类自身的特点,无论科技发展到什么程度,都无法替代人类的感情和思维。宇宙神的科技可以在十一维空间中自由穿梭,也可以通过纯粹的能量创造出任何东西,但即便是这样的宇宙神,也完全被李白的诗感动,甚至自惭形秽,传统文化艺术即使在文明高度发达的社会仍然具有不可替代的独特价值,这也是刘慈欣对技术与艺术关系、科技与人关系的思考,耐人玩味。

此外,刘慈欣还直接在作品中加入了传统文化符号,如在小说《微纪元》《时间移民》中都有生态意蕴丰富的诗歌元素的加持。在《三体》中,他创建了一个关于文明毁灭的游戏,游戏中出现了大量诸如周文王、秦始皇、庄子、孔子、孟子、墨子等历史人物,依靠通关升级,从上古到战国,再到东汉,一步步来实现文明的进化,目的就是将同心一力的人类极端组织召集起来。此外,文明的破坏和更新也暗示了人类和三体人之间的冲突。地球人类与三体人之间的生存交锋使用的策略,也是小说《三国演义》中的战略思想的化用,"古筝计划"和"红岸基地"都展示了民族历史的元素符号。"二向箔"在宇宙中对太阳系维度的还原类似于《清明上河图》的效果。刘慈欣在《三体》中设立了"面壁者"来打击三体人,同时也有"破壁者"的设立与之对应。"面壁"最初是一种佛教用语,指的是面对墙壁时的静默冥想。通过他们的行动,四个"面壁者"可以拯救地球,但他们无法向"破壁者"透露他们的真实意图,最关键的是,在三体人智子的注视下,他们必须避免用语言来表达自己的想法,这就相当于佛门的"面壁",让自己在冥想中得到升华,找到拯救地球的解决方案。

刘慈欣在继承中国文化传统的基础上,又以全新的方式将其发扬光大。他将多元的传统文化符号融入具有现代色彩的科幻作品中,并对传统文化的科学内涵进行了反思,为其科幻作品增添了东方的魅力与文化价值。

总之,科幻作品采用文学作为载体,想象人类"改造自然"的众多方式和结果,并以科学的想象力和着眼于未来的视角分析社会现实,借未来之名传达生态忧患意识。刘慈欣是中国科幻的先驱，他热爱科技、皈依自然、反省人性，善于用通俗的语言表达对宇宙的奇异想象，虽然乐观的科学主义四溢，但对自然与宇宙的敬畏表达也不断得以呈现，同时展示了浓厚的生态意识。其小说立足于现实中自然生态、社会生态以及精神生态的断裂和复建，突出对人、科技、自然、宇宙之间关系的最终反思。刘慈欣在创作中注入生态意识时，以"硬科幻"的力量来承担其文学责任，同时赋予作品丰富生态意蕴的想象、充沛的传统文化观念，并运用传统的文化符号，展现中国科幻小说的东方特色和文化价值，为构建和谐文化生态做出了自己的贡献。

第6章 生态女性主义书写——以迟子建为例

第6章 生态女性主义书写——以迟子建为例

苏童称赞迟子建的作品："时间的洗礼从未改变她的面貌，她坚持不懈地关注人性的温暖，直至成为一种叙事的信念。"[1] 被称为"极地之女"的迟子建出生在黑龙江省漠河市北极村，东北极迷人的自然环境和萨满文化滋养了她，对自然颖异的理解使她的生态写作成为一种无意识的行为，她以关爱、尊重、亲睦为核心的自然观代表了新一代知识女性对自然的领悟和想象。在社会的集体意识中，男性对女性的权威被视为繁衍的基本准则，但越来越多的反对声音指出人类统治自然和男性对女性的统治之间关联紧密。生态女性主义应时而出，通过联结女性主义批评和生态批评而创立。它还试图以重建男性与女性，以及人与自然之间的关系为目标，创建一个新的理论框架。[2] 在这一框架中，迟子建的自然观具有重要的意义，她的作品为生态女性主义提供了重要的思想支持和文学表达。

生态女性主义关注人类与自然以及男女两性间的关系。迟子建以沁人心脾、饱含温情的文字，结合女性与自然，关注女性，消解"男性中心主义"的世界观；同时其作品中有不少对于生态问题的思考，敬畏自然万物生灵，追寻和谐生存状态，使得她的作品与生态女性主义的精神内核肤寸而合。迟子建在作品中强调了"天人合一"的思想，将传统文化的思想融入自己的创作中，认

---

[1] "大约没有一个作家会像迟子建一样历经二十多年的创作而容颜不改，始终保持着一种均匀的创作节奏，一种稳定的美学追求，一种晶莹明亮的文字品格……她在创作中以一种超常的执着关注着人性温暖或者说湿润的那一部分，从各个不同的方向和角度进入，多重声部，反复吟唱一个主题，这个主题因而显得强大，直至成为一种叙述的信仰。"迟子建：《微风入林·跋·关于迟子建》，春风文艺出版社2005年版，第209页。

[2] 杨莉馨：《西方女性主义文论研究》，江苏文艺出版社2002年版，第12页。

为人与自然、人与人、人与自身的关系应和谐;将"万物有灵"的生态观和"男女共生"的女性观糅合,并融入作品中,形成了"和谐共生"的生态女性观,以超越女性的高度来审视自然万物间和男女两性间的关系。迟子建的观点为我们提供了新的视角,让我们更好地理解和探索人与自然之间、两性之间的关系,并提出了实现人类与自然和谐共生的可能性。

6.1 迟子建生态女性主义书写的主题内涵

生态女性主义将女性和自然视为一个整体,认为二者受到的压迫和剥削是相似的,因为二者都被看作是次要的、被支配的对象。同时,人类中心主义思想也遭到生态女性主义的强烈反对,生态女性主义认为人类并不是万物中心,而应该与自然界中的其他生命一起生存和繁衍。生态女性主义强调和谐共生,认为只有通过和谐共生才能实现社会和自然的和谐发展,避免不必要的破坏和矛盾。在生态女性主义的框架下,种族间的歧视、阶级的对立、不同性别的压迫等不平等关系是不可接受的。生态女性主义试图建立一个平等和谐的社会,在这个社会中,每个人都能够被尊重、被认可,每个生命都能够得到保护和照顾。因此,生态女性主义追求摆正人与自然的关系,同时也摆正男女两性之间的关系,建立一个平等、和谐、共存的社会。迟子建的小说着重于积极建构男女之间、人与自然之间的和谐关系。这种建构虽然有着乌托邦式的切盼,却完全契合生态女性主义所追求的男女两性、人与自然的和谐相融,以及全人类共同发展的理想。细品其小说,我们可以感受到作者对自然的强烈热爱和对女性命运的深切关怀。

6.1.1 人与自然的和谐

生态女性主义打破了人类中心主义和男性中心主义的屏障,主张人与自然的和谐共处。自然为人类的生存发展提供了殷实的养分,并与人类的生产和生活密切相关。捍卫自然,肯定自然万物的价值,是生态女性主义理论的基本诉求。阿尔贝特·史怀泽曾说:"只有尊重生命的信念在其中发挥作用,当今世界才能迎来一个和平的时代。"① 他认为,大自然是万物之根,它强大而神秘,人类应该尊重自然,敬畏自然,实现人与自然的交融共存。迟子建认为:"这个世界上真正不朽的是大自然,它的呼吸和灵性,常常让你产生共鸣。"② 迟子建从女性的角度看世界,在她眼中,自然界是一个有机的整体,万物相互依存,人类与自然之间的关系不是简单的主客体关系,而是由部分元素和整体元素构成的复杂关系。

首先是女性视角下的人与自然的关系。迟子建呼吁人们重拾纯真和精神信仰,通过生态女性主义的视角重新确立人类与自然的关系,用女性特有的情感体验构建独特的自然概念,平等对待自然界中的所有生命,强调尊重自然、与自然和谐共处的重要性,并呼吁人类与自然建立新的关系,重建和谐家园。

迟子建认为万物皆有灵性,强调对自然的关注和对万物生命的尊重。她不仅描绘了自然环境中的动植物,还借此反映出人类的情感和内心世界。她笔下的万物都具有深刻的内涵和感人的温情,同时她也表达了对自然界的敬畏和赞美。她以女性独特的视角,把自然的美与万物生命的价值相结合,展现了一种全新的生命哲学——平等地对待自然万物。动物在迟子建笔下的灵性光芒四溢,《东窗》里的蝴蝶是"不要脸"的,因为它"调戏"每一朵花,气得羞答答的烟粉豆花险些流泪;《洋铁铺叮当响》中的小蜜蜂迷上了豆角花,惹得花蕾初绽的豆角花害了相思;《葫芦街头唱晚》中一只小猴耍杂技时懂得将红头布盖在头上摇摇摆摆地扮演娇羞的新娘。迟子建的小说想象异彩纷呈,重在对周围的生命的关怀。《逝川》中,泪鱼是作者最浪漫、最神奇想象的产物,只有在每年初雪来临之际,它才会在逝川之上现身,它的出现总是伴随着"呜呜"的哭声:

> 这种鱼被捕上来时双眼总是流出一串串珠玉般的泪珠,暗红色的尾轻轻地摆动,蓝幽幽的鳞片泛出马兰花色的光泽,柔软的腮风箱一样呼嗒呼

---

① [法]阿尔贝特·史怀泽著,[德]汉斯·瓦尔特·贝尔编:《敬畏生命》,陈泽环译,上海社会科学院出版社1996年版,第26页。
② 方守金、迟子建:《自然化育文学精灵——迟子建访谈录》,载《文艺评论》2001年第3期,第86页。

嗒地翕动，渔妇们这时候就赶紧把丈夫捕到的泪鱼放到硕大的木盆中，安慰它们，一遍遍地祈祷般地说着："好了，别哭了……"①

渔民将捕到的鱼放置在与人同等的位置上，是他们崇拜大自然之美的表现。这种安慰泪鱼的做法近似于一种宗教仪式，渔民们对鱼的灵魂表达了敬意，认为它们是大自然的一部分。在《秧歌》中，洗衣婆瞥见自己身上的落叶和虫子，但她并未以微小为由轻视它们，而是对它们施以关怀，关怀和尊重生命之意溢于言表。《观慧记》中的树在迟子建笔下活色生香、意蕴丰富。它们好像拥有和人类一样敏锐的感官和绵密的情感，能够听到风吹过枝叶时制造出的美妙而独特的声响，嗅到馥郁的香味，品尝清晨的露水，用亮晶晶的眼睛欣赏自然的壮丽景象。迟子建的小说传达了一种对自然世界的惊叹和欣赏，以及对所有生命的爱和尊重，她用女性独有的聪敏，在自然万物中浇注了自己的生命与热情。当人类能够平视万物，万物与人类的和谐就能实现。《一匹马两个人》讲述了一对老夫妇和他们身边的一匹马之间的深情厚谊：这对老夫妇生活在一个偏远的地方，他们相依为命，唯一的朋友就是他们那匹羸弱的老马。虽然老马体弱多病，但老夫妇对它十分关爱。老马和人一样有情感，懂得思考和感受，它在拉车的路上总是尽心尽力，从不偷奸耍滑。老马还会在路上畅想山里的小动物们会过着怎样的生活。一天，老太太不幸从马车上摔下，去世了。老马感到无比自责，它责怪自己没有及时发现老太太的不安全，没有尽到保护老太太的责任。老头儿在埋葬老太太时问老马："她死了，我能给她挖坟墓，如果有一天我也死了，你能给做到么？"②老马用蹄子踢土回答了老头儿，表示自己愿意为老头儿尽心尽力，甚至尽自己的力量来挖坟墓。从此以后，老马更加珍惜和关心老头儿，用自己的方式来安慰他，让他感受到温暖和关怀。老头儿经常在马棚里睡觉，而老马总是陪伴在他身边，给他带来宁静和安慰。老头儿去世后，老马依然没有离开，它保卫着老头儿和老太太的麦田，阻止偷麦子的人和鸟，用尽最后的力气守护着这片土地。后来老马在麦田里倒下，被埋葬在老夫妇的坟旁，和他们生死相依，遂了它最后的心愿。自然万物不仅是迟

---

① 迟子建：《微风入林·逝川》，春风文艺出版社 2005 年版，第 137 页。
② 迟子建：《迟子建作品》（精华本），长江文艺出版社 2017 年版，第 129 页。

子建的故乡记忆，也是她作品中的主角。它们有思想情感，懂得人类语言，通人性。它们是有血有肉、有情有爱、有生命有灵魂的生命个体。迟子建笔下的自然万物能给人送来有温度的陪伴，给人带来精神上的慰藉，她用饱含深情的笔墨，描绘了人与自然和谐共生的美好画面。

其次是女性与自然的关系。纵观历史，与男性相比，女性与自然有一种天生的亲密关系。西方的生态女性主义者坚信，"大自然与女性有着天然的联系，女性的生殖功能与自然界的生殖功能相似"[1]。大地被视为母亲的象征，是因为她像母亲一样无私地滋养着地球上的万物。大地的滋养让万物得以生长、繁衍，维系着整个生态系统的平衡。自然有自己的生命和情感，具有原始、神秘及被动的特质，而这些特质与女性世界的特征非常相似。在女性世界中，强调柔软、敏感、感性和情感。女性通常与自然有着醇厚的联系，即使是自然中一点微妙的变化，她们也能够感受到，她们与自然万物之间存在着一种奇妙的感应关系。

迟子建的小说塑造了许多女性形象。这些女性的独有气质、心理感触、精神状态，无时无刻不与自然的状态脉脉相通。迟子建在《我的女性观》中写道："女性的精神气质常常与自然更接近，而自然是宇宙永恒之物。"[2] 自然在女性的关注下熠熠生辉，而女性在自然的怀抱中获得了情感的慰藉和灵魂的超脱。另外，迟子建将女性的感观投入创作，将诗情画意赋予笔下的花草树木、山川河流，在对自然万物的感性表达中体现独特的女性情怀，她笔下的女性大多对自然敏感且情感细腻。《鸭如花》讲述了独自生活的徐五婆养鸭为生的故事。她的丈夫去世后，鸭子成了她最忠实的陪伴者。徐五婆居住在一个河畔的小村庄，她每天都要赶着鸭子上堤坝。但是，徐五婆对河流的高涨和加固有着特别的看法，她视其为河水的发情期，是河流怀孕的征兆。徐五婆对自然的感悟，张扬着女性独有的敏感，自然万物在她的视线里生机盎然。晚风中，徐五婆想让鸟儿、虫子、兔子都有个暖暖的窝；回家途中，晚风吹拂下的草坡，风吹青草发出的声音，也会撩拨她柔软的心弦。每当徐五婆回家，她的鸭子们总是在为她守候，像是她的孩子们一样，她把它们拥回家，就像照顾可怜的孩

---

[1] 杨莉馨：《西方女性主义文论研究》，江苏文艺出版社 2002 年版，第 12 页。
[2] 迟子建：《迟子建随笔自选·我的女性观》，广西民族出版社 1998 年版，第 85—86 页。

子。在作品中，迟子建常常以女性人物的视角娓娓道来，借此表达追求自然生态和谐的美好夙愿。她的小说世界中，女性与自然合二为一，交相辉映，女性在自然中安然度过一生。《额尔古纳河右岸》中，一个部落留守山林的老年女性，用她的回忆拉开了小说的帷幕，将读者带入一个充满历史的自然世界。她有着波澜丰富的一生，见证了部落的兴盛与变迁，看尽了自然世界的风霜雨露、山川河流，回忆里的每一场雪、每一阵风、每一座山、每一条河流都融入她生命的血液里，负载着她意义非凡的体验与怀念。作品中女性与自然无法分割，相得益彰。

迟子建小说中塑造的自然形象和女性人生互为舟水之喻，隐含着女性的命运与自然的命运的深度契合。《逝川》中，迟子建"写了一条河流，写了一个老女人守望着这条河流，以及这个老女人的命运"。吉喜的一生就如逝川，当她老去，"老迈的她站在窗前，看着逝去的白天和黑夜的河流"，此刻的吉喜和本地的所有女人一样久经风霜，逝川陪她们度过了人生的快乐，经历了人生的苦难，"他们在垂死的河边的形象就像一棵粗大的黑桦树"。[①] 饱经风雨的逝川水长流千年，底蕴浩博而丰裕；历尽沧桑的吉喜短短几十年的人生千磨百折，饱满而厚重。逝川是吉喜充满悲伤与欢悦人生的印证。

迟子建的作品中，不仅女性形象与自然融为一体，女性在自然中还表现出一种自由自在、舒展活力的状态。她笔下的女性经常被描绘在大自然的环境中，与树木、花草、河流等自然元素相互交融，展现出一种与自然和谐共生的状态。与萧红等女性作家不同的是，迟子建更多地关注女性的生命力和人性之美，而不是表现女性的困苦和死亡。她的女性形象往往是坚强、自信、富有生命力的，她们通过自己的努力和智慧，克服困难，迎接生活的挑战，表现出一种强大的生命力。这种表现方式彰显了迟子建对女性自我实现和生命力的关注和赞美。迟子建曾倾慕于原始部落女人的健康坚实和充沛精力："她们的身体，就是身体本身。与知识女性不同，身体在很大程度上是一个知识体，缺乏活力。渗透和滋养这些亨巴斯妇女身体的是非洲的阳光、雨水、风和男人的爱抚——这些都是简单而美好的东西。"[②]《微风入林》中

---

① 迟子建：《微风入林·逝川》，春风文艺出版社 2005 年版，第 2—3 页。
② 迟子建：《我伴我走》，中国青年出版社 2002 年版，第 339 页。

彰显了迟子建的这种自然推崇。故事讲的是由于一次意外，孟和哲导致了方雪贞异常闭经，他尝试以自己独特的方式使她得到治愈。当自然万物开始发荣滋长的时候，就在自然温柔的怀抱中，孟和哲把灼热的自然生命力注入方雪贞干涸枯萎的身体之中，此刻的方雪贞，她的身体和灵魂都从外界的束缚和压制中逃脱，在大自然中感受到生命的悸动和激情的热烈，仿佛进入一种超脱自我、澄净纯粹、自由放任的生命状态。之后，象征女性生命力的月经"失而复得"，方雪贞濒临死亡的生命之花重新绽放。小说中孟和哲为方雪贞"治病"的独特方式，是生命与自然完美融合的途径。迟子建告诉人们，回归自然才能重获生命的活力。

生态女性主义认为，生态世界中所有的生命体本来都是高贵的，人类不能从自己的意志出发将自然作为工具随心所欲的支配和榨取。自然与自然中的所有生命共存共生。迟子建以女性的视角描绘了一幅幅人与自然、女性与自然和谐相容的图景，人类尊重和热爱自然，自然慰藉和过滤人类的灵魂，要求在人与自然之间建立和谐的关系。

6.1.2 和合共生的两性

在男女之间、人与自然之间建立和谐的生态环境，是生态女性主义所追求的美好愿景。西方女权主义倡导者弗吉尼亚·伍尔夫（Virginia Woolf）提出"双性共体"的主张，她认为"潜意识中男女双方都有另一方的性别特征，只有那些结合了彼此性别特征的人才是完美的人"[①]。迟子建是一位注重探究人与自然、女性与自然之间关系的作家。在她的作品中，强调了男女两性关系的和谐状态，并尤为注重女性与男性相互包容的和谐关系。与一些女权主义者不同的是，迟子建并不是以激进的态度去抨击男权文化对女性的压迫。相反，她通过一种宽容、悲悯和怜惜的中性立场来探究这一问题，展示了对于两性关系的深刻思考。在她的作品中，女性并不是单纯的被动受害者，而是拥有自主权和独立思考的能力，她的两性观与自然观可谓同出一辙，异曲同工。她曾经说

---

① ［英］弗吉尼亚·伍尔夫：《一间自己的房间》，吴晓雪译，陕西师范大学出版社2014年版，第26页。

过:"上帝只创造男人和女人,因此他们必须相互依赖来维持这个世界。"[1] 迟子建的作品中强调了男女之间的相互依存、和谐共生。她倡导男女之间的阴阳平衡,认为男女在生理和心理上存在差异,但这些差异并不意味着优劣之分,而是互补的关系。在《额尔古纳河右岸》中,男女分工明确,相互尊重,互相扶持造就了营地上欢乐祥和的生活场景。作品中具有勇气和强健体魄的男人们,不仅会守护驯鹿和领地,更会呵护和尊重自己的妻子。女人则专职于手工艺活、家务琐事,男女之间存在一种互相依存的关系。男人喜欢在女人干活时陪伴左右,抽着烟、喝着茶,讲着自己狩猎的经历。[2] 这种分工合作的关系,让男女之间保持了一种平等、互惠互利的状态。小说中的"我"在和谐的两性情感关系中,享受着温暖的爱。"我"先后和两任丈夫和谐地生活着,展示了两性之间的相互包容和理解,以及互相扶持的精神。这种健康、自然的两性相处方式,是迟子建一直倡导的生命哲学。"我"与两任丈夫都是一见钟情——

> 拉吉达说他第一眼看见我的时候,吓了一跳。我头发散乱,脸颊和上身不仅被树枝刮伤,还有被蚊虫叮咬而起的疙瘩,不过我的眼睛却打动了他,他说那眼睛又清澈又湿润,他看一眼就心动了。[3]
>
> 我得感谢正午的阳光,它们把我脸上的忧伤、疲惫、温柔、坚忍的神色清楚地照映出来,正是这种复杂的神情打动了瓦罗加。[4]

钟情的不是财、不是貌,不是任何附加的社会名誉和地位,仅仅是眼睛和神情传达出的心灵契合。"我"与两任丈夫的感情都挚诚而温暖。拉吉达钟爱打猎,"我"常常在他打猎时相伴相随,只为相守更长时间。女人是猎人打猎时的禁忌,但拉吉达例外。他会在夏天捉一把花瓢虫,塞进"我"的裤腰里逗我,会在冬天攥一把雪塞到"我"的脖子里,以此"要挟我"说一大堆肉麻话。瓦罗加是一名酋长,为了"我",他放弃了酋长地位,归依"我"的氏族,

---

[1] 迟子建、阿成、张英:《温情的力量——迟子建访谈录》,载《作家》1999年第3期,第46—51页。
[2] 苗欣雨:《故乡情结——迟子建中短篇小说论》,载《文艺评论》2008年第4期,第55页。
[3] 迟子建:《额尔古纳河右岸》,人民文学出版社2018年版,第82页。
[4] 迟子建:《额尔古纳河右岸》,人民文学出版社2018年版,第146页。

不得不听命于鲁尼。"我"常常画画到深夜，不能陪伴他，无论多晚归来，瓦罗加从不过问，每每为"我"送来一碗美味的鹿奶茶。洋溢在"我们"之间的是两性之间的彼此尊重，包容、相知、相爱、相惜，如瓦罗加所言："我是山，你是水。山能生水，水能养山。山水相连，天地永存。"① 形影相对、相须而行、彼此尊重，夫妻平等的思想意识在瓦罗加的表述中倾泻而出。平淡、琐碎、充满人间烟火味的温情是鄂温克族人的爱情观，一对对寻常的夫妻平凡而深厚的感情，在他们的生命消逝之后也不曾消退。在小说《白雪墓园》和《重温草莓》中，作者用"诚挚的笔墨写出了打动无数人的爱情，虽然平淡却韵味无穷"②。《白雪的墓园》中，父母二人感情可谓山高海深，动人心弦。已经逝世的父亲在母亲眼里变成了一颗红豆，像一个贪恋家乡的调皮孩子拒绝离开，直到母亲去了父亲的墓地，赋予父亲勇气和力量，父亲才放下所有不安，得以安息。《重温草莓》中，草莓见证了父母美好的爱情以及"我们"家庭的温情，母亲在父亲死后，每天喝草莓酒度过生命中的最后时光，透过神奇的草莓，母亲受到了逝世多年父亲的召唤，伴随着父亲在莽莽森林中遨游，在深山密密丛丛的草莓中重现往昔的美好。

迟子建的笔下呈现的是一种和谐平衡的两性关系，她强调男女之间应该相互依存、同担祸福，平等独立、和谐共处才是理想的男女相处之道。迟子建的作品所包含的内涵不是激进的女性主义文学，而是提醒我们用人间温情和两性之爱来愈合现代文明带给我们的伤痛，以实现生态和谐的理想。

6.2 迟子建生态女性主义书写的审美意蕴

迟子建的作品中，以女性的视角呈现女性与男性和合共生的两性观，又以超越女性的视角呈现了寻求人与自然平等和谐的自然观。她的创作以生态关怀的美学底色，展现了原始风景的诗意之美，又以回归的女性天性之美和原生态的情欲之美建构两性之间的诗意融合，从而形成了生态女性主义书写和谐之美的本质内核及独特的审美意蕴。

---

① 迟子建：《额尔古纳河右岸》，人民文学出版社 2018 年版，第 173 页。
② 丛领：《生态女性主义视阈下的迟子建小说》，东北师范大学 2013 年硕士学位论文，第 21 页。

6.2.1 原始风景的诗意

迟子建诞生于漠河小镇，有着绝美白夜、极光出现的北国乡村是她童年的乐园。毕淑敏认为北极村的生活过往催生了迟子建生态意识的形成[①]，迟子建是一位富有灵性的艺术家，她用最深情、最与自然贴合的态度摹写和讴歌自然，营造了诗意的自然生态审美世界，这个世界中，自然和人类相互依存、相互协调，生命呈现出了原始和强大的魅力和活力，使人们深刻地感受到自然的生命力和无穷魅力。在她的作品中，自然元素经常被描绘成极其美丽、和谐、丰富和生动的景象：覆盖着皑皑白雪的北极村、原始森林茂密的额尔古纳河右岸、被鄂温克人驯化的鹿、壮丽白夜下的漠河、辽远的呼伦贝尔草原等，万物在自然中生长，尽情绽放着生命的魅力、活力。鲁枢元认为："女性、自然、艺术之间彼此有着天然的亲和力。"[②] 站在女性的立场，迟子建用温润平和的视角，投置自己对自然生态的审美感受于美妙景物的真情书写。《北国一片苍茫》中，迟子建运用诗意的笔触，将宽广的雪景比喻成仙境，将寒风与飘舞的雪花形容成仙女的轻盈舞袖，雪花与大地融为一体，亲密接触的瞬间发出轻声的娇嗔，让人们不仅感受到自然的美，也感受到自然的生命力。通过对自然的美进行大量描绘，迟子建发掘自然的诗意美，鼓励人们去欣赏自然之美、尊重自然之力，追求与自然和谐共生的方式。她在小说《沉睡的大固其固》中对太阳的描绘诠释了这种诗意美：

> 太阳像个玩累了的孩子，一屁股沉坐到山下了。云霓以它宏大、壮阔的气势和美丽的姿容，从西南角一直扯到西北角，沸涌了整个西边天。那云霞红中间灰，灰中添粉，缭缭绕绕，宛若升腾在大地的一团火焰。[③]

迟子建在《原始风景》中写道："你站在河岸上，看着天空和大地。当它

[①] "在迟子建的背后，有一片原始大森林，有皎皎的白雪和冰清玉洁的空气，有温暖的爱和辽远醇厚的人情，有了这些蓬勃的羽毛，子建就有了不断飞跃的天翼。"毕淑敏：《迎灯》，载迟子建：《疯人院的小磨盘》，新世界出版社 2002 年版，第 394 页。

[②] 鲁枢元：《生态文艺学》，陕西人民教育出版社 2000 年版，第 90 页。

[③] 迟子建：《迟子建文集》，长江文艺出版社 2001 年版，第 1 页。

们以共同的苍白照耀着我们的时候,我们却给它们注入了活人的热情,让它们生动地呼吸。那时,我们身后的土地是白色的,土地后面的房屋也是白色的,房屋尽头的原始森林更是苍白而寒冷。寒光、白雪和阳光和谐地奏响了世界上最简单、最迷茫的音乐。"[1] 显而易见,迟子建做的不仅仅是描述身边的景物,她还描绘了各种自然景象的宁静唯美状态,形成了生态体系中自然景观的和谐之美。

获茅盾文学奖时,迟子建直言是故乡使她得到了这样的荣誉。[2] 迟子建的作品中,自然景观和故乡情愫是紧密联系在一起的。她借助自己深厚的感情和对自然的热爱,将二者融合。在她的作品中,自然景观不再只是简单的客观存在,而是与自己的生命体验和情感经历紧密相连。这种融合为她的创作注入了源源不断的动力。迟子建巧妙地运用笔墨,将自己的审美体验和生命感悟融入自然景观中。她对平淡无奇的自然景观赋予了感情色彩,让读者能够从中感受到自然和谐之美的魅力。《沉睡的大固其固》中,茂密的森林、曲折的河流环绕着整个村庄:

> 我们的村落连接着浩浩荡荡的原始森林,森林中的树木总是把它碧绿的水分子像扔铜钱一样地朝我们的居住区抛来。尤其是微风吹来时,那些水分子密得像鱼苗一样晃动着柔软的身体朝我们游来。[3]

和谐的诗意美是这幅生态景观图在迟子建的妙笔下的完美表达。

漠那小镇的人们一到冬天就谈论起关于这条江的故事。此时的漠那小镇,在风雪中静静地沉睡了。镇子中听不见狗吠,所有的房屋都融在蒙蒙的夜色中,成为自然的一部分。而这条冰封的大江,却渔火点点,人影绰绰,全然一幅原始村落的平和的生活图画。江面上残灭的渔火忽明忽暗,

---

[1] 迟子建:《迟子建文集》,长江文艺出版社 2001 年版,第 203 页。
[2] "我相信,我的家乡,它的森林、河流、风和满月,和我一起来到了这个颁奖台前,是那片土地给了我的文学世界新的生命和活力。"迟子建:《迟子建》,人民文学出版社 2000 年版,第 5 页。
[3] 迟子建:《迟子建中篇小说集》,上海人民出版社 2008 年版,第 149 页。

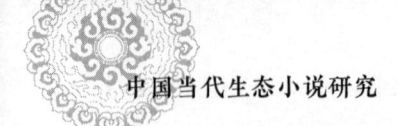

而远方大山的轮廓却渐渐澄澈起来。①

迟子建用诗意的笔调构建出一个个原始而又充满生机的自然世界。各种生物和谐共存，自然元素相互交融，构成了动态而又平衡的生态景观。这些自然景观中传递出的和谐气息，自然的力量，能够给人带来美好的共情体验和诗意的审美感受。

6.2.2 回归的女性天性

迟子建在小说中塑造了众多女性形象，这些女性形象与传统女性作家的女性写作有所不同。她笔下的女性形象不是通过强调女性的抗争与反抗来展现女性的力量，而是通过描写女性在关爱他人、呵护自然、保护生命等方面所展现出的细腻和温柔来表现女性的魅力。这些女性形象往往能够站在大自然的角度来审视自己和他人，从而保证自我价值的实现和主体地位的确立。同时，这些女性形象是强大而优美的，她们通过自身的生命体验和对自然的感知赋予生命以更深层次的意义，从而实现对个体精神的回归。

生态系统多样性的存在使得人们必须承认差异的存在。男性和女性之间存在巨大的差异，不仅仅是生理结构上的差异，还涉及思维方式、气质和行为方面的差异。这些差异使得男性和女性在生态系统中扮演着不同的角色，各自发挥着不同的作用。然而，长期以来，男性和女性被定义为二元对立的情境，导致女性在生态系统中处于被动地位，受到男性主宰。为了争取平等地位，女性往往会采用男性气质武装自己，以反抗男性的压制。然而，这种反抗并不能从本质上实现女性真正的解放。鲁枢元在《生态文艺学》中指出："在现代西方文化中，女性天性的可怕丧失和男性意志的恶性延伸是所有偏见、所有缺陷和所有灾难的原因。"② 无论男女，任何一方失去了最本质的特征，都会加速社会的失衡，而女性自带的自然天性能更好地与生态系统相融。

真正的女性气质应该是在不同的个体之间承认和尊重差异，而不是试图通过强制抹平差异来实现平等。女性应该自由地释放自己的真性情，集真善美品

---

① 迟子建：《迟子建文集》，长江文艺出版社 2001 年版，第 46 页。
② 鲁枢元：《生态文艺学》，陕西人民教育出版社 2000 年版，第 93 页。

质于一体，同时拥有独立自主的精神。正如迟子建笔下的女性形象所展现出来的那样，她们既具有独立思考的能力，又拥有同情心和关爱他人的品质。这种气质和行为方式不是刻意模仿男性所得到的，而是源自女性内心深处的本性。《额尔古纳河右岸》中率性的伊芙琳，对自己不满的人和事从不掩饰；《草原》中的大婶，总会隔段时间去别的毡房里高歌；《白银那》里的卡佳，只因喝了一碗江水，就嫁到了白银那。她们毫不掩盖自己的真性情，她们把自己内心最真实的情感袒露。《起舞》中面对丈夫出轨，却依然直面自己的内心，向他表白爱意的丢丢；《逝川》中不计前嫌，宁可牺牲自己生命，也要帮胡会接生孙子的吉喜大妈，尽管胡会耽误了她一生的青春与幸福；《白雪乌鸦》中"善良女神的化身"翟芳桂，因为误入青楼被其兄长扫地出门，在其兄长失去男性特征，被人唾弃之时毫不犹豫接纳了他。命运多舛的她们，总以宽容之心宽宥接纳曾经伤害她们的人。至于《群山之巅》中被杀人犯强奸而怀上强奸犯的孩子的安雪儿，《额尔古纳河右岸》中数次用自己孩子来拯救他人生命的萨满妮浩，她们的坚忍、博大、宽容使她们成为最美的女性。迟子建笔下女性的柔和、亲和、包容和坚韧等特质都是天性的体现，值得被尊重和肯定。这种天性也反映在她们对待男性的态度上，她们不是以对抗的方式来争取平等，而是以理解、关怀、尊重的方式来与男性沟通和交往。面对外部世界带来的一次次打击和男性对她们造成的巨大感情伤害，她们始终如一地释放自己的真性情和内在的力量，展现出女性特有的柔软和坚韧并存的品质，通过自我实现和与周围环境的和谐互动来达到内心的满足和平衡。

　　迟子建曾在《我的女性观》一文中提到，"女性往往有更多的接近自然的精神气质"[①]，在她的笔下，女性和自然之间有着紧密的联系，也有着共同的特质，比如大地之母般的包容和滋养能力，以及柔软而坚韧的品质。女性可以通过与自然的联系来获得身份认同感，以及亲密的关系。在这种关系中，女性可以像自然一样充满生命力和创造力，不断地成长和发展。生态女性主义理论认为女性在面对自然时，具有独特的感受和认同，与男性有所不同。这种感受和认同源于女性先天的本质。在古代神话中，自然界经常以女性或母亲的形象呈现，例如西方的盖娅女神和中国的女娲补天神话，这展示了女性与自然界之

---

① 迟子建：《我的女性观》，江苏文艺出版社1998年版，第15页。

间的紧密联系。而能与自然相与为一的女性在迟子建的作品里不胜枚举：视风雪为一生相伴的挚友的萨满妮浩，即使是微小的虫子也要放归树林的徐五婆，在金色麦浪中尽情释放自己欲望的鹅颈女人，为把孩子生在自然怀抱而逃离城市的孕妇……

女性对自然的依赖和亲密关系在迟子建的笔下得到了生动的呈现。女性不仅身体得到了自然的滋养，自然还能够成为她们的精神支撑，帮助她们在外部环境变化不断的情况下找到自己的精神归属，精神独立的实现才是女性真正意义上的独立。迟子建笔下的女性，总是在现实世界中饱含泪水，面对恶劣的外部环境，依然顽强地生存着，这就是地球母亲的坚毅。一种"场所"意识渗透在这群女性身上。即使面对社会的动荡和生活的苦难，这种来自自然的"场所"意识也足够强大，可以为她们找到心灵家园，这就是精神独立的真正内涵。"场所总是被内部和外部因素形成和改变，它们本身并不是稳定的、自我支持的实体。个人在物质生活环境无法改变的情况下，为了缩小物质环境中人与自然的差距，甚至巩固和依赖生活的精神领域或精神家园，坚持'人与自然和谐'的自然观，坚持个人自我的精神存在。"[①] 如《起舞》中的丢丢曾像一只蓝色的蜻蜓在半月楼准备被夷为平地时起飞般逃离，但随着丢丢住进新屋，有关老八杂和半月楼的故事也永远住进了丢丢的回忆。

在迟子建的小说中，那些拥抱自己的真实本性并将仁慈、真实的美德融为一体的女性，由于其独立的精神，确立了自己的主体地位，并使女性的天性得以回归。诚如管怀国所言："迟子建对女性的看法已经无法回避，尊重多样性，顺应自然，在最合适的基础上表现和发展女性的美。"[②] 只有在承认差异的基础上，对外在环境接纳尊重，女性个体的解放才能实现，自然和谐也才能达到。迟子建不仅塑造众多女性形象，还为女性追寻自由的生存状态提供了参考范式：只有以承认男女差异为前提，回归女性天性，持有对自然的尊重与平视，女性才能得到真正意义上的解放，生态才能平衡。

---

① 王明丽：《生态女性主义视野中女性形象的嬗变》，载《西北师大学报》（社会科学版）2011年第5期。
② 管怀国：《迟子建艺术世界中的关键词》，中南大学出版社2006年版，第230页。

6.2.3 原生态的情欲表达

现代社会对性的描述已经成为文学作品中不可或缺的一部分。性是人类本能冲动之一，但由于道德和文化的影响，对性的描绘容易出现两种不健康的呈现方式。一种是对性行为进行压抑，把性视为不可言说的禁忌话题，这种做法可能导致人们对自身的本能冲动感到羞耻和不安。另一种是沉溺在性爱的叙述中，将性描绘成一种纯粹的快感，这种做法可能会将性剥离出人类生态本性的整体，并降低其在人类生命力之美中的地位。迟子建在对性的描写中展现了一种独特的诗性品质，表现出人类本源性欲望的纯净和生命力的美。她将性描述为一种自然而然的本能冲动，而非仅仅是一种机械的身体行为。她笔下的性是一种美好的体验，一种与自然相融合的感觉，而非一种令人沉迷的堕落。她在描写中强调了性的美好和纯洁，将性与自由和生命的形式相结合，表现出一种高尚的精神追求。《观彗记》中有迟子建对两性性爱的诗意表达：

> 那一瞬间我被太阳与月亮这种完美的重合而深深震撼了……深信是遥遥相望的太阳和月亮在经过漫长的煎熬和等待后，终于如愿以偿地接近和相拥了。月亮遮住太阳的那 2 分 46 秒，它们一定在热烈"做爱"，不然它们周围怎么会如此流光溢彩。①

《越过云层的晴朗》中，小花巾不在乎流言蜚语，她很清楚，她的生活属于她自己，她应该为自己而活，而不是试图达到社会的期望。她很直接，也很任性，一旦欲望袭来，她总是遵循自己内心的本能，打破社会的约束，满足自己最原始的情欲需求。站在普通人的角度，《逆行精灵》中的鹅颈女人是一个拥有幸福的女人，有一个忠实的丈夫、一个儿子和一个女儿。然而，她曾与一个渔夫、一个猎人、一个木匠和一个拖拉机司机发生过关系。有些人无法抵挡她的魅力，即使她不是一个滥交的女人。"在特殊的天气和氛围中，她觉得自

---

① 迟子建：《观彗记》，载《小说月报》1998 年第 4 期。

己像一只无法控制的笼中狮子。"① 为了满足自己的欲求,她经常离开家释放过剩的激情,她这么做是为了在她旺盛的精力和单调的家庭生活之间取得平衡。鹅颈女人对传统的道德期望毫不在意,她真诚的生命需求和本真表达使她的出轨行为具有特殊的含义。她在与男性发生性关系时,体验到了"阳光的舞蹈"和"雪的广阔而温柔的声音"。每一次交欢,她的生命本能都得到极致的释放。性与爱的分离不是要求女性必须放弃家庭,而是说明了女性对其自由生命力的探索与追求,以及对传统女性伦理道德的"逆行"。迟子建在记述鹅颈女人与男性交往时对自然而纯净的环境描写传递着超越道德之上的生命本质力量和美的力量。

　　迟子建笔下美好的性爱还能弥补家庭的瑕疵,缝合家庭的裂缝,身体与欲望成了和睦家庭的溶剂。在小说《清水洗尘》中,母亲因为父亲去帮助蛇寡妇干活而感到不满。回来后,母亲对父亲说话时话里带刺。父亲洗澡时,母亲故意问天灶外面是否有喊声。刚开始天灶回答没有,后来天灶懂了母亲的小心思,他骗母亲说父亲在喊她。起初,母亲埋怨了一声,但最终她用低沉柔软的声音回应了。"天灶听到了搅水的声音和铁质澡盆被碰撞后发出的震颤声,看到父母的面色红润,眼神幸福羞怯,如同猫偷吃美食,有些愧疚。"② 作者以孩子的视角描写了父母在洗澡时的欢愉,描绘了性爱的美好,这对原来争吵不断的夫妻因一场美好的性爱重归于好。再比如,《额尔古纳河右岸》中父母交欢时发出的"风声",《踏着月光的行板》中一对小夫妻在小旅馆中的"小乱子",迟子建就是用这样唯美的笔触去描述她作品中释放欲望、表达激情、享受性爱的美好,不见丝毫粗鄙与轻佻。劳伦斯在《性与可爱》中曾这样评价"性":"科学的解释,性是一种本能……性和美就如火焰和火一样,如出一辙。"③ 自由的性总是因为反映生命原始需求和顺应生命倾向的自然规律而无比美丽。

　　迟子建认为:"唯有男性的手才能真正地解放女性的美。"④ 迟子建的作品,通过女性视角,对传统男女两性关系中女性被动的角色进行了突破。

---

① 迟子建:《迟子建中篇小说集》,人海人民出版社2008年版,第285页。
② 迟子建:《迟子建文集》,长江文艺出版社2001年版,第76页。
③ [英] D. H. 劳伦斯:《性与可爱》,姚暨荣译,花城出版社1988年版,第92页。
④ 迟子建:《迟子建》,人民文学出版社2000年版,第3页。

她强调身体与欲望的平衡,并表达了对人类本质和自由生命激情的向往,关注人类生态本性的发展,强调和谐的重要性。在她的性爱观念中,人们可以展示原生态的情欲之美,这对于那些迷失在"性而上"中的人具有引导作用。

6.3 迟子建生态女性主义书写的文化意蕴

迟子建曾表达过这样的观点:"对于初出茅庐的作家,最关键的是要保持镇定,不要被潮流所左右。应该更加关注中国传统文化的传承,同时也要学习西方社会。必须热爱脚下的土地,慢慢挖掘它,感受它的温度,认识它的广博,如此就有了'根'。有了'根',就不会飘飘然,继续下去,最后达到成功的目的。"[①] 生态批评学者认为,创造可以听到所有生命形式的对话平台,是打破人类中心主义和相应病症的关键。[②] 迟子建小说的创作灵感、生态意识和两性意识是她在东北独特的自然特征和文化背景下获得的,她的作品反映了她在中国传统文化土壤中的精神成长所带来的"万物和谐,男女共生"的生态女性意识,具有强烈的民族文化意蕴。

6.3.1 万物有灵的自然复魅

迟子建在生活着多个少数民族的东北漠河出生,那里的人们敬畏自然,依赖自然,以萨满教为信仰。"萨满教的核心文化内涵是万物有灵论,来自东北地区的作家往往都持有这种泛神和泛灵的观点意识。"[③] 萨满教的观点认为大自然是神的体现,包括山河日月、花草树木等都是有情感和生命的,这与生态批评学者强调的"自然的复魅"有着相通之处。生态批评学者认为,文学作品不仅要再现自然,更要恢复大自然的神奇性、神圣性和潜在审美性,通过对大自然的描述和再现,传达出人与自然的和谐关系和人类对大自然的信仰和敬畏。这与萨满教的观点相似,都强调了人与自然之间的联系和互动,认为大自

[①] 李树泉、迟子建:《在厚厚的泥巴后面——作家迟子建访谈》,中国作家网,www.chinawriter.com.cn/2007-11-09。

[②] 王晓华:《后现代主义话语谱系中的生态批评》,载《文艺理论研究》2007年第1期,第110页。

[③] 闫秋红:《神性的异彩——论现代东北作家的泛神论思想》,载《中华文化论坛》2005年第1期,第107-111页。

然是神圣而美好的，应当得到尊重和保护。

在迟子建的家乡，无处不在的萨满教对这位女作家的万物有灵论、对生命的敬畏和热爱的思想都产生了很大影响。《亲亲土豆》中有迟子建极力描绘的绽放的那朵土豆花：

> 那朵花呈穗状，金钟般垂吊着，在星月下泛出迷幻的银灰色。当你敛声屏气倾听风儿吹拂它的温存之声时，你的灵魂却首先闻到了来自大地的一股经久不衰的芳菲之气，一缕凡俗的土豆花的香气。你不由在灿烂的天庭中落泪了，泪珠敲打着金钟般的花朵，发出错落有致的悦耳的回响。①

迟子建小说中具有灵性和生命节拍的个体都被她注入了一种宗教感情，因而其文本中的自然万物，都散发出"泛灵"和"泛神"的气息，这种对自然生命的敬畏之情和共情，成了作者表达生态主义思想的方式。阿尔贝特·史怀泽说过："有思想的人明白，每个生命个体的生命意志都必须受到同样的尊重，只有这样才能在自己的生命感知其他个体的生命。"② 迟子建的小说就是她对其他生命意志的尊重，是她感知其他生命个体灵性的真实表达。

《额尔古纳河右岸》是迟子建彰显万物有灵生态思想的最典型的小说。小说中鄂温克人世代依傍在额尔古纳河右岸生活，他们对自然有着一种虔诚的感恩之情，敬畏自然，认为自然是他们的母亲、生命的源泉，是他们生存的基础，感恩和保护自然，与自然万物和谐相处。他们把自己当作自然的一部分，敬畏、亲近和关爱给他们提供供养的自然，不凌虐其他生灵，烧柴只取生命枯竭的树木，对动物幼崽从不加以伤害，更有甚者还举办风葬——为那些被他们捕获的猎物。在鄂温克人的信仰中，自然神灵是他们所崇拜的对象，诸如玛鲁神、蛇神、雷神、火神、山神、月亮神、太阳神等，这些神灵被认为是自然界的主宰，他们认为自己是自然神灵的子民，通过礼仪和祭祀来感谢和膜拜神灵。自然给予鄂温克族供养，鄂温克人回报自然力所能及的守护。在人与自然之间有着神奇的沟通媒介——通灵的驯鹿和萨满。萨满是

---

① 迟子建：《迟子建文集》，长江文艺出版社 2001 年版，第 112 页。
② ［法］阿尔贝特·史怀泽著，［德］汉斯·瓦尔特·贝尔编：《敬畏生命》，陈泽环译，上海社会科学院出版社 1996 年版，第 9 页。

鄂温克人与自然神灵之间的桥梁，他们具有通灵的能力，能够与自然神灵进行沟通和交流，萨满也能够通过通灵的方式来治疗疾病，但要以牺牲自我为代价。

> 父亲……宰杀了一只白色的驯鹿，请尼都萨满来给列娜跳神。额格都阿玛是个男人，可因为他是萨满，平素的穿着就得跟女人一样……他一边舞蹈一边歌唱着，寻找着列娜的"乌麦"，也就是我们小孩子的灵魂。他从黄昏开始跳，一直跳到星星出来，后来他突然倒在地上。他倒地的一瞬，列娜坐了起来。①

萨满文化濡染下的额尔古纳河右岸，花草树木都闪耀着生命的光芒，万物都充满了灵气。迟子建在《额尔古纳河右岸》中塑造了两个萨满形象，其中妮浩萨满充满了神性的光辉。妮浩萨满在小说中具有通灵的能力，能够与自然和神灵进行沟通，用自己的力量拯救生命，消除人们的痛苦。妮浩萨满招魂救人的桥段小说中有四次呈现，每一次妮浩萨满都将以失去自己的一个孩子为代价，然而，每一次妮浩萨满都不会拒绝求助的人，她总是身披神衣，头戴神帽，虔诚地做法，招魂救人，再痛苦地吟唱神歌给自己失去的孩子。女性视域可以深入挖掘萨满文化的文化机制和审美内涵，对万物平等、万物有灵的思想加以呈现，实践自然的复魅。小说中额尔古纳河右岸的原始风貌被破坏，森林日渐减少，和自然一起消减的还有萨满神奇的天赋本领，于是鄂温克人追随城市文明的脚步离开山林，定居山下，萨满失去了传人，萨满文化逐渐消逝。迟子建以女性的视角为我们深入挖掘萨满文化的文化机制和审美内涵，她的小说中有关"万物平等"和"万物有灵"生态意识的表述正是对"自然的复魅"的一种履践。

6.3.2 灵魂不灭的生死轮回

萨满文化的另一个核心概念是"灵魂不灭"，意味着生者和死者以不同形式存在于宇宙中，没有为死者过于悲伤的必要。对死亡的描述和独有千秋的参

---

① 迟子建：《额尔古纳河右岸》，人民文学出版社2018年版，第5页。

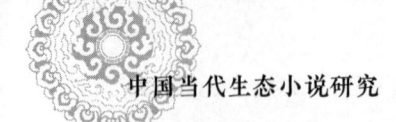

悟渗透在迟子建的小说中,她认为死亡是看待生命的一种不同方式,轮回是生与死的过程。因此,迟子建对死亡的态度豁达坦然。

迟子建小说中时时有聚散浮生、死亡突至的情节出现。《沉睡的大固其固》中,疯子发了狂,推下一根木头,女主人公的生命被无情剥夺;《草地上的云朵》中,一枚哑弹被触发,炸死了正沉浸在嬉戏快乐中的可爱女孩;《一匹马两个人》中,年迈的恩爱无比的老夫妻,像平常一样赶着马车去自家麦地,不想老太太因马车颠簸跌落,正好头部撞击到一块石头上,顷刻殒命……祸福无常,生命无常,每个人都在向死而生,迟子建曾言"死亡是一种可能,在任何时候都会发生,就像吃饭那么简单"①。迟子建面对死亡,其表述平静而夷然,与其他一些作家面对死亡的危惧、震悚和惶恐的描述形成鲜明对比,这可能与她的童年经历和故乡的传统习俗息息相关。幼年的迟子建眼中,故乡的人办葬礼就像节日,没有生离死别之痛。萨满教文化下的丧葬习俗是这样的:"埋葬前有一个为死者守灵的活动,老人唱着歌,守灵人互相嬉戏逗乐。葬礼结束后,大家聚集在墓地,一边吃喝,一边聊天,一边笑,一点也不沮丧,即使亲属不哭泣也没有人笑话。"② 在这种萨满文化灵魂不灭思想的熏陶下,迟子建作品中的死亡场景往往是轻松平和的。《白银那》中,卡佳到深山背冰,不幸被狗熊袭击而亡,作者并不刻意渲染人们的伤感,却酝酿了一片平和宁静的意境:"放在五谷米内的一束香,随着长明灯被点燃,氤氲地燃烧着,散发出干燥而浓郁的香味",就连做棺材的声音在她笔下也成了美妙的乐曲,"锯声婉转,斧声响亮"。③ 萨满文化传递出一种"生命与死亡不分离"的思想,认为人们的灵魂不会随着肉体的死亡而消失,而是会回归自然,成为自然的一部分,死亡其实是生命的又一次启航,豁达地面对死亡是对生命至高的尊重。因而卡佳的死亡被描绘为一种自然的归宿,一种生命回归的过程。这种超越个体的宏观视角,对生命与自然之间联系的深透体认,对生与死的洞彻参悟,使她的小说以脉脉温情覆盖了恐惧,以豁达泰然消解了死亡的怆痛。《白雪的墓园》中,母亲在父亲死后,把悲伤埋藏在内心,对孩子们说:

---

① 迟子建:《北方的盐》,载《江苏文艺》2006年第1期,第1页。
② 孟慧英:《寻找神秘的萨满世界》,西苑出版社2004年版,第16页。
③ 迟子建:《白银那》,中国文学出版社1998年版,第18页。

> 从现在起谁也不许再掉一滴眼泪。我和你爸爸生活了二十几年，感情一直很好，比别人家打着闹着在一起一辈子都值得，我知足了。伤心虽是伤心，可人死了，怎么也招不回来，就随他去吧。①

生命既是不可预测的，也是生生不已的。迟子建认为，我们不必过于贪恋活着，也不必过度害怕死亡，她这种豁达的生死观与道家安时处顺的人生观同出一辙。

不得不面对至亲之人谢世的迟子建开始考量死亡，她坚持灵魂不灭的信念，切盼亡故的至亲在天堂以另一种生命形式永远活着。她曾说："祖父和父亲的早逝使我过早地感知到世界的变化无常和短暂。"② 之后和她相濡以沫的丈夫遭遇车祸离世，对丈夫从未停止的思念更令她坚信灵魂不灭，她相信"世间有两种不同类型的道路：一种是横向而可见的，人类用来前进、徘徊或后退；另一种是纵向而不可见的，灵魂用来前往天堂或地狱"③。她认为死亡并不是生命的终结，而是另一种生命形式的转换，在她的小说中，逝去的人的灵魂会在另一个世界继续与人间相似的生活。如《树下》中的灵魂会入亲人的梦再续温情；《重温草莓》中的灵魂会现身与亲人如过去一般谈心；《白雪的墓园》中，父亲的灵魂栖息在母亲的眼中，变成一颗红豆；《向着白夜旅行》中的灵魂一直与亲人同行；《亲亲土豆》中，已故丈夫的灵魂变成从坟顶滚落的一个土豆，不偏不倚正好停在妻子的脚边……灵魂不灭，生命的终结并不意味着情感的停止。迟子建通过诗意化的描写和充满浪漫奇幻的想象，向读者传达着对于生命的另一种形式的尊重敬畏，而尊重敬畏生命的另一种形式其实也是尊重敬畏生命本身。这种迥异于现实社会理性主义的生死观，使迟子建热爱自然和生命，用悲悯的胸怀安慰活着的人们，用充满诗意的柔情冲淡人们对死亡的畏惧，劝诫人们珍惜一切生命和生命中的一切。

迟子建作品对死亡的思考和表达，还包括"生死轮回"。最典型的如《额尔古纳河右岸》中的生命交换，在鄂温克人的文化中，萨满会为生病的孩子治疗，方法往往是杀掉一两只驯鹿。列娜的性命就是萨满牺牲了一只驯鹿崽挽救

---

① 迟子建：《白雪的墓园》，云南人民出版社 1995 年版，第 7 页。
② 迟子建：《我说我》，西北民族大学出版社 2019 年版，第 12 页。
③ 舒晋瑜、迟子建：《吸收各种营养才会健康》，载《中华读书报》2000 年 6 月 28 日。

的，然而母驯鹿在失去驯鹿崽的同时也失去了奶水。后来，当列娜从这只母驯鹿背上跌落猝死，它的奶水竟然失而复得。还有萨满泥浩每救活一个人，都要失去一个自己的孩子，包括她腹中的胎儿。充满神力的萨满，在自然规律面前也无能为力，这暗示着生命的复苏并不唾手可取，有着必须遵循的内在规律，生与死维持着自然界的平衡。通过人的行为去挽救一个即将逝去的生命必须以牺牲另一个生命为代价，因为自然规律决定了每个生命都有其必须遵循的轨迹。这就需要尊重自然规律，任意妄为都将付出代价。此外，人和动物的生命价值是平等的，不存在等级、贵贱之分，彼此之间可以进行对等交换。鄂温克人的生命哲学显示，生和死在不断循环，以达到自然界有机的整体平衡：暴风雪埋葬了丈夫拉吉达，泥浩也在春天生下他的儿子；玛鲁王老死后的春天，一头美丽的母鹿产下雪白的鹿崽，恰似新玛鲁王的重生。自然神性濡润着生命起始，生死循环裹挟着因果规律，"我"由于不允许丈夫猎杀怀孕的母水狗，结婚三年后终于生下了第一个孩子。人保护动物，动物用灵性回报人，这是人与自然和谐共生的生态理念和佛教因果轮回思想的朴素表达，迟子建自然豁达的生死观是萨满文化和儒释道思想影响渗透的结果。

迟子建的小说，往往将死亡事件放在自然的大背景下描述。《额尔古纳河右岸》中林克死于雷电，瓦罗被黑熊掌击而死，列娜从驯鹿身上摔下而亡，交库托坎被马蜂蜇死于密林中，拉吉达冻死在冰天雪地……自然不会永远温情脉脉，可贵的是鄂温克族人即使面对暴戾的自然也会一如既往地保持冷静和尊重，因为他们认为大自然给了他们生命，也有权利夺取。当有族人死去，萨满会在森林里找到四棵大树，搭成一张床，把死者放在上面，用树枝盖住，这种树葬的方式源于他们认为大自然是生命之源，大自然也应该是死者最后的安息之地。如果死去的是孩子，死者会被包裹在白色的棉布袋中，扔在阳光下的山坡上，因为他们认为死去孩子的灵魂就可以随着微风回到大自然，与天地合一。

迟子建小说深刻地探讨了人类与自然之间的关系以及男女两性之间的关系，与生态女性主义深度契合。她的小说体现了生态女性主义话语和传统文化中"天人合一"的生态理念的融合，强调人类与自然之间的共生关系，并且认为自然是有生命的，应该受到尊重和保护。在此话语的引领下，迟子建深入探讨了人类与自然之间的新型和谐关系，并将这种和谐关系转化为男女两性之间的和谐共处。迟子建的作品中还涉及生与死的问题，她通过关注死后灵魂的安抚，强调了生命的重要性和无限价值，从而引领读者重新审视人类与自然之间的关系，体味自然的伟大和珍贵。通过女性主义的视角和生态关怀的思考，迟子建成功地构建了一个男女两性和合共生、人类与自然和谐共处的诗意栖居家园。这种构建使她的作品具有了独特的文化意义，不仅扩展了女性主义的视野，而且为自然主义文学开拓了一条新的思考路径。

第7章 中国当代生态小说的创作问题与发展展望

第 7 章　中国当代生态小说的创作问题与发展展望

　　生态环境问题是当下全球关注的焦点问题。21 世纪以来，生态全面告急的表现频频出现，如雾霾、沙尘暴、气候反常、水资源污染、植被退化、垃圾泛滥等，给人们的生活带来了巨大的冲击。随着政府相关政策的颁布和实施，以及对生态问题的日益重视和深入宣传教育，人们的生态意识不断增强。文学作为社会文化的重要表现形式，在这个大环境中必然扮演着不可或缺的角色。生态文学是一种新型的文学作品形式，它不仅可以表现人与自然之间的关系，还可以反映出人类自身的生存状态与发展状况。当前，全球各国都面临着生态危机这一严峻挑战，在生态危机的"暴击"下，文学必然会发生变革。有学者就曾指出："重视生态、繁荣生态文学、创建生态诗学、进行生态批判是时代发展的必然趋势。"[①] 我们坚信生态文艺、生态诗学、生态批判将兴盛发展，而在这个趋势下，生态小说也将迎来难得的发展机遇。

　　不能否认，中国当代生态小说已经蔚成风气。中国当代生态小说基本做到了对人类中心主义的弭除，把生态整体观、生态伦理观作为其精神内蕴，把人与自然和谐关系的再构作为其根基。其作品主题鲜明，题材博大广泛，有的作品真实地揭示了当前的生态危机，挖掘出了生态危机产生的根源，并在生态视野中对其进行了全方位的文化批判；有的作品深情地描绘大自然的生态美，赞叹大自然的奇妙，展现出生态系统各个组成部分间微妙而又复杂的关系；还有的作品在历史与现实间自由穿行，通过文化的传承，体味到深层的生态智慧，并思考人类与自然共生共存的可能性。特别是 21 世纪以来，少数民族作家和

[①] 张晧：《中国文艺生态思想研究》，武汉出版社 2002 年版，第 2 页。

汉族作家的生态小说创作联袂齐行,使其范畴不断繁衍拓宽,使生态观念向社会的每一个角落延伸,其纪实与虚构的创作方式多元共存,共同推动着小说的现实与艺术的多重融合。生态小说既扩大了当代小说的创作视野,又赋予了当代小说生命力,同时也凸显了当代小说应有的价值。在欲壑难填的社会背景下,生态小说家仍然深深感受到自己肩负着重大的使命和责任,他们以高度的关注、理性的反思和批判精神,持续关注全球的生态问题和现实挑战,勇敢地面对生态环境的凋敝与病症,对现实问题进行深入思考,不掩盖现实,不回避历史,而是向读者展现出真实的一面。当代生态小说的创作具有作家的勇气和对自然的悲悯,表现出作家内心的尊严与自由,以及对生态危机所带来的苦难的关注,结合生态实践和文学创作,表达人们对于美好生态环境和美好未来的期望和愿景,重塑回归自然和与自然和谐共生的生态人格,为人们实现诗意栖居的生态理想提供了可行性的方案。

7.1 中国当代生态小说的创作问题

置身中国生态文学的整体发展,中国当代生态小说还处于发展的阶段,其文学价值和社会影响并未达到人们的期望,较之西方生态小说,迄今为止,中国还没有如玛丽·雪莱的《弗兰肯斯坦》、罗曼·加里的《天根》和艾特玛托夫的《死刑台》这样耳目昭彰的经典生态小说作品。中国当代生态小说中,有许多作品在思想深度和批判力度方面表现得非常出色,可我们的作品"仍然缺乏现实的批判,缺乏对人与自然关系的哲学思考,也缺乏提高民族忧患意识的杰作"[①]。中国当代生态小说的创作仍需加以完善,不能忽视存在的一些问题。

7.1.1 价值取向上的游移问题

价值取向上的游移问题表现在大部分的生态作家还没有形成一个完整的生态观,缺少一个全球性的生态视角,因而没有展现出它所应该具有的宏大气度和叙事张力。

"生态整体观"为生态文学创作提供了一种新的视角来审视我们与环境之间的关系,生态整体观要求我们摒弃人类中心主义,将生态系统的整体利益视

---

① 徐刚:《大森林》,北京十月文艺出版社 2017 年版,第 492 页。

为最高价值，以维持、保护生态系统的均衡、和谐和可持续发展，这也是衡量人类生产生活方式的科学性的标准向度。① 生态整体观中，处于生态有机整体的万物，每一个个体生命都有属于自己的"生态位"，但又相因相生、相辅而行，没有主次之分，地球生态系统的平衡是自然万物和谐共存的结果，个体生命的毁灭可能潜藏着整体生态毁灭的危机，而整个生态体系的繁荣，则需要每个生命个体的繁荣。中国当代优秀的生态作家大都立足于生态整体观来审视人与万事万物的相处关系，试图找到生态危机的罪魁祸首，对人类当代文明之局限性进行深度反思。然而，也有诸多作家在从事生态创作时，缺乏对整个生态观念的自觉认识，这使得他们的作品存在着一定的局限性。这种局限性表现在他们将生态危机归结于人类中心主义，聚焦于对人类行为进行批判，而忽略了生态整体观提倡的生态整体性、系统性思想。基于此，作家们对生态危机所作的生态批评停留在表层化、浅显化，折射出浮躁、急功近利的创作心态。归因于创作中缺失了生态整体观的考量，作家们难以把握自然的内在规律和运行方式，往往只能停留在表面描写，无法深入挖掘自然的内在美和价值，也很难描绘出丰神异彩的自然形象，所描写的动物形象也屡屡与它们生存的生态环境相剥离，导致无法使生态书写的独特艺术魅力展映毕现。

此外，全球化的生态视野的欠缺也是硬伤。当前的生态问题是一个全球性的问题，是关系到人类生存的重要问题，基于此，在广阔的全球化视野关照下进行生态问题的思考尤其必要。彼得·辛格作为生态哲学家，曾说："气候变化和臭氧洞都揭示了新颖和不寻常的杀人方法。当你在纽约公寓的浴室里使用以氟氯化碳为动力的气雾剂来除臭时，你可能造成了日后其他区域皮肤癌患者的死亡。由个体行为产生的二氧化碳，将促成一系列事件的循环，甚至是孟加拉国致命洪水的发生。"② 地球上生态环境的紧密联系关系着人类的未来，而在地球上发生的一切都会给地球带来难以预料的环境后果。值得注意的是，在中国的当代生态小说创作中，已经有不少人确立了"全球化"生态观念，但尚未形成这种全球化生态视野的作家大有人在，他们的视野和主题仍然受限于国内的生态环境和问题，这使得他们的生态书写往往只关注当前的生态事件和危

---

① 王诺：《"生态整体主义"辨》，载《读书》2004年第2期，第25页。
② [美]彼得·辛格：《一个世界——全球化伦理》，应奇、杨立峰译，顾肃校，东方出版社2005年版，第20页。

机，其作品往往表现为一棵树、一只动物的悲剧，或者详细描述了当地的生态状况，而缺乏对全球化背景下的生态问题的深刻思考。全球生态发展同人类命运休戚相关，每个个体的破坏行为均会产生连锁效应。在全球化的进程中，生态问题的根源往往是人类的行为和活动。然而，这些生态小说作家往往只关注于表面的生态事件和危机，而缺乏对生态问题背后的深层原因的关注和反思，也没有去关注此时此地的生态危机的全球化根源。于是，生态小说本应具备的全球化特质就消失了。

7.1.2 题材选择与形象塑造的趋同化问题

当前，创作趋同性问题已经严重限制了生态小说的发展，这意味着许多作品在情节、主题和表现手法等方面存在雷同和重复。这种趋同性现象使得生态小说的文本价值和信度受到削弱，读者们难以辨别哪些作品是真正有价值的。21世纪以来，生态小说的一度崛起曾使生态意识深入人心，生态文学也受到广泛关注，但是目前越来越多的雷同、重复作品使生态小说创新遭遇瓶颈，失去创新生命力的作品也使得读者的阅读兴趣日渐淡薄。

最严峻的创作趋同化问题表现在题材选择上。生态小说作家在面对生态危机时，选择题材往往偏向揭示与人类生存相关的环境问题及其已发生的生态灾难和事件，重视文学的教育功能，但创作方法陈旧，缺乏新颖的人与自然形象和新的图景。生态小说普遍强调生态灾难的严重性和迫切性，以真实的手法描述生态事实，意图通过警示和告诫读者来强调保护环境的意识和行为。然而，小说始终是小说，只是对生态事实进行仿写，想依靠"真实性"来使读者心灵受到震撼，令小说成为反映环境现实、具有说理教育意义的真实生态案例，会削弱小说本身的艺术性，伤害小说本身。工业化导致的生态恶果愈演愈烈，催生了生态小说的创作热度，但无论是题材或是情节均陷入老套。在这些生态小说中，生态责任和挽救意识成为主线，揭示了一个共同的主题：中国当代社会经济的发展中，生态保护尚处于边缘化的境地，一系列生态危机接连出现，等等。此外，创作重点关注经济发展和环境保护之间的矛盾，很少利用想象进行创新和拓展。

创作趋同化问题还表现在形象塑造上。雷同的形象塑造，让读者无法获得充分的立体化感受，更谈不上美学的范畴。作家们刻画的形象失去了审美关照，更缺少艺术造诣，尽管创作来自性格各异、人生经历各异的不同生态作家，但不同小说作品中却不断复制出雷同形象，造成了读者的"阅读疲劳"。在此类作品中，主人公往往是悲剧性的形象，其主体大致可以分成两种：一种是被摧毁的"幸存者"。它们往往迫临绝种，是最后一个幸运儿，却最终不幸地被摧毁，成为悲剧的主角。以外部视角描述或采用其自身视角叙述，刻画濒临灭绝的植物或动物的最后"幸存者"，映现其生存之艰、命运多舛，并以"幸存者"最终被摧毁，质询人性的欲望与邪恶，诘责人类的浅薄无知。叶广芩的小说《老虎大福》通过外部视角叙述了华南虎种群遭到人类偷猎的残酷打击，导致它们的生存环境日益缩小，最终只有大福这一只"幸存者"，可悲的是大福也难逃被猎杀的厄运。小说借助最后的华南虎"幸存者"大福的悲剧色彩和毁灭的结局，意在唤起读者对生态保护和动物保护的关注。类似地，陈应松的《豹子最后的舞蹈》和李传锋的《最后一只白虎》也采用了"幸存者"的塑造策略，不同的是他们通过动物的视角来呈现人类对野生动物的残忍捕杀和对其生存环境的破坏，以此揭示维护生态平衡与保护野生动物的重要性。《豹子最后的舞蹈》中以斧头的视角及遭遇让读者感受到神农架鲜为人知的部分：人类贪婪造成的森林破坏，使得动物生存变得越来越困难，再加上人们对猎物的无情猎杀，使动物的生存举步维艰，有些动物甚至已经濒临绝迹。人们想要靠狩猎来改善自己的生存状况，却往往适得其反。李传锋的小说《最后一只白虎》描述了一只生存在湖北西部山林深处的"幸存者"幼年公白虎，其由于人类的贪欲而丧失了森林宁静的环境，落入了人类的私欲、愚昧所带来的鲜血之中，曾数次被捕和逃跑，但最终都难逃被枪杀的悲惨命运。《红狐》（阿来）、《最后一只战象》（沈石溪）、《最后一名猎手和最后一头公熊》（叶楠）等生态小说中，同样塑造了"幸存者"的形象，如死在了猎人的手中的年老红狐、最后一只战象、最后一只幸存的熊，"幸存者"本身就充满了悲剧的味道，通过"幸存者"被摧毁，引起读者共情，唤起读者对生态问题的关注和保护。另一种是被赋灵的"神性动物"。在20世纪80年代的生态小说中，作者们塑造的一些富有人性甚至具备神性的动物形象，完全颠覆了传统小说中动物凶猛、恐怖的固化形象。这些生态小说中的动物形象不再强调老虎、豹子、狼等动物的野蛮和凶暴，也不再强调狐狸、蛇等动物的狡猾和阴险，它们被赋予了人性和神性，并表现出高贵的人格特质，彰显了最优秀、最勇敢、最纯洁的神性特质。例如李克威《中国虎》中的母华南虎"祖祖"心明眼亮，有勇有方，懂得感恩。姜戎《狼图腾》中的狼具有极高的警觉性，与人类斗争时竟然谋谟帷幄、勠力同心；《银狐》中的老白狐更具灵性，在与猎手交锋之际，还照顾人类梅珊；《沙狐》中的老沙狐与老沙头一家人守望相助、义重恩深。《红狐》《白狐》《猎狐》等都塑造了被赋予灵性的狐狸形象。除了狐狸，狼也被生态作家们"赋灵"，如《狼与狐》《狼图腾》《狼的家族》等等。狸、狼等作为审美客体而不断被刻画，仅为了满足审美主体的需求，单一层面的视域终究会令人疲倦，读者们期待出现崭新的审美客体，甚至期望塑造出对象的新奇性。被摧残的"幸存者"、被赋灵的"神性"动物形象蚁聚蜂屯般出现在生态小说中，塑造的形象不断被复制，这种创作的趋同必然造成读者的乏味和反感，因而无法引起更多的共鸣。

可以看出，中国的生态小说在形象塑造方面已经有了新的发展，不再将人类作为唯一的主角，而是把作为背景或道具的动物形象放在了小说的中心位置。与既往的小说创作不同，基于新的时代环境，当代生态小说应更多关注对形象塑造的开拓。遗憾的是，部分创作者为了追求短期效益而不惜自我抄袭，创作思路和方法陈旧，哲学思辨老套。还有一部分作品只是聚焦于生态问题表层叙事，或者是生硬地模仿西方生态小说的叙事方式，严重脱离实际生活，导致作品创作简单化，缺乏审美思辨和文化批判。

7.1.3 理论与创作实践的分离

中国当代生态小说的发展在一定程度上存在不完善之处，其创作之"根"还未扎于地下。一方面，部分作品停留在生态教训和悲剧情节的阶段，缺乏足够的创意和多样性，未能充分展现生态文学领域的丰富性。另一方面，一些作品在表达生态意识和呈现生态危机时，过于依附于其他内容和形式，缺乏独立性和自主性。这种局面的形成主要源于生态批评理论与创作实践之间的分离。生态批评理论在生态小说领域注重对潜藏的生态意识的挖掘和解释，试图通过对作品中的生态元素进行理论辨析，探讨其在社会语境中的意义。然而，这种纯理论的探讨未能为创作者提供实质性的创作指导和方法论，导致创作实践相对薄弱。因此，尽管在理论层面上生态批评有所发展，但在实际创作中却面临困境。另外，生态小说作为一种文学形式，应当具备时代感和现实感，能够真实地反映当代社会面临的生态问题和挑战。然而，由于理论与实践的脱节，一些作品在表达生态意识和塑造生态形象时缺乏深入的思考和表达能力，无法与读者建立起共鸣和对话。这也导致中国生态小说在生态文学领域中的话语能力相对较弱，削弱了作品的时代感和现实感。

从个人创作的角度来看，生态小说作家系统地学习生态理论的程度、生态批评理论在他们的创作过程中发挥指导作用的大小也是一个问题，甚至有一大部分生态小说作家完全未曾镜鉴生态理论。《狼图腾》在当今学术界被视为一部经典之作，然而其创作实践与生态理论的引导却并不紧密。《狼图腾》"出圈"以来，姜戎在《南方周末》专访中自言对狼群进行了十多年的近距离、全方位的观察，才意识到其中蕴含的文化和历史问题。他还从牧人那里搜集到关于狼群的传说，涉及狼的数量多达一二百只，仅完成五十万字的《狼图腾》就花了六年的时间，他表示："要用一个最真实、最经典的方式，向大家讲述一个关于狼性的故事。"[1] 姜戎将其小说成功的原因归结为亲身体验的探索，没有以系统化的生态理论指引其创作，而是以最具代表性的形象真实地呈现给读者，以呼唤人类的生态自觉。无独有偶，郭雪波谈到他创作《狐啸》时也坦言自己对被誉为"生态文学作家"或"沙漠小说作家"并不知情，在1985年小说《沙狐》出版时还未考虑过"生态文学"的概念，郭雪波就是想向读者展示自己故乡的人们和动物们的生活状态和未来命运。从他戏谑地称自己的文字创作是吞吐"沙子"的过程[2]可见，郭雪波并未将其成就与生态理论的指导建立联系，而完全归功于作者自己的亲身体验和人生态度。

总览这些生态小说，其作品都与作家的生活经验有着千丝万缕的联系，许多都是作家在亲近自然之后，把自己的体悟创作出来，真实生动地呈现出生态保护意识。叶广芩、陈应松、郭雪波、李传锋、沈石溪等作家都是围绕自身的生活阅历进行富有真情实感的创作，生活体验奠定了他们生态创作的根基，增强了其作品的影响力。然而，优秀的创作不只来源于生活和情感体验，许多生态文学作家在缺乏生态理论指导时面对生态问题，会感到无所适从，或者表现出肤浅的生态观。他们可能只是简单地陈述生态现状，引起读者的生态预警或

---

[1] 张英：《还"狼性"一个公道：姜戎访谈录》，载《南方周末》2008年4月3日。
[2] "我的文字……吐出来的也是'沙子'而已。"郭雪波：《狐啸》，百花洲文艺出版社2002年版，第7页。

叹惋，而缺乏对生态问题进行深入探讨的哲学内涵和文本话语力量。一些作家甚至过度使用神秘叙事，将平衡人与自然关系的手段寄托于神秘力量，而忽视了人的主观能动性。陈应松曾在采访中被问到人与自然共存的尺度，其以《豹子最后的舞蹈》为例，说明自己在创作时并未考虑过这一尺度，无论是表达义愤，还是传递是非评判，能真实客观地反映人与自然关系的紧张，就是生态作品的最好的表现。[①] 关于《鹿鸣》的创作动因，京夫说："这个主题的产生，是由于上个世纪是一个巨大的发展时代，但在发展的过程中，人们不断地对环境造成了损害。……让人类在本世纪如何存活？如何与大自然共存？"[②] 他的脑子里总是盘旋着这个问题，因此创作了《鹿鸣》。也有一些作家或是写作动机不清晰，或是停留于感性的书写。贾平凹也坦言创作《怀念狼》时越写越不知所云[③]，一些生态小说作家将生态危机的根源归结于现代科技和工业文明，因此从心理上排斥、在创作行为上拒绝那些可以克服环境问题的现代科技，而倾向于使用神秘叙事。这可能导致作家陷入一种不知所措的状态，或者产生肤浅的生态观。例如，贾平凹表达了对世界的畏惧，认为现代世界充斥着人类自身发展与自然生态保护之间的矛盾冲突，人类往往显得渺小、傲慢、愚蠢和贪婪。[④] 在这种情况下，他们可能倾向于回归民族传统或习俗来寻求与自然和谐的道路。生态小说以整体的生态观为基本条件与最终价值，不能只局限于生态保护的呼唤与神秘叙事，而应在理性认知的基础上构建人与自然的关系。基于此，要做到直面传统，而非单纯接受，方能符合时代对生态小说创作的需求，同时，也要防止对生态现象的偏执化认知和对生态问题的极端理解。

目前，中国当代生态小说的创作实践尚缺少相应的理论支撑，导致创作时生态批评理论与作品融合的缺位。生态小说作家若仅凭自己的想象力而无现实的生态实践，则会造成作品的力量与公信力的弱化。同时，仅凭有限的实际体验，作家无法确立生态理论的广度和深度，导致作品中塑造形象和情节的单一

---

① 於可训主编：《对话著名作家》，河南文艺出版社2009年版，第1页。
② 於可训主编：《对话著名作家》，河南文艺出版社2009年版，第8页。
③ "动笔之后，又平静得很，越写越简单，写完之后就根本不知道我写的到底是啥东西。"白烨选编：《2000中国年度文坛纪事》，漓江出版社2001年版，第328页。
④ 白烨选编：《2000中国年度文坛纪事》，漓江出版社2001年版，第329页。

和趋同。由于作家所处生态环境与面临生态危机问题相似,并且对于生态问题和生物危害的认识普遍存在,因此生态作品的创作思维走向固化,加之生态理论知识的缺位,中国的生态小说创作缺少人文关怀反思和哲学思辨。

7.2 中国当代生态小说的发展展望

中国的生态小说创作有很多需要改进和完善的地方,但它也有很大的发展潜力。生态小说的进展,一方面取决于整体生态文学的发展趋势,而另一方面则需自我演化。生态小说已经有了四十多年的发展历程,它的主题、精神内涵和艺术表现形式等逐渐趋于规范化,因此需要寻求新的变化和发展。然而其难度很大,创作主体和研究者必需共同为生态小说的未来发展找到明确的方向和路径而不懈努力。

7.2.1 突破既有的模式化创作

对于中国当前的生态小说创作,我们认为冲破固有的模式化创作方式的藩篱,可以做以下尝试:首先是充分呈现多方力量,选择具有代表性的生态事件,将其中各方力量进行充分呈现。关注生态维护者、生态破坏者以及局外人等角色,变抽象符号为具象个体,通过具体生活情境的建构表达自身的合理诉求。借助这种方式,作家能从创作本体上理解生态意识的内涵。作家不仅要关注生态事件本身,更要着眼于事件背后的各方力量及其互动关系。通过深入挖掘生态事件的背景和相关人物的心理、情感,可以为小说增添更丰富的层次和情感共鸣。注重人物成长与生态环境的关系,在作品中通过人物的成长来体现对生态环境的关注与呵护,让读者在感受人物内心变化的同时也能对生态环境有更深刻的认识。这样的创作方式可以使得读者更易于产生共鸣和对生态环境的深刻反思。其次是保持对现有生态意识的批判性思维,去除对生态意识的固化理解,用批判性、发展性思维看待生态意识。在人与生态系统各环节的矛盾冲突中,在对既有生态意识的批判中寻找新的思想感悟,这种感悟不以人们道德上的善恶为评判标准,而更多是对生态伦理、人际伦理的再思索,特别是人类发展与生态保护间的悖论问题。生态小说应当超越简单的事件叙事,更要反映当代社会对生态环境的认知和态度。通过小说中人物的行为和言谈,可以间接反映社会对环境问题的认知以及对环境保护的态度,引发读者对当今社会状况的深入思考和反思。再次可以尝试将科技元素融入生态小说的创作中,探索科技与自然之间的和谐共生关系,以及科技对生态环境的积极影响,为读者带来更多元化的阅读体验。最后,为自然声言。在许多生态小说中,大自然往往被视为沉默的对象。然而,真正的生态文学作品应该有能力从大自然的无言中聆听出真理。作家应该努力让大自然具有发声的能力,通过对自然的描写和表现,传递出其中蕴含的信息和价值观。注重让大自然成为作品中的"角色",不仅让自然拥有了发声的能力,更是让作品尤具生命力和共鸣力。大自然不再是被动的对象,而是具有表达力和情感的主体,通过作家对自然的细致描写和深刻表现,让读者能够感受到大自然的力量和智慧。在这个过程中,作家们不仅要努力展现大自然的美丽和神秘,还要揭示其中蕴含的信息和价值观,将传统的人类中心主义观念颠覆,让大自然成为故事的核心。通过生态小说展现出来的不仅是对自然生态环境的关注,更是对人与自然关系的反思和探索,在作品中传达出对自然界的敬畏和尊重,唤起读者对环境保护和生态平衡的重视。通过以上的尝试,中国生态小说创作能够突破既有的模式化创作,展现出更加多元、深入和有洞察力的作品。

7.2.2 突破创作主体的困境

中国当代生态小说的发展受到许多限制因素的影响,其中包括创作主体所遭遇的各种难题。生态小说的独特之处在于其跨学科的性质,其关注生态问题的本质必然导致作品涉及生态学的专业知识,而一些杰出的生态小说正是因为有生态哲学或生态世界观的支持,才呈现出独特的内容和世界观,但这对于创作主体提出了更高的要求。目前,对中西方生态文学比较的研究主要集在文本层面,很少或几乎没有人论及作家的专业背景和职业经历的差异与中西方生态小说之间差距的直接关系,客观而理性地看这个问题,我们会发现中国当代生态小说不只是起步较晚,作家的专业背景和职业经历也限制了其成就。

以中美两国的生态小说作家为例,中国作家如郭雪波、迟子建、陈应松、哲夫、阿来、张炜等都是专业作家,拥有相关的学术背景。他们从中央戏剧学院、武汉大学中文系、西北大学中文系等专业学府毕业,曾从事与文学相关的工作,如文学刊物的编辑、学校教师或报社记者。大多数作家并没有具备自然科学的专业背景知识,且所受基础教育中的自然科学教育相对薄弱。另外一类作家如叶广芩和沈石溪，对自然和动物有深入的关注和研究。叶广芩于2000年起，把秦岭地区作为生活基地，用了九年的时间关注动物和自然；沈石溪在云南这个"动物王国"生活了十八年，具有广博的自然科学知识，但与其他作家相比，他们的专业背景略显薄弱。美国一些优秀的作家，如奥尔多·利奥波德和蕾切尔·卡逊，配备深入的科学背景和专业知识。奥尔多·利奥波德曾是林业研究员、林业实验室负责人，后来转向野外生物研究，被视作野外生物管理研究的先驱。蕾切尔·卡逊则既是海洋生物学家，也专注于环保问题的写作。这些作家通过与大自然的亲密接触，广泛接触动物学、植物学、矿物学、生物学等自然科学领域，无论是学术视野还是生活视野，他们的阅历和背景均很深厚，能以系统性的认知从宏观上把控自然生态的演化趋势。

　　文学创作需要作家具备特殊的才能，作家的专业背景和生活阅历会深度影响作品创作。生态小说作家应当在生态学方面具有一定造诣，因为生态文学与生态学在价值观和自然观方面具有严密联系，且"它的成败得失也都可从生态学的'原点'那里找到解释"[①]。然而，中国生态小说家无论是生态理论知识还是生态实践阅历均存在不同程度的短板，小说创作在价值观和自然观方面尚未能与生态学达到深度契合的一致性。许多作品仅局限于探讨生命的表层生存状况，探究生态问题产生的源头，鲜有对生态问题的文化批判与哲学思辨，更难以形成独特的生态意识。创作主体缺乏理论构建能力和创作自觉使中国生态小说创作发展陷入困境。因此，中国生态小说家除了借用西方生态小说创作经验，还应通过多种方式不断提高自己的知识水平，拓展自己的认知范围，以形成更加全面的知识结构。一方面，他们应自觉加强对生态学及生态批判理论的学习和汲取；另一方面，大多数创作主体受到市场需求和读者口味的影响，往往难以客观地表达对生态环境问题的观点和态度，还有一些作者缺乏深刻的生态意识和独特的创作思路，导致作品缺乏新颖性和深度，难以引起读者的共鸣和关注。他们需要更加积极地提升自身的生态意识和环保观念，深入生活，深入自然，用心感受身边的环境变化，从中获取灵感和创作素材。深入生态环境，从生活实践中体悟生态系统，并与自然生态进行零距离接触、探察和研

[①] 吴秀明：《文学如何面对生态——关于生态文学理论基点和生存境遇的思考》，载《社会科学战线》2008年第5期，第114页。

究，获得感悟，以此使自己的生态素养得以拔高，生态人格得以养成，方能跨越传统创作模式的鸿沟并跳离创作主体的困境，创作出生态性、文学性完美融合的生态小说佳作。

7.2.3 拓展生态书写的向度

生态小说数量日益月滋，我们不可避免地面临作品题材单一、趋同的问题，这对中国当代生态小说的进一步发展构成了制约。在这样的背景下，中国当代生态小说需要拓展生态书写的向度，以丰富作品的主题和意义。传统上，生态小说主要关注自然环境的写作，这也是生态文学的创始宗旨。然而必须清醒地看到，尽管人类希望能够与自然和谐共处，但是要完全放弃现有的生活方式并实现彻底的回归是不现实的。在当前的现实情况下，城市已成为人类主要的居住区域，未来的城市规划将持续扩大规模。以前，城市与自然相对立的情况在生态小说中累见不鲜，一些作家甚至将城市文化景观视为一种负面的文化状态以致全盘否定。在这种情况下，我们应该积极思考如何使人的生活环境和方式更好地适合整体生态系统，而不是简单地否定和批判城市化进程。如今，越来越多人开始关注生态城市的建设，人类可以在生态城市中找到一个可以进行探索和实践的栖息之所，如果作家从城市生态的维度进行思考，多方位描绘城市生态，可能会为中国当代生态小说的创作开辟新的方向。基于此，我们需要在生态小说的创作中开拓新的方向，将城市生态作为一个积极思考和表现的主题，以这样的创作方式为中国当代生态小说创作提供新的视角和可能性。

为了生态小说生命力的延续，我们必须不断扩展创作视野，增加更多的主题类型，以确保其持续蓬勃发展。除了传统的环境保护和自然生态题材外，还可以借助科技、社会文化、人类生存等多方面的视角来探讨生态问题。比如可以结合科技发展与环境影响的关系，描绘未来可持续发展的可能性；或者反思现代社会文化对自然环境造成的破坏，呼吁人们重新认识与自然的关系；此外，还可以通过讲述个体在环境压力下的生存困境，探讨人类在生态问题面前的道德选择与责任担当。

通过拓展生态书写的向度，中国当代生态小说可以突破传统的局限和创新发展，为读者呈现更加多元化和丰富的生态主题作品。这种多元化的创作方向不仅可以丰富生态小说的内容和形式，也能够引起读者对环境问题的更深层次思考，激发公众对环保问题更多的关注和行动。在未来，希望中国当代生态小说能够通过不断探索和实践，成为引领生态文化发展的重要力量，为构建人与自然和谐共生的美好未来做出更大的贡献。

7.2.4 建构生态小说的诗性

在进行跨学科的文学创作时，生态小说与其他作品都面临着同样的难题，即怎样在遵循生态学原则的前提下，展现出文学创作的独特性。尽管生态小说和生态学之间存在某种同构关系，但它们仍然需要遵守文学审美创作规则。作家需要将自己对自然生态的实际感知和对生态问题的哲学思考转化为富有文学感染力的语言表达。真正意义上的生态小说既反映生态现实问题，也具备文学艺术的审美性，即它应该具有诗性这一美的品质和独特的特点。

中国当代生态小说要建构生态小说的诗性，需要作家在创作中不仅仅关注对生态学原则的遵循，更要将文学和生态相融合，赋予作品独特的文学特色和情感共鸣。作家们可以通过叙事、人物塑造、情感表达等方式来呈现生态主题，使读者在阅读过程中不仅仅能感受到自然环境的美好与脆弱，同时也能深入思考人与自然的关系。在跨学科的文学创作中，作家们可以借助生态学知识，挖掘自然界的微观之美，将其融入文学作品中，给读者带来全新的阅读体验。通过对自然界的描绘和赋予其生命，使作品不仅仅是在呈现生态问题，更是在传达对自然的敬畏和珍惜之情。

当代中国生态文学的兴起初期，作家们渴望以真实的方式展现自己所见所闻，以生态示警的方式唤醒那些还未意识到生态问题的人们，引起人们对于生态问题的重视。杜光辉的《哦，我的可可西里》以真实的记录方式，描述了在青藏高原上保护和掠夺自然资源的惊险对决。小说中融合了许多真实事件，比如对小说中主要情节发生地可可西里的描写异常准确详尽，几乎可以媲美地理学专业著作。尽管注重展现自然生态的真实状态并具备生态教育的作用对于生态小说的创作有利，但这也会不可避免地减弱小说应有的美感和灵性，因此在加强生态专业知识和深化生态思想的同时，也不能忽略提升审美品质和追求诗性的重要性。生态小说的诗性的创建，不仅要勤于探索小说的结构和形式，反复实验和实践在意象、描写和语言运用方面的创新，同时也要注重作品整体诗性的塑造。郭雪波的作品《狐啸》《沙狐》《银狐》《狼孩》等，生动地描绘了曾经的美丽风光，同时也深刻地反映了自然生态面临的严峻挑战。贾平凹的《怀念狼》以中国化的整体意象，通过狼与猎人之间的对立以及彼亡此衰的神秘生命联系，表达了生态失衡带来的生存危机和精神危机。这种具有魔幻色彩的狼变人、人变狼的形象，既体现了天人合一的自然伦理观，又融合了从《庄子》到《聊斋志异》的美学血缘，具有新的文学和生态哲学的质素。这样的作品突破了生态言说的阈限，给人带来了独特的陌生化体验。

中国当代生态小说的建构不仅仅需要作家关注生态学原则，更需要在文学创作中注入诗性情感，让作品在探讨生态问题的同时具有独特的艺术价值和感染力。只有如此，生态小说才能真正触动读者的心灵，引发人们对自然环境的关注和思考，推动社会走向可持续发展的道路。

综上所述，人类普遍生态意识的觉醒是一个过程。毋庸置疑，当代人类社会对生态问题的关注程度空前高涨，全球生态危机的加剧呼唤生态文明，作为一种载体，生态小说的创作也将持续发展、深化，迎来全方位的视野，更注重最基本的人文关怀，其文学审美和哲学思辨也会更加深化。同时，生态小说研究也将获得更为广阔的批评、阐释空间，为进一步发展奠定坚实的基础。

结语

结　语

中国当代生态小说在中国生态文学创作中是一种重要的文学体裁，它的创作虽不能完全反映中国生态文学的整体面貌，但由于其独特的风格和特质，它比其他文学体裁更容易被读者接受。

中国当代生态小说关注人类与自然的关系，体现了作家对于生态保护高度的忧患意识和责任感，在深刻探讨人与自然、人与人以及人与社会之间的依存关系的同时，也揭示了人的自私、贪婪、盲目和狂妄的一面，以及这些因素对自然的摧残所带来的后果。其塑造了生态保护者的群像，他们以强烈的生命意识和顽强坚韧的精神，与人类中心主义进行了对抗；探索了生态整体主义的观念，试图找到人与自然的和谐共生之道；涉及了生态观、生态危机爆发的复杂根源以及人性危机等问题。在中国的生态小说创作中，生态问题的探讨在科幻小说、女性文学以及儿童文学等领域都得到了广泛的发展。这种多维化和审美化的趋势，拓宽了中国文学的边界，为生态问题的表达提供了更为丰富的视角和形式，对当代生态小说的发生与发展做了整体性的观照。不仅如此，生态科学的知识和生态文化的传承也为中国当代生态小说提供了坚实的基础，中国传统生态道德与当代生态批评相结合，为其新发展和新思维注入了活力。总之，中国当代生态小说通过关注生态问题，以多维化、审美化的方式展现了人类与自然的关系，以及生态文学的发展趋势，为我们理解生态危机的复杂性和人类在其中的角色提供了深刻的洞察和启示。我们应当依托中国传统生态伦理中的优良传统和丰富的生态思想，在中国生态小说创作、生态批评等方面，探索新的视角和新的思维。中国生态小说甚至生态文艺创作必将走向新的发展。

天地寂静，时光寂静，大自然不能用言语去记载自己的哀伤，被伤害的自然不能"满血复活",被毁灭的自然很难重生,所以,每一个人都应该为大自然声言,作出自己的贡献,且竭尽所能。我们期待着某一天能够如梭罗所说:"在一个美丽的春日里,一切罪恶都将得到宽恕。"等待阳光和煦的日子,人类对大自然犯下的罪恶渐逝,"在这个春天的第一个黎明,世界重新创造"。所以,当我们的生命重新恢复活力时,我们就应该用我们潮湿的心,一点一滴地,浇灌我们的土地;用我们的爱与责任,一针一线地,将已残缺的大自然重新拼接。

参考文献

一、专著

［英］安娜·休厄尔：《黑美人》，崔思淦译，人民文学出版社 2004 年版。

［英］拉曼·塞尔登编：《文学批评理论——从柏拉图到现在》，刘象愚等译，北京大学出版社 2000 年版。

［英］D. H. 劳伦斯：《性与可爱》，姚暨荣译，花城出版社 1988 年版。

［英］阿诺德·汤因比：《人类与大地母亲》，徐波、徐钧尧、龚晓庄等译，上海人民出版社 1992 年版。

［英］弗吉尼亚·伍尔夫：《一间自己的房间》，吴晓雷译，陕西师范大学出版社 2014 年版。

［美］彼得·辛格：《动物解放》，孟祥森、钱永祥译，光明日报出版社 1999 年版。

［美］蕾切尔·卡逊：《寂静的春天》，吕瑞兰、李长生译，吉林人民出版社 1997 年版。

［美］克拉马雷、［澳］斯鹏德主编：《路特里奇国际女性百科全书》（精选本·上卷），"国际女性百科全书"课题组译，高等教育出版社 2007 年版。

［美］彼得·辛格：《一个世界——全球化伦理》，应奇、杨立峰译，顾肃校，东方出版社 2005 年版。

［美］弗里德里克·詹姆逊：《未来考古学：乌托邦欲望和其他科幻小说》，吴静译，译林出版社 2014 年版。

［美］霍尔姆斯·罗尔斯顿：《哲学走向荒野》，刘耳、叶平译，吉林人民出版社 2000 年版。

［德］马克思：《摩尔根〈古代社会〉一书摘要》，中国科学院历史研究所翻译组译，人民出版社 1965 年版。

［德］黑格尔：《美学》（第一卷），朱光潜译，商务印书馆 1979 年版。

［法］赛尔日·莫斯科维奇：《还自然之魅：对生态运动的思考》，庄晨燕、邱寅晨译，于硕校，生活·读书·新知三联书店 2005 年版。

［法］阿尔贝特·史怀泽著，［德］汉斯·瓦尔特·贝尔编：《敬畏生命》，陈泽环译，上海社会科学院出版社 1996 年版。

鲁枢元：《生态批评的空间》，华东师范大学出版社 2006 年版。

鲁枢元：《生态文艺学》，陕西人民教育出版社 2000 年版。

鲁枢元：《文学的跨界研究：文学与生态学》，学林出版社 2011 年版。

王诺：《生态批评与生态思想》，人民出版社 2013 年版。

王诺：《欧美生态文学》，北京大学出版社 2003 年版。

何怀宏主编：《生态伦理——精神资源与哲学基础》，河北大学出版社 2002 年版。

於可训主编：《对话著名作家》，河南文艺出版社 2009 年版。

赵林：《告别洪荒——人类文明的演进》，东方出版中心 1998 年版。

刘青汉主编：《生态文学》，人民出版社 2012 年版。

张承志：《青草》，载张承志：《老桥·奔驰的美神》，上海文艺出版社 2015 年版。

王蒙：《需要郭雪波》，载郭雪波：《大漠魂》，中国文联出版社 2001 年版，代序。

杨柳桥：《庄子译注·天地》，上海古籍出版社 2000 年版。

郭庆藩：《庄子集释》，中华书局 1983 年版。

李鸿然：《中国当代少数民族文学史论》（上下），云南教育出版社 2004 年版。

王弼：《老子道德经注》，楼宇烈校释，中华书局 2011 年版。

张载：《张载集》，中华书局 1978 年版。

陈红兵：《佛教生态哲学研究》，宗教文化出版社 2011 年版。

宋祖良：《拯救地球和人类未来——海德格尔的后期思想》，中国社会科学出版社 1993 年版。

《中国民间故事集成》全国编辑委员会、《中国民间故事集成·西藏卷》编辑委员会：《中国民间故事集成·西藏卷》，中国 ISBN 中心 2001 年版。

王喜绒：《生态批评视域下的中国现当代文学》，中国社会科学出版社 2009 年版。

管怀国：《迟子建艺术世界中的关键词》，中南大学出版社 2006 年版。

周燕芬：《文学观察与史性阐述》，人民文学出版社 2012 年版。

刘克苏：《中国佛教史话》，河北大学出版社 1999 年版。

徐恒醇：《生态美学》，陕西人民教育出版社 2000 年版。

汪民安：《身体的文化政治学》，河南大学出版社 2004 年版。

叶平：《生态伦理学》，东北林业大学出版社 1994 年版。

杨莉馨：《西方女性主义文论研究》，江苏文艺出版社 2002 年版。

李广益编：《中国科幻文学再出发》，重庆大学出版社 2016 年版。

曹新伟、顾玮、张宗蓝：《20 世纪中国女性文学史》，北京大学出版社 2012 年版。

左金梅、申富英等：《西方女性主义文学批评》，中国海洋大学出版社 2007 年版。

余谋昌：《环境哲学：生态文明的理论基础》，中国环境科学出版社 2010 年版。

孟慧英：《寻找神秘的萨满世界》，西苑出版社 2004 年版。

钱俊生、余谋昌主编：《生态哲学》，中共中央党校出版社 2004 年版。

白烨选编：《2000 中国年度文坛纪事》，漓江出版社 2001 年版。

徐刚：《大森林》，北京十月文艺出版社 2017 年版。

张晧：《中国文艺生态思想研究》，武汉出版社 2002 年版。

陈寿朋：《草原文化的生态魂》，人民出版社 2007 年版。

叶广芩：《老县城》，北京十月文艺出版社 2015 年版。

叶广芩：《老虎大福》，太白文艺出版社 2004 年版。

叶广芩：《山鬼木客》，北京十月文艺出版社 2015 年版。

沈石溪：《一只猎雕的遭遇》，浙江少年儿童出版社 2011 年版。

沈石溪：《魔鸡哈扎》，湖北少年儿童出版社 2003 年版。

沈石溪：《再被狐狸骗一次》，浙江少年儿童出版社 2008 年版。

沈石溪：《残狼灰满》，浙江少年儿童出版社 2012 年版。

沈石溪：《保姆蟒》，湖南少年儿童出版社 2012 年版。

沈石溪：《红飘带狮王》，浙江少年儿童出版社 2011 年版。

沈石溪：《动物小说的艺术世界》，少年儿童出版社 2010 年版。

沈石溪：《春情》，载樊发稼、庄之明主编：《沈石溪名作精品集》，世界图书出版公司 2010 年版。

沈石溪：《第七条猎狗》，浙江少年儿童出版社 2008 年版。

沈石溪：《我和动物小说》，载云南省文联文艺理论研究室编：《云南儿童文学研究》，晨光出版社 1996 年版。

郭雪波：《天出血》，百花洲文艺出版社 2002 年版。

郭雪波：《大漠狼孩》，中国文联出版社 2001 年版。

郭雪波：《狐啸》，百花洲文艺出版社 2002 年版。

郭雪波：《狼与狐》，中国青年出版社 2009 年版。

郭雪波：《银狐》，漓江出版社 2006 年版。

刘慈欣：《刘慈欣谈科幻》，湖北科学技术出版社 2014 年版。

刘慈欣：《流浪地球》，中国华侨出版社 2016 年版。

刘慈欣：《最糟的宇宙，最好的地球：刘慈欣科幻评论随笔集》，四川科学技术出版社 2016 年版。

刘慈欣：《三体》，重庆出版社 2008 年版。

刘慈欣：《三体 III》，重庆出版社 2010 年版。

迟子建：《白银那》，中国文学出版社 1998 年版。

迟子建：《迟子建作品》（精华本），长江文艺出版社 2017 年版。

迟子建：《微风入林》，春风文艺出版社 2005 年版。

迟子建：《我伴我走》，中国青年出版社 2002 年版。

迟子建：《迟子建散文精选》，长江文艺出版社 2018 年版。

迟子建：《额尔古纳河右岸》，北京十月文艺出版社 2005 年版。

迟子建：《迟子建中篇小说集》，上海人民出版社 2008 年版。

迟子建：《白雪的墓园》，云南人民出版社 1995 年版。

迟子建：《迟子建随笔自选——听时光飞舞》，广西民族出版社 2001 年版。

二、学术期刊

杨通进：《大地伦理学及其哲学基础》，载《玉溪师范学院学报》2003年第3期。

张韧：《环境意识与环境文学》，载《中国环境报》1987年第1期。

王云介：《乌热尔图的生态文学与生态关怀》，载《黑龙江民族丛刊》2005年第3期。

路遥：《论刘慈欣科幻小说的经典化趋势》，载《中国现代文学研究丛刊》2018年第9期。

毕淑敏：《迎灯》，载迟子建《疯人院的小磨盘》，新世界出版社2002年版，第394页。

李新宇：《论近几年文学中的人类危机感与自审意识》，载《当代文坛》1989年第1期。

白雪：《刘慈欣科幻文学的生态批评意识解读》，载《青年文学家》2009年第23期。

雷鸣：《生态文学研究：急需辩白概念与图谱》，载《福建师范大学学报》（哲学社会科学版）2012年第2期。

曹长英：《"融入野地"的生态理想——张炜小说中的生态意识》，载《文艺争鸣》2012年第6期。

李玫：《郭雪波小说中的生态意识》，载《内蒙古民族大学学报》（社会科学版）2005年第2期。

闫秋红：《祖先崇拜与家族意识——论端木蕻良小说的一种主题意向》，载《社会科学家》2004年第2期。

史玉丰：《迟子建的文学追求：自然人性》，载《青岛大学师范学院学报》2012年第1期。

费虹：《迟子建小说的"傻子"的叙事学意义》，载《作家》2008年第14期。

刘慈欣：《珍贵的末日体验》，载《科普创作通讯》2016年第1期。

韦德强：《原始神话的情感表现透视》，载《广西右江民族师专学报》1999年第4期。

王瑶：《我依然想写出能让自己激动的科幻小说——作家刘慈欣访谈录》，载《文艺研究》2015年第12期。

苗欣雨：《故乡情结——迟子建中短篇小说论》，载《文艺评论》2008年第4期。

宫春子、修伟：《数说"世界人口日"那些事》，载《中国统计》2020年第6期。

Э. B. 基鲁索夫：《生态意识是社会和自然最优相互作用的条件》，载《哲学译丛》1986年第4期。

Rachel Carson. Of Man and the Stream of Time，转引自耿潇：《劳伦斯的小说与生态伦理问题》，载《重庆工商大学学报》（社会科学版）2005年第5期。

Christopher Breu. Why Materialisms Matter，*Symplokē*，vol. 24，no. 1-2，2016：9-26.

Cheryll Glotfelty & Harold Fromm. The Ecocriticism Reader：Landmarks in Literary Ecology，转引自王诺：《欧美生态文学》，北京大学出版社2003年版。

徐冬梅：《〈献给爱米丽的玫瑰〉生态女性主义解读》，载《赤峰学院学报》（汉文哲学社会科学版）2010年第11期。

童庆炳：《漫议绿色文学》，载《森林与人类》1999年第3期。

迟子建、阿成、张英：《温情的力量——迟子建访谈录》，载《作家》1999年第3期。

包海青：《蒙古族树始祖型族源传说起源探讨》，载《北方民族大学学报》（哲学社会科学版）2012年第3期。

雷达：《20世纪近三十年长篇小说审美经验反思——中国新文学大系第五辑长篇卷序言》，载《小说评论》2009年第1期。

苏童：《关于迟子建》，载《当代作家评论》2005年第1期。

汪树东：《看护大地：生态意识与郭雪波小说》，载《北方论丛》2006年第3期。

姬志闯：《生态中心主义的理论表征与困境》，载《河南大学学报》（社会科学版）2003年第3期。

苗润田：《本然、实然与应然——儒家"天人合一"论的内在理路》，载

《孔子研究》2010 年第 1 期。

李隼、江传月：《儒家"中庸之道"生态伦理原则的现代诠释》，载《广东社会科学》2009 年第 5 期。

陈颀：《文明冲突与文化自觉——〈三体〉的科幻与现实》，转引自李广益编：《中国科幻文学再出发》，重庆大学出版社 2016 年版。

杨涯人、李英粉：《论"中和"思想与"和谐社会"理念的内在同一性》，载《学习与探究》2006 年第 4 期。

李晨阳：《庄子"道通为一"新探》，载《哲学研究》2013 年第 2 期。

吴秀明：《文学如何面对生态——关于生态文学理论基点和生存境遇的思考》，载《社会科学战线》2008 年第 5 期。

冷金兰：《老子"人欲观"新解》，载《重庆科技学院学报》（社会科学版）2010 年第 6 期。

许亮、赵玥：《先秦道家生态哲学思想与生态文明建设》，载《理论视野》2015 年第 2 期。

白春民：《树立生态世界观 实现可持续发展》，载《知识经济》2010 年第 4 期。

李娜：《叶广芩小说的生态关照》，载《河北民族师范学院学报》2016 年第 3 期。

彭斯远：《中国当代动物小说论》，载《重庆师范大学学报》（社会科学版）2000 年第 3 期。

唐克龙：《当代生态文学中的动物叙事与生命意识的兴起》，载《湖南大学学报》（社会科学版）2006 年第 3 期。

郭雪波：《狼的那双蔑视人的眼睛》，载《中国绿色画报》2004 年第 11 期。

刘慈欣：《重返伊甸园——科幻创作十年回顾》，载《南方文坛》2010 年第 6 期。

李玫：《空间的生态伦理意义与话语形态——叶广芩秦岭系列文本解读》，载《民族文学研究》2009 年第 4 期。

卢风：《世界的附魅与祛魅》，载《自然辩证法研究》1997 年第 10 期。

王泽应：《祛魅的意义与危机——马克斯·韦伯祛魅观及其影响探论》，载

《湖南社会科学》2009 年第 4 期。

曾建平、黄以胜、彭立威：《试析生态人格的特征》，载《中南林业科技大学学报》（社会科学版）2008 年第 4 期。

王丰年、李正风：《道家消费观的生态伦理意义》，载《清华大学学报》（哲学社会科学版）2002 年第 6 期。

罗亦男：《虚幻宇宙中的深情——刘慈欣作品的人文惯性分析》，载《安徽文学》2008 年第 1 期。

李枫：《论原始崇拜对萧红和迟子建小说儿童梦想世界生成的影响》，载《学术交流》2009 年第 10 期。

赵树勤、龙其林：《当代中国生态小说的发展趋势》，载《淮阴师范学院学报》（哲学社会科学版）2008 年第 3 期。

王诺：《"生态整体主义"辨》，载《读书》2004 年第 2 期。

王明丽：《生态女性主义视野中女性形象的嬗变》，载《西北师大学报》（社会科学版）2011 年第 5 期。

曾繁仁：《生态美学：后现代语境下崭新的生态存在论美学观》，载《陕西师范大学学报》（哲学社会科学版）2002 年第 3 期。

王晓华：《后现代主义话语谱系中的生态批评》，载《文艺理论研究》2007 年第 1 期。

三、学位论文

张帆：《叶广芩小说中的动物叙事研究》，江南大学 2019 年硕士学位论文。

雷鸣：《危机寻根：现代性反思的潜性主调——中国当代生态小说研究》，山东师范大学 2009 年博士学位论文。

黄海浪：《生态批评视域下的新世纪生态小说研究》，陕西师范大学 2014 年硕士学位论文。

张茜：《新时期泛生态小说论》，海南师范大学 2012 年硕士学位论文。

李云：《阿瑟·克拉克对刘慈欣〈三体〉三部曲创作的影响》，湖南大学 2016 年硕士学位论文。

丛领：《生态女性主义视阈下的迟子建小说》，东北师范大学 2013 年硕士学位论文。

陈丽丽：《当代中国生态文学中的生态伦理思想解读》，湖南师范大学 2010 年硕士学位论文。

周旭峰：《论新世纪以来的生态小说》，上海师范大学 2007 年硕士学位论文。

四、报纸、网页

杨玉梅：《生命意识与文化情怀：郭雪波访谈录》，载《文艺报》2010 年 7 月 5 日。

郭雪波：《银狐，崇尚自然的象征》，郭雪波新浪博客，2008 年 11 月 20 日。

高桦：《绿缘往事——写在国际环境保护日到来之际》，载《中国文化报》2012 年 5 月 31 日。

舒晋瑜、迟子建：《吸收各种营养才会健康》，载《中华读书报》2000 年 6 月 28 日。

刘慈欣：《科幻中探索人性》，21 世纪网，http://www.21cbh.com/HTML/2013-1-5/0MMDQyXzU5NzE0Mg.html。

《专访刘慈欣：我对用科幻隐喻反映现实不感兴趣》，搜狐读书频道，2011 年 7 月 20 日，转引自 http://book.sohu.com/20110720/n314035545.shtml。

李树泉、迟子建：《在厚厚的泥巴后面——作家迟子建访谈》，中国作家网，http://www.chinawriter.com.cn/2007-11-09。

张英：《还"狼性"一个公道：姜戎访谈录》，载《南方周末》2008 年 4 月 3 日。

王宁、沈石溪：《"另类"作家》，载《云南日报》2000 年 7 月 3 日。